D1386014

COLLECTION FOLIO

Tonino Benacquista

Malavita

Gallimard

Après avoir exercé divers métiers qui ont servi de cadre à ses premiers romans, Tonino Benacquista construit une œuvre dont la notoriété croît sans cesse. Après les intrigues policières de *La maldonne des sleepings* et de *La commedia des ratés*, il écrit *Saga* qui reçoit le Grand Prix des lectrices de *Elle* en 1998, et *Quelqu'un d'autre*, Grand Prix RTL-Lire en 2002.

Scénariste pour la bande dessinée (*L'outremangeur*, *La boîte noire*, illustrés par Jacques Ferrandez), et pour le cinéma, il écrit avec Jacques Audiard le scénario de *Sur mes lèvres*, qui leur vaut un César en 2002.

Remerciements à Nicholas Pileggi et Gerald Shur.
Sans oublier Jean-Hugues et Fabrice.

1

Ils prirent possession de la maison au milieu de la nuit.

Une autre famille y aurait vu un commencement. Le premier matin de tous les autres. Une nouvelle vie dans une nouvelle ville. Un moment rare qu'on ne vit jamais dans le noir.

Les Blake, eux, emménageaient à la cloche de bois et s'efforçaient de ne pas attirer l'attention. Maggie, la mère, entra la première en tapant du talon sur le perron pour éloigner d'éventuels rats, traversa toutes les pièces et termina par la cave, qui lui parut saine et d'une humidité idéale pour faire vieillir une roue de parmesan et des caisses de chianti. Frederick, le père, mal à l'aise depuis toujours avec les rongeurs, laissa sa femme opérer et fit le tour de la maison, une lampe de poche en main, puis aboutit dans une véranda où s'entassaient de vieux meubles de jardin recouverts de rouille, une table de ping-pong gondolée et divers objets invisibles dans la pénombre.

La fille aînée, Belle de son prénom, dix-sept ans,

grimpa l'escalier et se dirigea vers la pièce qui allait devenir sa chambre, un carré régulier, orienté sud, avec vue sur un érable et une bordure d'œillets blancs miraculeusement persistants — elle les devina à travers la nuit comme une giclée d'étoiles. Elle fit pivoter la tête du lit côté nord, déplaça la table de chevet et se plut à imaginer les murs recouverts de ses affiches qui avaient traversé les époques et les frontières. Le lieu se mit à vibrer de la seule présence de Belle. C'est là que désormais elle allait dormir, réviser ses cours, travailler sa gestuelle et sa démarche, bouder, rêver, rire, et parfois pleurer — sa journée type depuis l'adolescence. Warren, de trois ans son cadet, investit la chambre adjacente sans réelle curiosité ; peu lui importaient l'harmonie des volumes ou le panorama, seules comptaient l'installation électrique et sa propre ligne de téléphone. Dans moins d'une semaine, sa grande maîtrise des écrans informatiques lui permettrait d'oublier la campagne française, et même l'Europe, et lui donnerait l'illusion d'être de retour chez lui, pardelà l'océan Atlantique, d'où il venait et où il retournerait un jour.

Le pavillon 1900, en brique et pierre normandes, se distinguait par une frise en damier qui traversait la façade, des festons de bois peints en bleu qui soulignaient la ligne du toit où une sorte de minaret surplombait l'angle est-ouest. Les arabesques en fer forgé de la grille d'entrée donnaient envie de visiter ce qui ressemblait de loin à un petit palais baroque.

Mais, à cette heure de la nuit, les Blake se foutaient bien de toute esthétique et ne se préoccupaient que de confort. Malgré son charme, la vieille pierre cachait mal sa vétusté, et rien ne remplacerait le petit bijou de modernité qu'était naguère leur maison de Newark, New Jersey, États-Unis.

Tous les quatre se retrouvèrent dans le salon où, sans échanger un mot, ils replièrent les toiles grèges qui couvraient les fauteuils clubs, le canapé, la table basse et divers petits meubles de rangement encore vides. La cheminée en brique rouge et noire, assez large pour y rôtir une brebis, était ornée d'une plaque sculptée d'un blason représentant deux gentilshommes aux prises avec un sanglier. Sur le madrier transversal, Fred saisit une série de bibelots en bois et les jeta directement dans l'âtre. Tout objet qu'il jugeait inutile lui donnait sur-le-champ envie de le détruire.

— Ces cons-là ont encore oublié la télé, dit Warren.

— Ils ont dit demain, fit la mère.

— Demain sûr, ou demain comme la dernière fois ? demanda Frederick, aussi inquiet que son fils.

— Écoutez, vous deux, vous n'allez pas me regarder de travers chaque fois qu'il manquera un objet dans cette maison. Adressez-vous directement à *eux*.

— La télévision n'est pas un objet, maman, c'est ce qui nous relie au monde, au monde réel, loin de cette espèce de bicoque branlante dans ce trou à rats plein de bouseux qu'on va devoir se coltiner peut-être des années. La télé, c'est la vie, c'est ma vie, c'est nous, c'est mon pays.

Maggie et Frederick, soudain coupables, ne surent quoi lui répondre et passèrent sur ses écarts de langage. Ils reconnaissaient à Warren le droit à la nostalgie. Il avait à peine huit ans quand les événements les avaient contraints à quitter les États-Unis ; des quatre, c'est lui qui en avait souffert le plus. Pour faire diversion, Belle demanda comment s'appelait la ville.

— Cholong-sur-Avre, Normandie ! répondit Fred en y mettant le moins d'accent possible. Imaginez combien d'Américains ont entendu parler de la Normandie sans savoir dans quel putain d'endroit du monde la situer.

— À part le fait que nos gars ont débarqué en 44, c'est célèbre pour quoi, la Normandie ? demanda Warren.

— Le camembert, hasarda le père.

— On en trouvait aussi à Cagnes-sur-Mer, mais avec le soleil et la mer en plus, fit Belle.

— On en trouvait aussi à Paris, et c'était Paris, reprit Warren.

Tous gardaient un bon souvenir de leur arrivée dans la capitale, six ans plus tôt. Les circonstances les avaient forcés à descendre sur la Côte d'Azur, où ils avaient séjourné quatre ans, et où le sort avait frappé à nouveau, jusqu'à les conduire à Cholong-sur-Avre, dans l'Eure.

Ils se séparèrent pour partir à la découverte des pièces qu'ils n'avaient pas encore visitées. Fred s'arrêta dans la cuisine, inspecta le réfrigérateur vide, ouvrit quelques placards, posa le plat de la main sur la plaque en vitrocéramique. Satisfait du plan de travail — il lui fallait une place folle quand lui prenait l'envie de faire une sauce tomate —, il caressa le bois du billot, le carrelage de l'évier, l'osier des hauts tabourets, empoigna quelques couteaux, testa les lames sur son ongle. Sa première approche passait toujours par le toucher. Il procédait avec un lieu comme avec une femme.

Dans le cabinet de toilette, Belle prit des poses devant un superbe miroir légèrement piqué, maintenu par un vieux cadre en acajou, et agrémenté d'un petit luminaire en verre dépoli, en forme de rose, où venait se visser une ampoule à nu. Désormais, elle ne pourrait plus se passer de ce reflet-là. De son côté, Maggie ouvrit en grand les fenêtres de sa chambre à coucher, sortit les draps de leurs housses, attrapa les couvertures pliées au-dessus de l'armoire, les sentit à plein nez, les jugea propres et les déroula sur le lit. Seul Warren passait d'une pièce à l'autre en demandant :

— Quelqu'un a vu la chienne ?

Baptisé Malavita par Fred, un bouvier australien gris cendre avait rejoint la famille Blake dès leur arrivée en France. Un cadeau de bienvenue pour amuser les gosses, acheter leur pardon à bon compte, leur faire oublier leur déracinement, trois raisons de pousser Maggie à adopter cette petite chose poilue aux oreilles dressées. Du fait de son étonnante discrétion, la chienne n'avait eu aucun mal à se faire accepter. Elle n'aboyait jamais, se nourrissait avec délicatesse, le plus souvent la nuit, et passait le plus clair de son temps à dormir, en général dans une cave ou une buanderie. On la croyait morte une fois par jour et disparue le reste du temps. Malavita menait une vie de chat et personne n'y trouvait à redire. Warren finit, comme il s'y attendait, par la débusquer dans la cave, entre une chaudière en veille et une machine à laver toute neuve. La bête avait, comme les autres, trouvé sa place, et s'était endormie la première.

*

La vie à la française n'était pas venue à bout du rituel du petit déjeuner. Fred se levait tôt pour voir ses enfants partir le ventre plein, leur donner sa bénédiction, au besoin se fendre d'une rallonge d'argent de poche et d'un précieux conseil sur la vie, puis se recouchait la conscience tranquille dès qu'ils avaient passé la porte. À près de cinquante ans, Frederick Blake n'avait jamais eu besoin de commencer ses journées avant midi et pouvait compter sur les doigts d'une seule main les matins contrariés. Le pire de tous avait été l'enterrement de Jimmy, compagnon d'armes de début de carrière, à qui personne n'avait osé manquer de respect, même post mortem. Le bougre n'avait rien trouvé de mieux que de se faire inhumer à deux heures de voiture de Newark, pour une cérémonie prévue à 10 heures : une journée pénible d'un bout à l'autre.

— Pas de céréales, pas de toasts, pas de *peanut butter*, dit Maggie, vous vous contenterez de ce que j'ai rapporté ce matin de la boulangerie du coin : des beignets aux pommes. J'irai faire les courses cet après-midi, d'ici là épargnez-moi les réclamations.

— C'est parfait, Mom, dit Belle.

D'un air pincé, Warren saisit un beignet.

— Quelqu'un pourrait-il m'expliquer pourquoi les Français, célèbres pour leur pâtisserie, n'ont pas inventé le *donut* ? C'était pas compliqué pourtant, un beignet avec un trou dedans.

À moitié endormi et déjà exaspéré par la journée qui s'annonçait, Fred demanda si le trou en question apportait un surcroît de goût.

— Ils se sont mis au cookie, dit Belle. J'en ai goûté de bons.

— Tu appelles ça des cookies ?

— J'en ferai dimanche, des *donuts*, et aussi des cookies, dit Maggie pour avoir la paix.

— Est-ce qu'on sait où se trouve l'école ? demanda Fred, histoire de s'intéresser à une organisation du quotidien qui lui échappait depuis toujours.

— Je leur ai donné un plan.

— Accompagne-les.

— On se débrouillera, Mom, fit Warren, on ira même plus vite sans plan. C'est comme un radar qu'on a dans la tête, il suffit de se retrouver dans n'importe quelle rue du monde avec un cartable sur le dos, une petite voix intérieure vous met en garde : « N'y va pas, c'est par là », et on rencontre de plus en plus de silhouettes avec des cartables sur le dos allant dans la même direction, et tous s'engouffrent dans une espèce de bouche obscure. C'est une loi physique.

— Si tu pouvais être aussi motivé en cours, dit Maggie.

Ce fut le signal du départ. Tous s'embrassèrent, se donnèrent rendez-vous en fin d'après-midi, cette première journée pouvait commencer. Chacun, pour des raisons diverses, s'abstint de poser les mille questions qui lui brûlaient les lèvres et accepta la situation comme si elle présentait un reste de cohérence.

Maggie et Fred se retrouvèrent seuls dans la cuisine soudain silencieuse.

— Et toi, ta journée ? demanda-t-il le premier.

— Comme d'habitude. Je vais faire le tour de la ville, visiter ce qu'il y a à visiter, repérer les commerces. Je rentre vers 6 heures ce soir avec les courses. Toi ?

— Oh moi...

Derrière ce *Oh moi...* elle entendit une litanie silencieuse, des phrases qu'elle connaissait par cœur sans qu'il eût jamais besoin de les prononcer :

oh moi, je vais passer la journée à me demander ce qu'on fout là, et puis je vais faire semblant, comme d'habitude, semblant de quoi, c'est le problème.

— Essaie de ne pas traîner toute la journée en robe de chambre.

— À cause des voisins ?

— Non, pour le moral.

— Le moral est bon, Maggie, je suis juste un peu déphasé, j'ai toujours besoin d'un temps d'adaptation supérieur au tien.

— Qu'est-ce qu'on dit si on en croise, des voisins ?

— Je ne sais pas encore, pour l'instant tu fais des sourires, on a deux ou trois jours pour trouver une idée.

— Quintiliani a insisté pour qu'on ne cite jamais Cagnes, on doit dire qu'on vient de Menton, j'ai bien expliqué aux gosses.

— Comme s'il avait besoin de préciser, ce con.

Afin d'échapper à une discussion pénible, Maggie monta se changer et Fred débarrassa la table pour se donner bonne conscience. Par la fenêtre, il découvrit le jardin à la lumière du jour, une pelouse entretenue malgré quelques feuilles tombées de l'érable, un banc vert en métal, une allée de gravier, un appentis qui abritait un barbecue à l'abandon. Il se souvint tout à coup de sa visite nocturne de la véranda et de l'ambiance bizarre, plutôt agréable, qu'il y avait perçue. Il devait la revoir en plein jour, toutes affaires cessantes. Elles avaient d'ailleurs toutes cessé voilà longtemps.

Nous étions en mars, la journée s'annonçait douce et claire. Maggie hésita un moment avant de passer la tenue adéquate pour une première sortie en ville. Très brune, la peau mate, les yeux noirs, elle s'habillait le plus souvent dans les tons bruns et ocre ; elle choisit un pantalon beige type jodhpurs, un tee-shirt gris à manches longues, un pull en coton à grosses torsades. Elle descendit l'escalier, un petit sac à dos en bandoulière, chercha un instant son mari du regard, lança un « À ce soir ! » sans écho et quitta la maison.

Fred entra dans la véranda déjà pleine de soleil et reconnut une fine odeur de lichen et de bois sec : un tas de bûches abandonnées par les anciens locataires. Les stores de la baie vitrée dessinaient des stries de lumière le long de la pièce, Fred y vit comme une rafale divine et s'amusa à exposer sa carcasse aux impacts. Protégée des éléments mais ouverte sur le jardin, la pièce avoisinait les quarante mètres carrés d'un seul tenant. Il se dirigea vers le coin débarras et entreprit de dégager les vieilleries qui l'encombraient pour gagner en espace et en clarté. Il ouvrit la double porte vitrée et jeta à même le gravier du jardin les souvenirs oubliés d'une famille inconnue : un poste de télé d'une autre ère, de la vaisselle et des cuivres, des annuaires sales, un cadre de vélo sans roues, et une foule d'autres objets, éliminés à juste titre. Fred éprouvait du plai-

sir à se défaire de cette brocante et ponctuait d'un
« *Rubbish* » ou d'un « *Junk !* » chaque fois qu'il
propulsait un de ces machins hors de sa vue. Pour
finir, il saisit la poignée d'un petit étui en bakélite
gris-vert, prêt à le jeter dans les airs d'un geste de
discobole. Soudain curieux de son contenu, il le
posa à plat sur la table de ping-pong, fit jouer
comme il put les deux fermoirs rouillés, et souleva
le couvercle.

Métal noir. Touches de nacre. Clavier européen.
Chariot en retour automatique. La machine portait
un nom : Brother 900, modèle 1964.

Pour la toute première fois de sa vie, Frederick
Blake tenait en main une machine à écrire. Il la soupesa comme il l'avait fait avec ses propres enfants à
leur naissance. Il la fit tourner sur elle-même et en
observa les contours, les angles, les mécanismes
apparents, à la fois superbe d'obsolescence et d'une
rare complexité, pleine de pistons, de cames et de
quincaillerie savante. Il passa le bout des doigts sur
les reliefs des marteaux r t y u, s'amusa à les
reconnaître au toucher, puis caressa à pleine paume
l'armature en métal. La main sur une bobine, il
tenta de faire défiler le ruban puis approcha son nez
afin d'y chercher une odeur d'encre, qu'il ne trouva
pas. Il frappa sur la touche n puis sur quantité
d'autres, et de plus en plus vite, jusqu'à enchevêtrer
les marteaux. Il les démêla, excité, puis plaça ses
dix doigts sur dix touches au hasard et, debout dans
la lumière rosée de la véranda, le peignoir ouvert,

les yeux fermés, il se sentit gagné par une émotion d'origine inconnue.

*

Pour garder une contenance dans la cour de récréation, au milieu de mille regards intrigués par leur présence, Belle et Warren bavardaient en anglais en forçant sur l'accent de Newark. Leur maîtrise du français ne leur posait plus de problème ; au bout de six ans, ils le parlaient avec bien plus d'aisance que leurs parents et remplaçaient certains mécanismes de leur langue natale par des tournures typiquement françaises. Pourtant, dans des circonstances exceptionnelles, comme ce matin, ils avaient besoin de retrouver leur intimité de parole, une façon pour eux de se rassurer sur leur propre histoire et de ne pas oublier d'où ils venaient. Ils s'étaient rendus à 8 heures sonnantes au bureau de Mme Arnaud, conseillère d'éducation du lycée-collège Jules-Vallès, qui leur avait demandé de patienter un instant dans la cour avant de les présenter chacun à son professeur principal. Belle et Warren débarquaient dans une classe en fin de deuxième trimestre, quand le sort de chacun est déjà joué. Le troisième leur servirait à préparer l'année suivante, elle le baccalauréat, lui son entrée en seconde. Malgré tous les bouleversements dans la vie des Blake, Belle avait gardé le niveau de ses premières années de collège à la Montgomery Academy

High School de Newark. Il lui était apparu, dès le plus jeune âge, que le corps et l'esprit devaient s'enrichir l'un l'autre, échanger leur énergie, travailler synchrone. En classe, curieuse de tout, elle ne négligeait aucune matière, et pas un professeur au monde, ni même ses propres parents, n'aurait pu imaginer sa principale motivation : embellir. De son côté, le petit Warren, alors âgé de huit ans, avait appris le français comme on retient une mélodie, sans y penser, sans même le vouloir. Des complications psychologiques dues à son déracinement l'avaient cependant forcé à redoubler une classe et à fréquenter des pédopsychiatres à qui l'on taisait les véritables raisons de cette fuite des États-Unis. Aujourd'hui, il n'en gardait plus de séquelles mais, à la moindre occasion, il se chargeait de rappeler à ses parents qu'il n'avait pas mérité cet exil. Comme tous les enfants à qui l'on demande beaucoup, il avait grandi plus vite que les autres et avait déjà arrêté quelques principes de vie auxquels il semblait ne plus devoir déroger. Derrière des valeurs qu'il conservait comme le précieux héritage de sa caste, se cachait une solennité d'une autre époque, où se mêlaient le sens de l'honneur et celui des affaires.

Un groupe de filles de la classe de Belle, curieuses des nouvelles têtes, l'approchèrent pour faire connaissance. M. Mangin, leur professeur d'histoire et géographie, vint les chercher, et salua *mademoiselle Belle Blake* avec une touche de cérémonie.

Elle quitta son frère en lui souhaitant bonne chance d'un geste incompréhensible pour qui n'était pas né au sud de Manhattan. Mme Arnaud vint annoncer à Warren qu'il n'avait pas cours avant 9 heures et lui demanda d'aller patienter dans la salle de permanence. Il préféra fureter dans l'établissement pour repérer les lieux et délimiter les contours de sa prison. Il entra dans le bâtiment principal du lycée, un bloc circulaire en épi surnommé « la Marguerite », avec, au centre, un hall pensé comme une ruche, qui accueillait les élèves de second cycle, autorisés à fumer, traîner hors de la permanence, draguer, placarder des affiches et organiser des assemblées générales — l'apprentissage de l'âge adulte. Warren s'y retrouva seul, devant un distributeur de boissons chaudes et un grand panneau qui demandait le concours de tous pour la traditionnelle fête de l'école prévue le 21 juin. Il enfila des couloirs, ouvrit quelques portes, contourna des groupes d'adultes, aboutit dans un gymnase où s'entraînait une équipe de basket et la regarda jouer un moment, intrigué, comme toujours, par le manque de coordination des Français. Un de ses plus beaux et derniers souvenirs américains n'était-il pas ce match qui opposait les Chicago Bulls aux Knicks de New York, où il avait vu de ses yeux Michael Jordan en personne, la légende vivante, s'envoler d'un panier à l'autre ? De quoi regretter la terre natale une vie entière.

Une main sur son épaule le tira de ses rêveries. Il

ne s'agissait pas d'un surveillant ou d'un professeur chargé de le ramener dans le rang, la main était celle d'un élève qui mesurait une tête de plus que lui, accompagné de deux acolytes qui flottaient dans des survêtements trop grands. Warren avait la morphologie de son père, le type petit brun sec, il en avait aussi la gestuelle pondérée, une économie naturelle de mouvements. On lisait de la gravité dans son regard déjà fixe, presque immobile, peut-être celui du contemplatif, pour qui la réaction n'est pas la première réponse à l'action. Sa propre sœur lui assurait qu'à l'âge d'homme il serait beau, grisonnant, marqué, mais que d'ici là il lui faudrait mériter ce visage.

— C'est toi l'Américain ?

Comme pour chasser une mouche, Warren dégagea la main de celui qu'il prit, à juste titre, pour le meneur. Les deux autres, postés en lieutenants, attendaient prudemment la suite. Malgré son jeune âge, Warren connaissait bien cette intonation, l'injonction peu sûre d'elle-même, l'autorité que l'on tente, à tout hasard, pour tester une limite. La pire de toutes les agressions, la plus cauteleuse, celle des lâches. Passé un instant de surprise, *l'Américain* hésita à répondre. D'ailleurs, ce n'était pas une question et peu importait ce que lui voulaient ces trois-là, ils n'étaient pas apparus par hasard. *Pourquoi moi ?* se demanda-t-il. Pourquoi l'avait-on cueilli, lui, dès son arrivée ? Pourquoi, en moins d'une demi-heure, avait-il attiré à lui un début de menace imbécile qui, encouragée par son silence, allait vite se préciser ? Il détenait la réponse, une de celles qui pouvaient le faire passer à côté de l'enfance.

— Qu'est-ce que vous me voulez ?

— T'es américain. T'es riche.

— Arrêtez ces conneries et dites-moi ce que c'est, votre business.

— Tes parents, ils font quoi ?

— Qu'est-ce que ça peut bien vous foutre ? Votre petite combine c'est quoi ? Racket ? Au coup par coup ou au forfait ? Vous êtes trois, six, vingt ? Vous réinvestissez dans quoi ?

— ... ?

— Organisation zéro. J'en étais sûr.

Aucun des trois ne comprit un traître mot ni d'où lui venait cet aplomb. Le meneur se sentit insulté, regarda alentour, attira Warren en contrebas d'un couloir désert qui menait au réfectoire et le bouscula si fort qu'il se retrouva allongé sur un petit muret.

— Fous-toi de ma gueule, toi, le nouveau.

Et les trois unirent leurs efforts pour le faire taire, à coups de genou dans les côtes et de poings lancés au petit bonheur en direction du visage. L'un d'eux finit par s'asseoir sur sa poitrine, lui fouilla les poches et y trouva un billet de dix. Le souffle coupé, le visage en feu, Warren se vit réclamer la même somme pour le lendemain, comme un droit d'entrée au lycée Jules-Vallès. Retenant ses larmes, il leur promit de ne pas oublier.

Warren n'oubliait jamais.

*

Dans son écrin de bocage, Cholong-sur-Avre est une ancienne place forte médiévale. Elle a connu son apogée à la fin de la guerre de Cent Ans, au début du XVIe siècle, et compte aujourd'hui sept mille habitants. Ses maisons à colombages, ses hôtels particuliers du XVIIIe siècle, ses ruelles traversées de canaux, font de Cholong-sur-Avre un ensemble architectural remarquablement conservé.

Maggie ouvrit son dictionnaire de poche au mot « colombage » et se fit une idée précise de ce qu'il recouvrait en longeant la rue Gustave-Roger ; la plupart des maisons, à l'armature en poutres apparentes, ne ressemblaient à rien de connu dans ses souvenirs. En cherchant son chemin vers le centre-ville — Cholong avait la forme d'un pentagone délimité par quatre boulevards et une nationale —, Maggie emprunta plusieurs rues entièrement bâties sur le même principe : une perspective qu'elle sut apprécier. En gardant un œil sur le guide, elle se retrouva sans vraiment la chercher sur la place de la Libération, le cœur de Cholong, un parvis disproportionné pour d'aussi délicates ruelles. Deux restaurants, plusieurs cafés, une boulangerie, le syndicat d'initiative, une maison de la presse et quelques bâtiments typiques bordaient une gigantesque place rectangulaire qui servait de parking hors des jours de marché. Après avoir acheté la presse locale, Maggie s'installa à la terrasse du café Le Roland Fresnel, où elle commanda un double express allongé. Elle ferma un instant les yeux et poussa un soupir, prête à savourer ce trop rare moment de solitude. Si, dans l'ordre des priorités, elle privilégiait les moments passés en famille, les moments passés sans arrivaient tout de suite après. La tasse en main, elle feuilleta *La Dépêche de Cholong* puis *Le Réveil normand*, édition Eure, une autre façon de faire connaissance avec sa nouvelle terre d'accueil. À la une de *La Dépêche*, la photo d'un monsieur de soixante-cinq ans, natif de Cholong, ancien champion régional de demi-fond, qui participait aux championnats du monde senior, en Australie. Amusée par le personnage, Maggie lut l'article in extenso et en comprit l'essentiel : un homme que sa passion avait fait courir une vie entière vivait l'aboutissement de ses rêves à la fin de son parcours. Adolescent, M. Christian Mounier avait été un coureur tout juste honorable. À l'âge de la retraite, il était devenu un champion de niveau international qui concourait à l'autre bout du monde. Maggie se demanda si la vie offrait une session de rattrapage, ou une chance quelconque de se distinguer sur le tard. Elle s'amusa à y croire juste le temps de tourner la page. Suivait une longue rubrique de faits divers, inventaire des petits larcins locaux, dont l'agression d'un garagiste, plusieurs vols dans un lotissement voisin, une ou deux scènes de ménage dramatisées, et quelques bouffées délirantes. Maggie n'en comprenait pas toujours le détail et se demandait pourquoi les rédacteurs tenaient à donner la meilleure place du journal à toute cette triste et banale misère quotidienne. Elle hésita entre plusieurs réponses : la violence de proximité est ce qui intéresse le plus le lecteur qui adore s'indigner ou se faire peur. Ou bien : le lecteur aime à penser que sa ville n'est pas l'antre de l'ennui et qu'il s'y passe autant de choses qu'ailleurs. Ou encore : l'homme rural constate un peu plus chaque jour qu'il subit les inconvénients d'une métropole sans profiter de ses avantages. Il y avait une dernière hypothèse, la plus triste, l'éternel poncif : rien n'est plus passionnant que le malheur des autres.

À Newark, elle ne lisait jamais la presse, locale ou nationale. Le fait même d'ouvrir un journal était une sorte de défi qu'elle ne relevait jamais : trop peur de ce qui pouvait lui sauter à la figure ou de tomber nez à nez avec un visage connu, de lire des noms familiers. Hantée par le souvenir de son ancienne vie, elle feuilleta nerveusement ses journaux, s'arrêta sur la météo et les manifestations prévues dans le coin, foires, brocantes, une petite exposition de peinture dans la salle des fêtes. Un sentiment d'oppression la gagnait maintenant, accentué par une ombre colossale qui venait assombrir la place à mesure que le soleil tournait. C'était celle de Sainte-Cécile, une église décrite comme un joyau de l'art gothique normand. Maggie avait feint de l'ignorer et se retourna pour lui faire face.

*

La Brother 900 était posée au milieu de la table de ping-pong, elle-même au centre de la véranda, une géométrie solennelle mise en scène par Frederick. Assis devant la machine, recueilli, le soleil en arrière-plan, il glissa dans le chariot une feuille de papier : la surface la plus blanche qu'il eût jamais vue. Il vérifia une à une les touches de nacre, dépoussiérées, nickelées au liquide vaisselle, superbes. Il avait même réussi à donner un regain d'humidité à un ruban sec comme les foins en l'exposant à la vapeur d'une casserole d'eau bouillante. Prêt à établir le contact, il se retrouvait seul face à cet engin, lui qui n'avait peut-être jamais ouvert un seul livre, lui qui parlait une langue directe et sans fioritures, et qui, de toute sa vie, n'avait rien écrit d'autre que des adresses sur des pochettes d'allumettes. *Cette machine-là permet-elle de tout dire ?* se demanda-t-il sans quitter les touches des yeux.

Fred n'avait jamais trouvé d'interlocuteur à sa mesure. *Le mensonge est déjà dans l'oreille de celui qui écoute,* pensait-il. Le désir de faire entendre sa vérité ne le quittait plus depuis l'issue du procès qui l'avait obligé à fuir en Europe. Ni les psychiatres, ni les avocats, ni ses amis perdus, ni aucun de ces types pleins de bonnes intentions n'avait essayé de comprendre son témoignage : on l'avait pris pour un monstre et personne n'avait pu s'empêcher de le juger. La machine, elle, ne ferait pas le tri, elle prendrait le tout, en vrac, le bon et le mauvais, l'inavouable et l'indicible, l'injuste et l'odieux, car tous les événements étaient vrais, c'était bien ça le plus incroyable, ces blocs de vérité dont personne ne voulait étaient tous authentiques. Si un mot en appelle un autre, il devait pouvoir les choisir tous, sans qu'on lui en suggère un seul. Sans qu'on lui en interdise un seul.

Au commencement était le verbe, lui avait-on dit, il y a bien longtemps. Quarante ans plus tard, le hasard lui donnait l'occasion de le vérifier. Au commencement il y avait sûrement un mot, un seul ; tous les autres suivraient.

Il leva son index droit et frappa un g, bleu clair, tout juste visible, puis un i, il chercha des yeux la touche o, la touche v, ensuite, histoire de s'enhardir, il parvint à obtenir un a de son annulaire gauche, puis frappa deux n à la suite, de deux doigts différents, et termina, de l'index, par un i. Il relut le tout, heureux de n'avoir fait aucune faute.

giovanni

*

Les jeunes Blake obtinrent la permission de déjeuner ensemble. Belle chercha son frère dans la cour et finit par le trouver sous le préau, au milieu de ses nouveaux copains de classe. On aurait pu croire que Warren faisait leur connaissance ; en fait, il les interrogeait.

— J'ai faim, dit-elle.

Il suivit sa sœur jusqu'à une table où les attendaient deux pleines assiettes de crudités variées. Le réfectoire ressemblait en tout point à celle de Cagnes et ne leur inspira aucun commentaire.

— On n'est pas si loin de la maison, dit-il, on pourrait rentrer le midi.

— Maman, la tête dans le frigo, qui va se demander quoi nous faire à bouffer, et papa en pyjama devant la télé ? Très peu pour moi.

Warren commença son assiette par ce qu'il aimait le plus, les concombres, et Belle par ce qu'elle aimait le moins, les betteraves. Elle remarqua une trace bleutée sur l'arcade sourcilière de son frère.

— Qu'est-ce que t'as autour de l'œil ?

— Oh, ça, rien, j'ai voulu frimer sur le terrain de basket. Les tiens, comment ils sont ?

— Les filles sont plutôt cool, les garçons, je sais pas. Il a fallu que je me présente, j'ai...

Et Warren n'entendit plus la suite, de nouveau plongé dans une gamberge qui ne le quittait pas depuis son agression. Il avait enquêté, recoupé des informations, non pas sur ses racketteurs à la petite semaine, mais sur les autres, tous ceux qui pouvaient lui servir à changer le prédateur en proie, le bourreau en victime, comme il l'avait vu faire par tant d'autres avant lui, oncles, cousins, sa famille avait ça dans le sang. Il avait passé le reste de la matinée à poser des questions anodines sur les uns et les autres. Qui était celui-ci ? Comment s'appelait celui-là ? Lequel est le frère de qui ? Puis, il avait cherché à faire connaissance avec certains, leur arrachant des réponses à leur insu. Il avait même pris quelques notes pour se souvenir de toutes les composantes de son équation. Petit à petit, l'arborescence de détails commençait à prendre sens, pour lui et lui seul.

Celui qui boite a un père mécanicien qui travaille dans le garage du père de celui de la troisième C qui va se faire virer. Le capitaine de l'équipe de basket est prêt à n'importe quoi pour avoir une meilleure note en maths, il est copain avec le grand mec de seconde A3 qui est amoureux de la déléguée de classe. La déléguée de classe est la meilleure copine de la sœur de ce fils de pute qui m'a tapé mon billet de dix, et son acolyte a une trouille bleue du prof de travaux manuels, qui est marié à la fille du patron de la boîte où son père travaille. Les quatre types de terminale B toujours fourrés ensemble organisent le spectacle de fin d'année, ils ont besoin du matériel sono de celui qui boite, le plus petit est bon en maths, et c'est l'ennemi mortel du grand con qui m'a tapé dessus.

Le problème semblait résolu, du moins dans sa logique, avant l'arrivée du dessert. Belle n'avait cessé de lui faire des confidences.

*

Toujours installée en terrasse, plongée dans son guide, Maggie commandait un second café.

Le tympan s'orne de tableaux de la vie de la Vierge et du martyre de sainte Cécile qui fut décapitée à Rome en 232. Les lourdes portes en bois sculpté représentent les quatre saisons et leurs travaux des champs. Le porche est surmonté d'une tour à double couronne qui se termine en pinacles.

Il lui aurait suffi de se lever et de se diriger vers l'église dont elle connaissait déjà le descriptif complet, pénétrer dans la nef, affronter le Christ en croix, lui parler, se recueillir, prier, toutes choses qu'elle faisait avant de rencontrer Frederick, du temps où il s'appelait encore Giovanni. Après s'être unie à lui, plus question de lever les yeux vers un crucifix ou d'approcher un lieu saint. En embrassant Giovanni à pleine bouche, elle avait craché sur le Christ. En disant oui à l'homme de sa vie, elle avait insulté son Dieu, et son Dieu avait la réputation de ne rien oublier et d'aimer faire payer.

« Tu sais, Giovanni, quand il fait très chaud, en été, j'aime dormir sous une petite couverture, lui disait-elle souvent. On pense ne pas en avoir besoin, mais on ne peut pas s'en passer, elle nous protège durant la nuit. Eh bien, croire en Dieu, pour moi, c'était cette petite couverture. Et tu m'en as privée. »

Vingt ans plus tard, la tentation de rétablir le dialogue et de négocier avec Dieu se faisait rare. Elle ne savait plus très bien si c'était elle qui avait changé, ou bien le Très-Haut. À la longue, elle avait fini par ne plus avoir besoin de sa petite couverture.

*

Dans une remise en béton attenante au stade, Mme Barbet, professeur d'éducation physique de la classe de Belle, cherchait dans les stocks de quoi vêtir la nouvelle.

— On ne m'a pas prévenue que je devais apporter mes affaires de gym.

— Tu ne pouvais pas savoir. Tiens, essaie ça.

Un short de garçon bleu marine que Belle ajusta en nouant serré le cordon. Elle garda ses baskets, le même modèle de *running shoes* qu'elle portait déjà à Newark, et enfila un maillot jaune citron marqué du chiffre 4.

— Il m'arrive aux genoux...

— J'ai pas plus petit.

Malgré ses efforts, Belle ne put empêcher son soutien-gorge en coton rouge d'apparaître sous les bretelles du maillot. Elle hésita à rejoindre les autres.

— On est entre filles, dit Mme Barbet sans y attacher plus d'importance.

Belle la suivit sur le terrain de basket où les élèves s'entraînaient déjà, impatientes de voir une Américaine à l'œuvre. On lui lança le ballon, elle le frappa deux ou trois fois au sol, comme elle l'avait vu faire, et le passa à sa plus proche coéquipière. Belle ne s'était jamais intéressée au sport et connaissait à peine les règles du basket. D'où tenait-elle alors cette grâce de championne, cette aisance dans les situations nouvelles, ce don naturel pour des gestes encore inconnus ? Cette désinvolture avec laquelle elle s'appropriait des vêtements qui ne lui allaient pas pour les tourner à son avantage ? Cette décontraction qui aurait demandé tant d'efforts à une autre ? Mal fagotée, au bord du ridicule, superbe, Belle se retrouva au centre du jeu.

Quatre joueurs de tennis, au loin, ne s'y trompèrent pas. Ils interrompirent leur match pour venir s'agripper au grillage et suivre des yeux la danse d'un soutien-gorge rouge qui ondulait avec innocence à chaque mouvement de Belle.

*

À bientôt 16 heures, il n'était plus question pour Frederick de quitter sa robe de chambre. Elle n'était plus le symbole de sa résignation mais sa nouvelle tenue de travail. Il avait désormais le droit de s'exhiber en toute impunité, débraillé, mal rasé, de traîner en savates toute la journée, et de se permettre une foule d'autres écarts qui restaient à découvrir. Il fit quelques pas dans le jardin en prenant des allures de Roi-Soleil, se laissa guider par un bruit de sécateur derrière une haie mitoyenne, et aperçut la silhouette d'un voisin qui taillait ses rosiers. Ils se serrèrent la main par-dessus le grillage et s'étudièrent un moment du regard.

— Les rosiers, faut tout le temps s'en occuper, dit l'homme, pour meubler un silence qui s'installait.

Frederick ne sut quoi répondre sinon :

— Nous sommes américains et nous avons emménagé hier.

— ... Américains ?

— C'est une bonne ou une mauvaise nouvelle ?

— Vous avez choisi la France ?

— Ma famille et moi, nous voyageons beaucoup, à cause de mon métier.

Voilà où Frederick voulait en venir depuis le début, il s'était aventuré dans le jardin à seule fin de prononcer un mot, un seul. Depuis la découverte de la Brother 900, il lui tardait de présenter au monde son nouveau personnage de Frederick Blake.

— C'est quoi, votre métier ?

— Je suis écrivain.

— ... Écrivain ?

La seconde qui suivit fut délicieuse.

— C'est passionnant, ça, écrivain... plutôt des romans ?

Fred avait anticipé la question :

— Oh non, peut-être plus tard, pour l'instant j'écris sur l'Histoire. On m'a commandé un bouquin sur le Débarquement, raison de ma présence ici.

Tout en parlant, il prenait une pose de trois quarts, le coude posé sur un piquet, le regard faussement humble, grisé par un rôle qui lui donnait, seconde après seconde, un statut. En se présentant comme écrivain, Frederick Blake pensait avoir résolu tous les problèmes. Mais oui, un écrivain, ça tombait sous le sens, comment n'y avait-il pas pensé plus tôt ? À Cagnes par exemple, ou même à Paris. Quintiliani en personne allait trouver l'idée brillante.

Le voisin chercha des yeux sa femme afin de lui présenter leur nouveau voisin écrivain.

— Ah, ce Débarquement... Est-ce qu'on se lassera un jour de raconter ces journées-là ? Nous, à Cholong, on est un peu loin du théâtre des opérations.

— Ce bouquin sera une sorte d'hommage à nos Marines, dit Fred pour écourter la conversation. Et puis, j'y pense, ma femme et moi allons organiser un barbecue, pour lier connaissance, faites passer le mot aux gens du quartier.

— Des Marines ? Je pensais que seuls les GI avaient débarqué ?

— ... J'aimerais parler de tous les corps d'armée, à commencer par la flotte. Bon, vous n'oubliez pas, pour le barbecue, hein ?

— Vous allez sans doute consacrer un chapitre à l'opération Overlord ?

— ... ?

— On comptait quelque chose comme sept cents vaisseaux de guerre, non ?

— Un vendredi, ce serait parfait, celui de la semaine prochaine, ou celle d'après, je compte sur vous.

En filant vers la véranda, Fred se mit à regretter de ne pas écrire de romans.

*

Vers les 17 heures, à la sortie des cours, Warren n'avait toujours pas fait le deuil de son argent de poche. Ces dix euros lui auraient servi à... à quoi, après tout ? À mâcher des chewing-gums, à feuilleter *Gamefight*, la revue des guerriers internautes, à aller voir un film américain plein de *fuck fuck fuck* dans les dialogues, quoi d'autre ? Convertis en petits plaisirs, ces dix euros représentaient peu, il l'admettait. En revanche, la même somme valait une fortune en humiliation subie, en dignité perdue, en douleur. Passé les grilles du lycée, Warren se mêla à différents groupes, reconnut certaines têtes, s'en fit présenter de nouvelles, serra quelques mains, conclut des tractations avec des « grands » de terminale, notamment ceux de l'équipe de football qui faisait la fierté de la commune depuis leur victoire en finale régionale.

Donne-leur ce qui leur manque le plus.

Warren, du haut de ses quatorze ans, avait retenu la leçon de ses aînés. À la proposition d'Archimède « Donnez-moi un point fixe et un levier et je soulève le monde », il préférait la variante mise au point par ses ancêtres, « Donnez-moi du bakchich et un colt, et je règne sur l'humanité ». Simple question de temps et d'organisation. Jouer la complémentarité, inventer une synergie, il suffisait de savoir écouter, de repérer les limites de chacun, de pointer les manques, et d'évaluer le prix à payer pour les combler. Plus les bases de son édifice seraient solides et plus vite il gagnerait le pouvoir. La pyramide allait se construire d'elle-même et le porter jusqu'au ciel.

Pour l'heure, le temps était venu de manier la carotte, le bâton suivrait vite. La plupart des élèves quittèrent les grilles, quelques-uns se rendirent d'un pas traînant au café, une poignée resta sur place pour attendre la sortie de 18 heures. Et parmi eux, un cercle de sept garçons réunis autour de Warren.

Ses parents ne pouvant lui payer de cours particuliers, le plus grand de tous avait besoin d'une meilleure note en maths afin de ne pas redoubler. Le plus costaud, ailier droit de l'équipe de rugby, était prêt à tout pour devenir l'ami du frère de Laetitia, présent à la droite de Warren. Le frère en question aurait donné n'importe quoi pour posséder l'autographe de son idole, Paolo Rossi, que possédait Simon, de première B, lequel le céderait volontiers pour assouvir une vendetta personnelle sur celui qui avait choisi Warren comme nouvelle cible. Un autre, considéré comme le bizarre du lycée, doux la plupart du temps mais se laissant parfois déborder par des accès de violence, aurait donné tout ce qu'il avait pour faire partie d'un groupe quel qu'il soit, se sentir admis dans une bande, conjurer le sort de l'éternel rejeté, et Warren lui en donnait la possibilité. Les deux derniers avaient rejoint l'équipe pour des raisons qu'ils n'avaient pas voulu évoquer devant Warren, qui se foutait bien de les connaître.

Le rugbyman savait où les trois racketteurs avaient l'habitude de se retrouver à la sortie des cours, un jardin public qu'ils considéraient comme leur territoire et dont ils réglementaient la circulation. Moins de dix minutes plus tard, les trois gosses gisaient au sol, l'un d'eux avait vomi, un autre se tordait de douleur, et le meneur, agenouillé à terre, laissait échapper des sanglots d'enfant. Warren leur demanda cent euros pour le lendemain matin, 8 heures. La somme doublerait à chaque demi-journée de retard. Terrorisés à l'idée d'attirer à nouveau sa colère, ils le remercièrent en gardant les yeux au sol. Warren savait déjà que ces trois-là deviendraient ses nervis les plus fidèles si tel était son souhait. Il fallait laisser cette porte de sortie aux ennemis qui faisaient allégeance.

Si, ce soir-là, il n'avait pas réussi à constituer le premier cercle de son organisation, Warren se serait débrouillé tout seul face à ces trois types, une batte de base-ball à la main. À ceux qui auraient essayé de se mettre en travers de sa route, il aurait répondu que la vie ne lui laissait pas d'autre choix.

*

Maggie entra dans la supérette de l'avenue de la Gare, saisit un panier rouge, passa le tourniquet et chercha des yeux le rayon Frais. Plutôt que de céder à la facilité de servir à sa famille la cuisine habituelle, elle fut tentée par des escalopes à la crème et aux champignons. À l'inverse de Frederick, Maggie faisait partie de ceux qui, à Rome, vivent comme les Romains. Comme elle l'avait fait pour l'architecture et la presse locales, elle se sentait toute prête à explorer la cuisine de la région, au risque d'affronter le regard noir des siens au moment de passer à table. Par réflexe, elle passa en revue le rayon Pâtes, spaghettis n°s 5 et 7, tagliatelles vertes, pennes, et toute une cohorte de coquillettes et de vermicelles dont elle n'avait jamais compris l'utilité. Chiffonnée par un fond de culpabilité, elle prit un paquet de spaghettis et une boîte de tomates pelées, en cas de récrimination de ses deux hommes. Avant de se diriger vers les caisses, elle demanda à une vendeuse si on trouvait en rayon du beurre de cacahouètes.

— ... Du quoi ?

— Du beurre de cacahouètes. Excusez la prononciation.

La jeune femme appela le gérant qui, dans sa blouse bleue, vint se planter devant Maggie.

— Du beurre de cacahouètes, répéta-t-elle. *Peanut butter*.

— J'avais compris.

Comme chaque matin, l'homme s'était levé à 6 heures pour réceptionner les livraisons et les stocker dans la réserve. Ensuite, il avait pointé l'heure d'arrivée de son personnel, motivé les troupes, accueilli les premiers clients. L'après-midi, il avait reçu deux grossistes et rendu visite à son banquier. De 16 à 18 heures, il avait lui-même restructuré les rayons Chocolat et Biscuits, assuré le réassort qui n'avait pas été fait. Une journée sans anicroche jusqu'à ce qu'une inconnue vienne lui demander un produit qu'il n'avait pas.

— Mettez-vous à ma place, je ne peux pas garder en stock tous les produits bizarres qu'on me demande. De la tequila, du râpé de surimi, de la sauge sous cellophane, de la mozzarella de buffle, du chutney, du beurre de cacahouètes, que sais-je encore ? Pour que ça pourrisse dans la réserve en attendant la date limite ?

— C'était à tout hasard. Excusez-moi.

Maggie s'éloigna vers le fond du magasin, confuse d'avoir créé un sentiment d'irritation autour d'un sujet qui n'en valait pas la peine. Ce beurre de cacahouètes ne revêtait aucun caractère d'urgence, son fils avait tout le temps de se tartiner des sandwichs extravagants, elle y voyait une simple occasion de lui faire plaisir en ce jour de rentrée. Elle comprenait fort bien le point de vue du commerçant et rien ne l'exaspérait plus que les caprices alimentaires des touristes et de tous ceux qui faisaient de la nourriture, soit un objet de nostalgie, soit un réflexe imbécile de chauvinisme. Elle trouvait navrant le spectacle de ses concitoyens en visite à Paris agglutinés dans les fast-foods, de les entendre se plaindre que rien ne ressemblait à la bouffe dont ils se gavaient chez eux à longueur d'année. Elle y voyait un irrespect terrible pour le pays traversé, a fortiori s'il s'agissait, et c'était son cas, d'une terre d'asile.

Elle fit le tour du magasin sans plus y penser, remplit son panier, et s'arrêta un instant au rayon Boissons.

— Du beurre de cacahouètes...

— Et après on s'étonne qu'un Américain sur cinq est obèse.

— Déjà que le Coca...

Les voix venaient de tout près, derrière une tête de gondole où Maggie saisissait un pack de bière. Elle ne put s'empêcher de tendre l'oreille à la conversation *sottovoce* du gérant et de ses deux clients.

— J'ai rien contre eux mais ils se croient partout chez eux.

44

— Ils ont débarqué, d'accord. Mais depuis, on est envahis !

— Et encore, les gens de notre génération, c'était les bas nylon et le chewing-gum, mais nos gosses ?

— Le mien s'habille comme eux, il s'amuse comme eux, il écoute la même musique qu'eux.

— Le pire, c'est la façon dont ils se nourrissent. Les miens, j'ai beau leur préparer ce qu'ils aiment, ils n'ont qu'une hâte : sortir de table pour filer au McDo.

Maggie se sentait blessée. En faisant d'elle l'Américaine type, on remettait en question sa bonne volonté et ses efforts d'intégration. Cruelle ironie, elle avait été déchue de ses droits civiques puis exilée par le pays qui l'avait vue naître.

— Ils n'ont aucun goût en rien, c'est connu.

— Des incultes. Je le sais, j'y suis allé.

— Et vous, essayez donc de vous implanter là-bas, conclut le gérant, vous verrez comme vous serez reçu !

Maggie avait déjà trop souffert des regards en biais sur son passage, des messes basses dans son dos, de l'ironie générale quand elle apparaissait dans un lieu public, jusqu'aux rumeurs les plus folles, impossibles à démentir. Les trois malheureux avaient réveillé tout ça sans le vouloir. Le plus paradoxal était que, si on l'avait invitée dans la conversation, Maggie leur aurait donné raison sur bien des points.

45

— Et ils voudraient devenir les maîtres du monde ?

Sans rien laisser paraître, elle se dirigea vers les produits d'entretien, ajouta trois bouteilles d'alcool à brûler et une boîte d'allumettes à son panier, passa à la caisse et sortit.

Au-dehors, le dernier rayon de soleil s'estompait et faisait glisser cette fin d'après-midi vers le début de soirée. Le personnel sentait poindre la fatigue, les clients pressaient le mouvement, rien que de très normal, en ce mois de mars, sur le coup de 18 heures, dans cette ambiance cotonneuse bercée par un rituel inamovible.

D'où venait alors cette odeur de caoutchouc brûlé qui parvenait aux narines des caissières ?

Une cliente poussa un cri terrible. Le gérant leva le nez de son carnet de commandes et vit un étrange rideau de feu onduler sur la vitrine. Des gerbes de flammes créaient un écran infranchissable et s'immisçaient déjà à l'intérieur du magasin.

Un manutentionnaire réagit le premier et appela les pompiers. Les clients cherchèrent une sortie de secours. Les caissières disparurent on ne sait comment, et le gérant, qui confondait depuis longtemps sa vie avec celle du magasin, ne bougeait plus, hypnotisé par les reflets rouge et or qui dansaient dans ses yeux.

Les pompiers bénévoles de la brigade de Cholong-sur-Avre ne purent sauver de l'incendie ni les stores, ni les étalages, ni les marchandises, rien,

sinon un cageot de pommes Granny légèrement
talées.

*

Belle et ses camarades de classe quittèrent le
lycée à la dernière sonnerie. Quelques irréductibles
s'agrippaient aux grilles, la cigarette au bec ou le
téléphone en main, peu pressés de rentrer, les autres
s'éloignaient le plus vite possible. Elle fit un bout
de chemin avec Estelle et Lina puis continua seule
en empruntant le boulevard du Maréchal-Foch sans
hésiter sur l'itinéraire. Belle faisait partie de ceux
qui marchent le nez en l'air et le pas léger, curieux
de toutes les surprises du paysage, persuadés que
l'horizon sera toujours plus beau que le trottoir.
Tout son personnage s'exprimait dans un détail
comme celui-là, cette façon d'aller de l'avant,
confiante en elle-même et dans les autres. À l'opposé de son frère, qui resterait à jamais habité par
son enfance et ses blessures, elle savait garder une
longueur d'avance sur le passé, sans jamais se laisser rattraper, même dans les moments difficiles.
Personne sinon elle-même ne savait d'où lui venait
cette force qui manque souvent à ceux qui ont vu
leur vie bouleversée du jour au lendemain. Et même
si, de ce tremblement de terre, elle n'avait pas fini
de subir les secousses, le statut de victime ne la tentait en aucune façon. Au lieu de gaspiller son énergie en regrets, elle la consacrait à son devenir, mal-

gré les handicaps qu'elle aurait à surmonter. Et rien ni personne n'avait intérêt à s'interposer.

Une vieille R5 gris métallisé s'arrêta à sa hauteur avec, à l'intérieur, des jeunes gens qui essayaient d'attirer son attention. Il s'agissait de deux élèves de terminale qui, l'après-midi même, étaient tombés en pâmoison devant le soutien-gorge rouge de la nouvelle. Dès lors, ils s'étaient mis en tête de faire connaissance, de lui souhaiter la bienvenue, de lui faire visiter la ville.

— Non, merci, les garçons...

Elle continuait de marcher en direction de la maison, amusée à l'idée de se faire draguer dès le premier jour de classe. Elle n'avait pourtant nul besoin de se rassurer sur son charme, il opérait toujours, et depuis sa naissance. Ses parents l'avaient appelée Belle sans se douter à quel point elle allait le devenir. Tant de redondance en un si petit mot. Comment imaginer qu'un tel prénom, en France, lui poserait problème ? À cette époque-là, ni Maggie ni Fred ne savaient où se situait exactement la France.

— *Oh please, please, miss America !*

Ils insistèrent tant que Belle fut prise d'un doute sur la rue à emprunter pour rentrer chez elle.

— Elle habite où ?

— Rue des Favorites.

— C'est par là ! Monte, on te dépose à la maison.

Elle se laissa convaincre et grimpa à l'arrière. Les garçons se turent tout à coup, surpris qu'elle

48

accepte enfin ; ils attendaient un refus depuis le début et ce retournement leur cloua le bec. Et si cette fille-là était bien moins farouche que les autres, plus entreprenante ? Les Américains ont tellement d'avance sur tout, à commencer par les mœurs. Ils se regardèrent à la dérobée et s'autorisèrent à rêver.

— Dites, les garçons, j'ai l'impression qu'on fait un détour...

Au lieu de répondre, ils lui posèrent mille questions sur sa vie d'avant Cholong. Bien plus tendus que Belle, ils cherchaient à meubler, à dire n'importe quoi, à afficher leur complicité, à passer pour des hommes ; elle s'amusa de tant de gaminerie. La voiture ralentit à l'orée de la forêt du Vignolet, au bord de la nationale qui traçait jusqu'en Bretagne.

— On s'arrête ? demanda-t-elle.

La nuit venait de tomber d'un coup. Le bagout avait fait place à des silences de plus en plus suspects. Belle demanda une dernière fois à être raccompagnée. Les garçons sortirent de la voiture et échangèrent quelques mots à mi-voix. Avec un peu de chance, ils n'auraient pas grand-chose à tenter et tout se déroulerait comme dans un film, un baiser échangé avec la nouvelle, quelques caresses, pourquoi pas, allez savoir comment ça fonctionne. Et si leur escapade tournait court, il serait bien temps de feindre l'innocence. Belle songeait à tout ce qui l'attendait une fois rentrée chez elle : remplir la paperasse pour boucler son dossier, faire la synthèse de son emploi du temps, le confronter à celui de son frère, poser des étiquettes sur ses livres de cours, dresser une liste de tout ce qui lui manquait, la soirée allait s'éterniser. Elle resta adossée à une portière, croisa les bras en attendant que l'un des deux crétins comprenne avant l'autre que la balade était terminée. Avant de se déclarer vaincus, ils firent une dernière tentative d'approche, et l'un des deux hasarda une main sur l'épaule de Belle. Elle lâcha un soupir exaspéré, se pencha pour saisir le manche d'une raquette de tennis sur la banquette arrière et, d'un coup droit parfaitement maîtrisé, fracassa la tranche de la raquette sur le nez du plus entreprenant. L'autre, abasourdi devant un geste si spontané et si violent, recula de quelques pas sans pouvoir éviter une sorte de revers lifté qui lui arracha presque l'oreille. Quand ils furent à terre, le visage en sang, Belle s'agenouilla auprès d'eux pour estimer les dégâts avec des gestes d'infirmière. Elle avait retrouvé son innocent sourire et toute sa bienveillance pour l'humanité. En montant dans la voiture, elle se tourna une dernière fois vers eux et dit :

— Les garçons, si vous vous y prenez comme ça, vous n'arriverez jamais à rien avec les filles.

Elle démarra et retourna vers la nationale en sifflotant un air de Cole Porter, puis abandonna la voiture à cent mètres de la rue des Favorites et rentra à pied. Devant la grille de la maison, elle rejoignit sa mère, qui rentrait au même moment, et prit un sac de courses pour la soulager. Warren, qui déboulait lui aussi, referma la grille, et tous les trois entrèrent dans la maison.

Frederick, un genou à terre, donnait sa pâtée à la chienne, et ne fut guère surpris de voir revenir sa famille au grand complet. Il demanda :

— Alors, quoi de neuf, aujourd'hui ?

Comme s'ils s'étaient concertés, les trois répondirent en chœur :

— Rien.

2

Combien vaut un homme ? Quel est le prix d'une vie humaine ? Savoir ce qu'on vaut, c'est comme connaître le jour de sa mort. Je vaux vingt millions de dollars. C'est énorme. Et bien moins que ce que je croyais. Je suis peut-être un des hommes les plus chers du monde. Valoir aussi cher et vivre une vie aussi merdique que la mienne, c'est le comble de la misère. Si je les avais, moi, ces $ 20 M, je sais bien ce que j'en ferais : je les donnerais en totalité en échange de ma vie d'avant, d'avant que je coûte ce prix-là. Qu'est-ce que fera d'une somme pareille celui qui m'aura fait exploser la tête ? Il placera le tout dans l'immobilier et ira se la couler douce à la Barbade pour le reste de ses jours. Ils font tous ça.

Le plus ironique, c'est que, pendant ma vie d'avant, il m'est arrivé

d'avoir à prendre soin d'un type dont
la tête était mise à prix, comme la
mienne aujourd'hui (" prendre soin ",
chez nous, ça veut dire empêcher le
type en question de continuer à
nuire). La liquidation de témoin
n'étant pas ma spécialité, je servais
d'assistant à un hitman (un tueur à
gages, comme disent les caves) que mes
patrons d'alors avaient chargé de
rectifier cette balance de Harvey
Tucci, pour un contrat de deux cent
mille dollars, du jamais-vu. Il avait
fallu se creuser la tête pendant des
semaines pour l'empêcher d'aller
témoigner devant le Grand Jury, et je
vous parle d'une époque où le FBI
n'avait pas encore fait le tour de
tous les scénarios en matière de
garde rapprochée des repentis (on
leur en a fait voir, à ces cons de
fédéraux, mais ça, c'est une longue
histoire). Mon contrat à moi repré-
sente cent fois plus d'argent que
celui de cette lope de Tucci. Essayez
de vous imaginer un seul instant
exposé à la fine fleur du crime organisé, aux tueurs les plus déterminés,
aux plus grands professionnels, prêts
à vous tomber dessus au moindre coin
de rue. Ça devrait me foutre la

trouille. À vrai dire, bien au fond de moi, je me sens flatté.

— Maggie, fais-moi du thé !

Dans sa véranda, Fred avait crié assez fort pour réveiller Malavita, qui poussa un grognement et se rendormit aussitôt. Maggie avait entendu, elle aussi, sans ressentir aucune urgence, et resta plantée devant l'écran de télévision de leur chambre. Vexé qu'elle ne réponde pas, Fred quitta sa machine à écrire au risque de laisser échapper son inspiration.

— Tu m'as pas entendu ?

Alanguie sur le lit, contrariée par l'intrusion de son mari en plein dénouement d'un mélo, Maggie mit la cassette sur pause.

— Fais pas ton Rital avec moi, tu veux ?

— Mais... Je travaille, sweetie...

Au mot « travail », Maggie dut contenir un agacement qu'elle sentait monter depuis leur installation à Cholong, un mois plus tôt.

— On peut savoir ce que tu fabriques avec cette machine à écrire ?

— J'écris.

— Ne te fous pas de moi, Giovanni.

Elle ne l'appelait par son vrai prénom que dans des situations extrêmes, très tendres ou très tendues. Il allait devoir avouer ce qu'il fabriquait dans la véranda dès 10 heures du matin, penché sur une vieillerie en bakélite, et rendre compte aux siens de cette urgence de travail qui lui donnait une énergie rare et le plongeait dans un délicieux désarroi.

— Prends les voisins pour des cons si le cœur t'en dit, mais épargne-nous, tes gosses et moi.

— Puisque je te dis que j'ÉCRIS, nom de Dieu !

— Tu sais à peine lire ! Tu serais incapable d'écrire la moindre phrase que tu prononces ! C'est le voisin du 5 qui m'a appris que tu nous pondais un truc sur le Débarquement ! J'ai dû acquiescer, là, comme une idiote... Le Débarquement ? Tu ne sais pas qui était Eisenhower !

— Je me fous de cette connerie de Débarquement, Maggie. C'est un prétexte. J'écris autre chose.

— On peut savoir quoi ?

— Mes Mémoires.

À cette phrase, Maggie comprit que le mal avait gagné. Elle connaissait son homme depuis toujours et quelque chose lui dit que son homme n'était peut-être plus celui qu'elle devinait, il y a un mois encore, à la moindre intonation, au plus discret de ses gestes.

Pourtant, Fred ne mentait pas. Sans souci de chronologie, il revenait, au gré de son humeur, sur la période de sa vie la plus heureuse, ses trente années passées au sein de la mafia new-yorkaise, et sur la plus douloureuse, son repentir. Au bout de quatre années de traque, le capitaine Thomas Quintiliani, du FBI, était parvenu à coincer Giovanni Manzoni, chef de clan, et l'avait contraint à témoigner dans un procès qui avait fait tomber les trois plus gros caïds, les *capi*, qui contrôlaient la côte Est. Parmi eux, on comptait Don Mimino, *capo di tutti capi*, chef suprême des « cinq familles » de New York.

Suivait toute la période dite de Protection Witness Program, le Witsec, ce fichu dispositif de protection des témoins, censé mettre les repentis du crime organisé à l'abri des représailles. Revenir sur les heures les plus pitoyables de son existence était sans doute le prix à payer pour qui se lance dans l'écriture de ses Mémoires. Fred allait frapper chaque lettre de chaque mot interdit : balancer, moucharder, vendre ses amis, condamner les plus anciens à des peines de dix fois leur grand âge et mille fois leur espérance de vie (Don Mimino avait pris trois cent cinquante et un ans, nombre mystérieux pour tous, y compris Quintiliani). Fred ne contournerait pas la difficulté, il irait jusqu'au bout de la confession, on pouvait compter sur lui pour ne jamais faire les choses à moitié. À l'époque où on le chargeait d'éliminer des gêneurs, il faisait en sorte de ne laisser aucun morceau identifiable et, quand il décidait de protéger un territoire, il n'exonérait aucun commerçant de sa dîme, pas même le vendeur de parapluies à la sauvette. Dans son récit, le plus dur serait de revivre mentalement les deux années d'instruction du procès, époque de paranoïa absolue où il changeait d'hôtel tous les quatre jours, entouré d'agents, et où on ne l'autorisait à voir ses enfants qu'une fois par mois. Jusqu'à ce fameux matin où, la main droite levée face à l'Amérique entière, il avait prêté serment.

Avant d'en arriver là, il allait faire remonter en lui de délicats souvenirs, retrouver le meilleur de sa vie, le temps bienheureux de sa jeunesse, de ses premières armes, de sa montée au feu, et de son entrée officielle dans la confrérie de la Cosa Nostra. L'époque bénie où tout restait à faire, et où il aurait tué à mains nues quiconque lui aurait prédit qu'un jour il trahirait.

— Quintiliani trouve que c'est une bonne idée, écrivain.

Tom Quintiliani, l'ennemi de toujours et néanmoins responsable depuis six ans de la sécurité des Blake, avait donné son feu vert. Tout individu en résidence surveillée attirait à un moment ou un autre la curiosité des voisins, on le savait d'expérience. Fred devait pouvoir justifier d'une activité sédentaire vis-à-vis des riverains.

— Moi aussi, je trouvais l'idée bonne, jusqu'à ce que tu te mettes à faire l'écrivain, merde !

Le fait est que tout le quartier savait désormais qu'un écrivain américain venait de s'installer pour travailler à une grande fresque sur le Débarquement. Qu'on la regarde comme la femme de l'écrivain n'apportait à Maggie aucune gratification, bien au contraire, elle sentait que la supercherie de Fred n'allait pas tarder à lui retomber sur le dos. Sans parler de Belle et de Warren qui, sur leurs fiches de

58

présentation aux professeurs, avaient laissé en blanc la rubrique Profession des parents. Ils auraient de loin préféré dire à leurs camarades et à tout le personnel enseignant que leur père était maquettiste, ou correspondant européen pour un magazine de pêche américain, rien qui suscitât de réelle curiosité. À n'en pas douter, la soudaine vocation littéraire de leur père allait devenir une source de complications.

— Tu aurais pu trouver quelque chose de plus discret, reprit Maggie.

— Architecte ? Comme à Cagnes ? C'est toi qui avais eu cette brillante idée. Les gens venaient me demander comment on fabrique des piscines et des fours à pizzas.

Mille fois, ils s'étaient imposé cette conversation, mille fois ils avaient failli s'étriper. Elle rendait Fred responsable, à juste titre, de ces déménagements à répétition, de leur incapacité à s'enraciner quelque part. Non content de les avoir exilés jusqu'en Europe, Fred avait trouvé le moyen de se faire remarquer dès leur arrivée à Paris. Habitué depuis toujours à avoir des liasses de billets dans ses poches pour ses menues dépenses, il avait décrété que le plan Witsec ne lui fournissait pas de quoi vivre décemment. Lui, un témoin de luxe qui avait fait tomber les plus gros, on lui imposait le train de vie d'un porte-flingue de troisième catégorie ? Qu'à cela ne tienne. Quintiliani n'ayant pas voulu améliorer l'ordinaire, Fred avait acheté à crédit un gigantesque congélateur et l'avait bourré de denrées luxueuses payées à grand renfort de chèques en bois et revendues aux voisins (il avait réussi à se faire passer dans l'immeuble pour un grossiste en surgelés susceptible de fournir des homards au détail à des prix défiant toute concurrence). Son petit commerce était si imprévisible, si invraisemblable, et pourtant si discret, que les agents du FBI n'en prirent connaissance qu'à la première réclamation de la banque. Tom Quintiliani, grand professionnel de la protection de témoin, avait su parer à toutes les menaces, anticiper toutes les connexions possibles avec les milieux mafieux, maintenir secrète la *relocation* des Blake, même à certains pontes de son service. Il avait tout prévu. Tout sauf les allées et venues de crustacés dans la résidence Saint-Fiacre, 97 rue Saint-Fiacre, Paris deuxième.

Tom s'était senti blessé par un détournement aussi odieux du statut Witsec. Prendre de tels risques quand on fait l'objet de mesures exceptionnelles, jusqu'à devenir le premier témoin relogé en Europe, révélait à la fois l'inconscience et l'ingratitude de Fred. Il avait fallu quitter Paris pour une petite ville de la Côte d'Azur. Fred avait senti le vent du boulet et avait fini par se calmer.

Trois ans plus tard, les Blake avaient réussi à se fondre dans le décor. À Cagnes, les enfants avaient retrouvé leur niveau scolaire, Maggie suivait une formation par correspondance, et Fred passait ses après-midi à la plage, pour se baigner l'été et se promener l'hiver, seul, hormis la présence lointaine d'un agent de Quintiliani. Durant ces longues heures de solitude, il avait ruminé toutes les étapes qui l'avaient mené jusque-là, toutes ces bizarres bifurcations du destin qui auraient mérité, pensait-il, d'être racontées. Le soir, il lui arrivait de rejoindre des copains de bistrot pour taper le carton en buvant un pastis.

Jusqu'au jour où survint cette partie de belote de sinistre mémoire.

Ce soir-là, ses partenaires s'étaient mis à raconter leur vie, leurs petites misères mais aussi leurs petites victoires professionnelles, une augmentation, une croisière offerte par la boîte, une promotion. Un peu éméchés, ils s'étaient amusés du silence de Fred, l'architecte américain, et l'avaient gentiment taquiné sur son apparente oisiveté — les seules constructions qu'on lui connaissait étaient ses châteaux de cartes et ses châteaux de sable. Fred avait encaissé sans broncher et son silence avait encouragé les sarcasmes. Tard dans la nuit, poussé à bout, il avait fini par craquer. Lui, Fred, n'avait jamais attendu ni les bons points ni les coups de règle de ses chefs ! Il avait bâti un royaume de ses mains pour y régner en maître absolu ! Il avait levé des armées ! Il avait fait trembler des puissants ! Et il avait aimé sa vie, une vie dont personne ne pouvait comprendre la logique, et surtout pas les trous du cul de ce bistrot minable !

Après son départ précipité pour la Normandie, le bruit avait couru, dans ce petit quartier de Cagnes-sur-Mer, que l'Américain était reparti chez lui pour soigner ses nerfs.

— Ici, on me foutra la paix, Maggie. On fout la paix aux écrivains.

À cette phrase, elle quitta la pièce en claquant la porte, avec la ferme intention de lui foutre la paix jusqu'à ce que mort s'ensuive.

*

Mme Lacarrière, professeur de musique, avait vu l'arrivée tardive de Mlle Blake dans son cours comme une bénédiction. À l'inverse de tous ceux qui profitaient de cette heure-là pour terminer un exercice de maths ou relire une dissertation, Belle prenait le cours très au sérieux et participait au nom de tous. Elle était la seule à différencier un *la* d'un *ré*, à situer Bach avant Beethoven, et à chanter juste, tout simplement. Le grand drame de Mme Lacarrière, depuis ses douze années d'exercice, était de n'avoir jamais trouvé *l'élève*. Celui qu'elle aurait révélé à la musique, celui qui aurait poursuivi son enseignement, qui aurait joué ou composé lui-même, celui qui, pour le moins, aurait justifié son rôle d'enseignante au lieu de le remettre en question.

— Dites, mademoiselle Blake...

Tous les professeurs, déconcertés par le prénom Belle, avaient opté pour ce « mademoiselle Blake ».

— Le lycée organise pour la fin d'année un spectacle où seront conviés les parents et les élus. Je m'occupe de la chorale, qui chantera le *Stabat Mater* de Haydn. J'aimerais beaucoup que vous puissiez vous joindre à nous.

— Hors de question.

— ... Pardon ?

— Ce sera sans moi !

Elle avait fourni la même réponse au professeur de français, qui mettait en scène une pochade écrite par les élèves. Elle avait répondu non avec la même fermeté à Mme Barbet, qui montait un tableau de danse contemporaine.

— Mais... Réfléchissez... Il y aura sans doute vos parents... Et le maire de Cholong, la presse locale...

— C'est tout réfléchi.

Belle se leva, quitta le cours sans autorisation sous le regard éberlué de la classe, et décida d'aller passer ses nerfs dans la cour. La presse locale... Rien qu'en imaginant le refus catégorique de Quintiliani, Belle poussa un grognement qui ne lui ressemblait pas. Le programme Witsec interdisait toute photo, toute prestation publique aux membres d'une famille protégée. Belle finissait par en vouloir à tous ceux qui lui proposaient de jouer un rôle dans ce satané spectacle de fin d'année.

— Vous êtes timide, Belle. Apparaître en public

peut vous aider ! Beaucoup de gens ont soigné leur timidité en faisant du théâtre.

Timide, elle ? L'aplomb d'une star ! L'audace d'une chanteuse de saloon ! À tous ceux qui l'incitaient à se produire sur scène, elle cachait la vraie raison : *Je ne suis pas une petite bécasse qui cherche à se faire prier. Je ne peux apparaître nulle part, ce sont les États-Unis d'Amérique qui me l'interdisent. Apparaître, c'est risquer ma vie et celle des miens, et ce sera ainsi tant que je vivrai.*

Plus que dix minutes avant la sonnerie de midi. Belle s'impatientait, besoin de voir Warren. Le seul à qui elle puisse se plaindre, lui qui ne se plaignait plus depuis longtemps de leur exception, cette malédiction. Elle retourna dans le bâtiment principal et s'assit à même le sol, en face de la salle où son frère assistait au cours d'histoire.

Depuis l'enfance, Warren avait une fâcheuse tendance à se bricoler une scolarité à la carte. À force de se projeter dans l'âge adulte, il avait opéré un certain nombre de choix dans son éducation afin, selon lui, de se consacrer à l'essentiel. Les deux seules matières qui méritaient un peu de sa concentration étaient l'histoire et la géographie. La première par respect pour ses origines, la seconde pour la défense de son territoire. Depuis toujours il ressentait le besoin de comprendre l'organisation du monde, la manière dont il s'était construit bien avant sa naissance. À Newark, déjà, il était curieux de son ascendance, son avent, l'histoire de son

Histoire. D'où sa famille venait-elle et pourquoi avait-elle quitté l'Europe ? Comment l'Amérique était-elle devenue les États-Unis ? Pourquoi ses cousins australiens avaient-ils cet accent bizarre ? Comment les Chinois ont-ils fait pour implanter des Chinatowns partout dans le monde ? Pourquoi les Russes ont-ils désormais leur propre mafia ? Plus il aurait de réponses, mieux il serait préparé à gérer l'empire qu'il allait reconquérir. Et les autres matières ? Quelles autres matières ? La grammaire était l'affaire des avocats, les chiffres, celle des comptables, et la gym celle des gardes du corps.

Le programme de l'année comprenait, entre autres, un bref survol des relations internationales avant la Seconde Guerre mondiale, puis les grandes lignes de la guerre elle-même à travers l'Europe. Ce matin-là, leur professeur évoquait la montée du fascisme italien et la façon dont Mussolini avait pris le pouvoir.

— La marche sur Rome a lieu en 22, Mussolini s'installe au gouvernement. En 24, après l'assassinat du socialiste Matteotti, il fonde une dictature. Il instaure en Italie un État totalitaire et rêve d'un Empire colonial fondé sur le modèle de la Rome antique et lance ses troupes à la conquête de l'Éthiopie. Il se rapproche du Führer lorsque la Grande-Bretagne et la France condamnent ses annexions africaines. Il apporte son soutien aux troupes franquistes pendant la guerre civile en Espagne. Il ne rencontrera plus aucune résistance, jusqu'à la fin de la guerre. À la même époque, en France...

L'Histoire continuait sa marche sous le regard absent d'une vingtaine d'élèves impatients d'aller s'attabler devant les poissons panés du vendredi. La journée semblait plus douce encore que la veille, une de celles où l'été s'impose déjà. Soucieux de vérité historique, Warren leva la main.

— Et que faites-vous de l'opération Strip-tease ?

Le mot « strip-tease » réveilla la classe entière au moment le plus inattendu. Tous l'entendirent comme une provocation en bonne et due forme — on n'en attendait pas moins du petit nouveau qui avait su mettre au pas des types de trois fois son poids.

— ... Qu'est-ce que tu veux dire ?

— Vous avez dit, à propos de Mussolini : « Il ne rencontrera plus aucune résistance jusqu'à la fin de la guerre », c'est compter sans l'opération Strip-tease.

La sonnerie de midi retentit mais chacun resta miraculeusement à sa place. M. Morvan n'avait rien contre l'idée d'en apprendre sur son domaine grâce à un élève, et demanda à Warren de poursuivre.

— Je ne crois pas me tromper en disant que les Américains, dès 43, avaient cherché à débarquer en Sicile. La CIA de l'époque savait que la mafia était la seule force antifasciste du pays. À sa tête, on trouve Don Calogero Vizzini, qui avait juré d'avoir la peau du Duce. C'était lui que les Américains voulaient charger d'organiser le débarquement, mais pour parvenir jusqu'à lui il fallait s'attirer les bonnes grâces de Lucky Luciano, qui venait de prendre cinquante ans ferme pour fraude fiscale dans la prison la plus dure des États-Unis.

Warren connaissait bien la suite mais fit semblant de fouiller dans sa mémoire. M. Morvan l'encouragea, intrigué et amusé à la fois. Warren se demanda s'il n'était pas allé trop loin.

— On l'a fait sortir de prison, on lui a fait porter l'uniforme de lieutenant de l'armée US, et il a rejoint la Sicile en sous-marin avec des types des Services secrets. Là-bas, ils se sont entretenus avec Don Calo, qui a consenti à leur préparer le terrain pour qu'ils puissent débarquer trois mois plus tard.

À peine eut-il terminé que quelques-uns se ruèrent vers la sortie, d'autres posèrent des questions, épatés à l'idée qu'un gangster ait pu jouer un rôle aux côtés des Alliés. Warren prétendit ne pas en savoir plus ; s'il éprouvait un intérêt particulier pour les recoins obscurs de l'histoire américaine, il préférait passer certains détails sous silence. Quand les gosses lui demandèrent ce qu'était devenu Luciano, Warren entendit une autre question : un truand peut-il finir dans les livres d'histoire ?

— Si ça vous intéresse, y a plein de sites Internet qui racontent tout ça, dit-il en se dirigeant vers la sortie.

M. Morvan le retint un instant et attendit que la salle fût déserte.

— ... C'est ton père ?

— Quoi, mon père ?

Warren avait presque crié. Quel besoin de raconter les faits d'armes de Luciano en personne, son idole après Capone ? Combien de fois Quintiliani les avait-il exhortés, quelles que soient les circonstances, à éviter les sujets sensibles : interdiction formelle d'évoquer la mafia ou sa filière américaine issue de Sicile, la Cosa Nostra. Pour avoir voulu frimer en classe, Warren venait peut-être de condamner sa famille à reprendre la route un mois après avoir posé ses valises.

— Il paraît que ton père est écrivain et qu'il s'est installé à Cholong pour travailler à un livre sur la Seconde Guerre mondiale. C'est lui qui t'a raconté ça ?

Le gosse se précipita sur la perche qu'on lui tendait : son père lui sauvait la mise. Un père incapable de dater quoi que ce soit, ni la Seconde Guerre mondiale ni la naissance de ses enfants, un père incapable de dessiner les contours de la Sicile ou même de dire pourquoi Luciano avait été surnommé le Chanceux. Le statut d'écrivain autoproclamé avait tiré son fils d'un mauvais pas.

— Il m'explique certains trucs mais je ne retiens pas tout.

— Qu'est-ce que Luciano est devenu par la suite ?

Warren comprit qu'il n'y échapperait pas.

— Il fut à l'origine du gigantesque pipe-line d'héroïne qui arrose aujourd'hui les États-Unis.

Au début de l'après-midi, Maggie trouva le courage de s'atteler aux préparatifs du barbecue auquel Fred avait invité tout le quartier. *Quel meilleur moyen de faire connaissance, Maggie ? De s'intégrer, de se faire accepter ?* Elle dut le reconnaître, aller au-devant du voisinage, c'était s'épargner beaucoup de méfiance et créer un climat bienveillant. Malgré tout, elle soupçonnait son mari de vouloir vivre, en public, son nouveau fantasme : faire l'écrivain.

— Maggie ! hurla-t-il à nouveau, du fond de la véranda, tu me le fais, ce thé, oui ou non ?

Les coudes posés de part et d'autre de sa Brother 900, le menton sur ses doigts croisés, Fred s'interrogeait sur les mystères du point-virgule. Le point, il savait, la virgule, il savait, mais le point-virgule ? Comment une phrase pouvait-elle à la fois se terminer et se poursuivre ? Quelque chose bloquait mentalement, la représentation d'une fin continue, ou d'une continuité qui s'interrompt, ou l'inverse, ou quelque chose entre les deux, allez savoir. Qu'est-ce qui, dans la vie, pouvait correspondre à ce schéma ? Une sourde angoisse de la mort mêlée à la tentation métaphysique ? Quoi d'autre ? Une bonne tasse de thé lui aurait laissé le temps de la réflexion. Contre toute attente, Maggie décida de lui passer son caprice dans le seul but de jeter un œil à la dérobée sur les pages qu'il noircissait la journée durant. En général, les lubies de Fred ne duraient jamais longtemps et disparaissaient comme elles étaient venues, rien de comparable avec cette comédie qu'il se jouait à lui-même. Fred se décida à frapper ce point-virgule, pour essayer.

`Voir crever un ennemi est bien plus doux que se faire un nouvel ami ; qui a besoin de nouveaux amis ?`

À la réflexion, il trouva le point-virgule si peu clair, si hypocrite, qu'il essaya de recouvrir la virgule au Tipp-Ex sans toucher le point.

Quand il entendit le cri épouvantable de Maggie.

Il se leva en renversant sa chaise, se rua dans la cuisine, et vit sa femme, stupéfaite, la bouilloire à la main, devant le jet dru du robinet : une eau marronnasse, vaseuse, répandait dans l'évier une odeur d'outre-tombe.

*

Sur le coup de 17 heures, Maggie pointait sa liste de salades et accompagnements prévus pour le barbecue. Ne manquaient plus que le *coleslaw* et la soupière de *zitis* sans lesquels, du côté de Newark, on ne concevait pas une *BBQ party* digne de ce nom. Elle s'arrêta un moment, visitée par la mauvaise conscience, regarda l'heure à sa montre, puis jeta un œil vers le pavillon sis au 9, exactement en vis-à-vis du leur. Derrière la fenêtre du premier étage, une silhouette immobile ressemblait à un trompe-l'œil en carton-pâte. Elle saisit une barquette en aluminium pour la remplir de poivrons marinés, fit tenir deux boules de mozzarella dans une autre, rangea le tout dans un panier, sans oublier une bouteille de vin rouge et une miche de pain de campagne, des serviettes en papier et des couverts. Elle sortit de la maison, traversa la rue, fit un discret signe de la main en direction de la silhouette, entra et se dirigea vers l'entrée côté jardin. Le rez-de-chaussée, inhabité, sentait encore le renfermé faute d'avoir été correctement aéré depuis l'emménagement des trois nouveaux locataires, le même jour que celui des Blake. L'étage comprenait une chambre pour chaque membre de l'équipe, une salle de bains avec cabine de douche, une indispensable buanderie avec machine à laver et séchoir, et un très grand salon, théâtre des opérations.

— Vous devez avoir faim, les garçons, dit-elle.

Les lieutenants Richard Di Cicco et Vincent Caputo l'accueillirent avec un sourire mêlé de reconnaissance. Impeccables dans leurs costumes gris et chemises bleues, ils n'avaient pas prononcé la moindre parole depuis maintenant deux heures. Le salon, entièrement conçu pour surveiller le pavillon des Blake, était équipé d'une table d'écoute, de deux paires de jumelles 80/20 montées sur trépied, d'un standard téléphonique indépendant pour communiquer avec les États-Unis, de plusieurs micros paraboliques de différentes portées. On trouvait aussi deux fauteuils, un lit de camp, et une caisse toujours fermée au cadenas, qui contenait un fusil-mitrailleur, un fusil à lunette et deux armes de poing. Réveillé par l'arrivée de Maggie, Richard avait siroté son thé froid l'après-midi durant, sans penser à rien, sinon à sa fiancée qui, compte tenu du décalage horaire, devait, à cette minute précise, arriver à son bureau de contrôle de fret aérien, à l'aéroport de Seattle. Vincent, lui, avait trituré son jeu vidéo jusqu'à en avoir la pulpe des doigts engourdie. Et pour donner raison à leur visiteuse, eh bien oui, ils avaient faim.

— Qu'est-ce qu'il y a de bon dans votre panier, Maggie ?

Elle dépiauta la barquette de poivrons posée sur ses genoux. Les garçons se turent sous le coup d'une émotion idiote. Ces poivrons à l'odeur d'huile mêlée d'ail les ramenaient vers le sol natal. Le geste de Maggie leur rappelait celui d'une mère. Di Cicco et Caputo se raccrochaient à ces attentions-là pour ne pas se sentir entièrement orphelins depuis qu'ils avaient accepté cette mission hors territoire. Depuis maintenant cinq ans, on leur octroyait trois semaines de récupération tous les deux mois et, plus la relève se faisait attendre, plus la nostalgie des exilés se lisait dans leur regard. Di Cicco et Caputo n'avaient commis aucune faute, rien à expier qui aurait pu justifier un déracinement sans espoir de retour. Maggie voyait en eux des victimes et non des espions chargés de fouiner dans sa vie quotidienne. Elle se devait d'aller au-devant d'eux comme seule une femme savait le faire.

— Des poivrons marinés comme vous les aimez, avec beaucoup d'ail.

Maggie les soignait comme des proches, car ils l'étaient, proches, dans le vrai sens du terme ; ils ne s'éloignaient jamais de l'entrée de la maison à plus de trente pas et prenaient le quart, la nuit, pour veiller sur eux. Ils connaissaient la famille Blake mieux que la famille Blake elle-même. Un Blake pouvait avoir des secrets pour un autre Blake, mais pas pour Di Cicco et Caputo, encore moins pour Quintiliani, leur chef.

Ils partagèrent le plat et mangèrent en silence.

— Quintiliani vous a prévenus, pour le barbecue de tout à l'heure ?

— Il a bien aimé l'idée, il passera peut-être, en fin de soirée.

À l'inverse de ses agents, Quintiliani restait mobile en toutes circonstances. Des allers-retours fréquents à Paris, des séjours réguliers à Quantico, siège du FBI, et parfois des visites éclairs en Sicile pour coordonner des opérations anti-mafia. Les Blake ne savaient jamais rien de ses déplacements et le voyaient apparaître et disparaître au moment où ils s'y attendaient le moins.

— On aurait dû faire ce barbecue à Cagnes,

réunir tous les curieux d'un coup et s'en débarrasser une bonne fois pour toutes, dit Di Cicco.

— Essayez de venir aussi, fit Maggie, j'ai fait des *zitis*, et Fred s'occupera des steaks et de la *salsiccia*.

— Tout le quartier est au courant, vous allez avoir du monde.

— Il en restera toujours pour vous deux, comptez sur moi.

— L'huile, c'est la même que d'habitude ? On en trouve, ici ? demanda Vincent en sauçant la barquette de poivrons.

— J'en avais gardé un bidon du petit Italien d'Antibes.

Court silence à l'évocation du magasin La Rotonda, dans la vieille ville.

— Si on m'avait dit un jour que je vivrais dans le pays de la crème fraîche, dit Richard.

— C'est pas que c'est pas bon, j'ai rien contre, mais notre estomac n'est pas habitué, reprit son collègue.

— Hier, au restaurant, ils en ont mis dans la soupe, et puis sur l'escalope, et pour finir sur la tarte aux pommes.

— Sans parler du beurre.

— Le beurre ! *Mannaggia la miseria !* s'exclama Vincent.

— Le beurre, c'est pas naturel, Maggie.

— Qu'est-ce que vous voulez dire ?

— L'organisme humain n'a pas été conçu pour

affronter un corps gras de ce calibre. Rien que d'imaginer ça sur les parois de mon estomac, j'en ai des suées.

— Goûtez à cette mozzarella, au lieu de dire des bêtises.

Vincent ne se fit pas prier mais continua sur sa lancée.

— Le beurre imprègne les tissus, il bouche, il durcit, il sédimente, ça vous fait l'aorte comme une crosse de hockey. L'huile d'olive vous effleure l'intérieur et file, en ne laissant derrière elle que son parfum.

— L'huile, c'est dans la Bible.

— Ne vous en faites pas, dit Maggie, je vais continuer à vous soigner avec la cuisine de chez nous, nous allons faire acte de résistance au beurre et à la crème.

Selon un petit rituel mis au point deux ou trois années auparavant, Maggie aborda la question des voisins. Pour des raisons de sécurité, le FBI possédait la fiche signalétique de presque tous les résidents de la rue des Favorites et alentour. Maggie ne pouvait s'empêcher de poser des questions à propos de l'un ou de l'autre, curieuse de la vie de ceux qu'elle croisait chaque jour et qu'elle aurait voulu connaître sans avoir à les fréquenter. Curiosité de commère ? Le fait est qu'aucune commère au monde n'avait à sa portée tant de moyens techniques.

— La famille du 12, ils sont comment ?

demanda-t-elle en pointant une paire de jumelles vers leur pavillon.

— La mère a des crises de kleptomanie, fit Di Cicco, on l'a interdite d'accès au centre commercial d'Évreux. Le père en est à son troisième pontage. Les enfants, rien à signaler, à part que le petit va redoubler.

— La vie ne les épargne pas, dit-elle avec une pointe de tristesse.

Du fond de la cave, par le soupirail donnant sur la rue, Fred devinait la scène qui se jouait en vis-à-vis. Voir sa femme faire des civilités à ces deux fouille-merde, a fortiori les nourrir, le rendait fou. Malgré les années de proximité, ces deux-là ne seraient jamais du même bord que lui et, aussi long-temps qu'il serait en vie, il saurait le leur rappeler, et les maintenir à distance.

— Envoie-les se faire foutre, Maggie...

Dans ses oreillers, Malavita, tout juste réveillée, semblait se demander pourquoi son maître s'agitait ainsi dans la cave. Une clé à molette en main, Fred vivait une de ces situations où tout homme sent sa virilité mise à l'épreuve. Il arborait la moue gênée de celui qui se force à regarder sous un capot de voiture, ou qui fait semblant de s'y retrouver devant un tableau électrique. Il fouinait du côté des tuyau-teries et du compteur d'eau pour tenter de fournir à sa femme un début d'explication sur cette eau crou-pie qui avait coulé dans l'évier de la cuisine. Il avait espéré, comme tant d'autres, régler le problème seul, petit miracle ménager qui aurait forcé le respect des siens. Comme on donne un coup de pied dans un pneu, il fit tinter sa clé à molette sur la tuyauterie, gratta un peu de rouille, essaya de trouver un sens à cette entropie de tuyaux qui se perdaient dans la pierre recouverte de mousse. Il considérait comme bien moins dégradant de faire la cuisine que de bricoler, même s'il lui était arrivé de fréquenter les magasins d'outillage à des fins détournées, perceuse, scie et marteau pouvant connaître des applications bien plus efficaces sur le plan de la destruction que de la construction. Il remonta dans la cuisine, où Maggie avait repris son ouvrage, prononça la phrase qu'il redoutait (« On a le numéro d'un plombier ? ») et se servit une platée de poivrons rouges, qu'il alla manger dans sa véranda.

Maggie mit les enfants à contribution dès qu'ils furent rentrés du lycée, le petit à la découpe des légumes, la grande à la préparation du jardin, couverts et décoration. Plus d'une trentaine de personnes étaient attendues, autant dire un tiers des habitués des barbecues qu'ils donnaient, dans le temps, à Newark. Un par mois, d'avril à septembre, et personne ne s'avisait d'y couper. Au contraire, ils découvraient toujours de nouvelles têtes qui voyaient là une occasion de forcer délicatement leur porte.

— Qu'est-ce que les Normands mettent sur leur gril ? demanda Warren.

— Je dirais des côtelettes d'agneau, répondit sa

mère, et, en accompagnement, cette salade à base de radis, de pommes et de fromage blanc.

— Ma préférée ! dit Belle, de passage dans la cuisine.

— Si on leur avait servi ça, on courait à la catastrophe, fit Warren. On va leur préparer le BBQ qu'ils s'attendent à trouver.

— C'est-à-dire ?

— De la bouffe américaine. De la grosse et grasse bouffe de Yankees. On ne doit pas les décevoir.

— Très appétissant, mon fils. Ça donne envie de faire des efforts.

— Ce qu'ils veulent, c'est de la nourriture pornographique.

Maggie cessa net de gratter son parmesan et, faute d'une repartie, lui interdit de prononcer ce mot.

— Maman, fit Belle, ton fils n'utilise peut-être pas « pornographie » dans le sens où tu l'imagines.

— Les Français en ont marre du raffinement et de la diététique, reprit Warren, on ne leur parle que de ça toute la journée. Vapeur, légumes bouillis, poisson grillé, eau gazeuse. On va les déculpabiliser, Mom, on va leur en donner, du gras, du sucré, c'est ce qu'ils attendent de nous. Ils vont venir bouffer chez nous comme on va au bordel.

— Attention à ce que tu dis, petit homme ! Tu ne t'y risquerais pas devant ton père.

— Papa est d'accord avec moi. À Cagnes, je l'ai

surpris à jouer l'Américain de base, les gens en redemandaient, ils se sentaient si brillants face à lui.

Tout en écoutant les élucubrations de son fils, Maggie mettait la dernière main à sa *tex-mex potato salad*, elle tourna sa *Caesar salad*, égoutta les *zitis* avant de les plonger dans la sauce tomate. Warren en goûta un, encore brûlant, à même l'énorme saladier en plastique transparent.

— La pasta est parfaite, mais elle va nous trahir, Mom.

— ... ?

— Ils vont s'apercevoir qu'avant d'être américains on était des Ritals.

L'air absorbé, Fred déboula dans la cuisine, Warren et Maggie se turent. Avec le même geste que son fils, il happa une pâte, la mâcha posément, adressa un petit signe de tête à sa femme et demanda où était la viande qu'il aurait à faire cuire plus tard. Faute de l'avoir choisie lui-même, il inspecta la marchandise d'un œil absent, soupesa quelques steaks, détailla la viande hachée. En fait, il avait quitté son bureau pour se laisser le temps de la réflexion devant un passage qui lui résistait.

Le mot que je déteste le plus au monde, c'est " repenti ". On me traite de repenti : je tire à vue. Le jour où j'ai prêté serment et que j'ai balancé, tous ces magistrats avaient envie de me voir baisser la

tête et implorer le pardon. Pires que
des curés, tous ces petits juges. Me
repentir de ma vie, moi ? Si c'était
à refaire, je referais tout, vraiment
TOUT, en évitant juste deux ou trois
pièges sur la fin. Il paraît que pour
les Français, le repentir c'est quand
un peintre décide de repeindre par-
dessus sa toile. Bon, disons que j'ai
fait ça, j'ai recouvert un chef-
d'œuvre avec une croûte, et mon
repentir s'arrête là. Un repenti,
c'est pire qu'un immigré qui ne se
sentira pas plus chez lui sur la
terre qu'il a quittée que sur celle
qui l'accueille. Moi, je ne serai
plus jamais chez moi parmi les
truands, mes frères, et les honnêtes
gens ne me feront de place nulle
part. Croyez-moi, repenti, c'est pire
que tout.

Fred butait sur la définition du « repentir » et
reconnaissait toute la lourdeur de sa tournure sans
pouvoir y changer grand-chose. Il sentait pourtant
le parallèle avec sa vie si juste, si net.

— Je me mettrai au gril vers 6 heures, dit-il, j'ai
mon chapitre à finir.

Il retourna le plus sérieusement du monde dans

sa véranda qui, ce soir, ne serait pas ouverte au public.

— Son chapitre ? Il veut dire quoi, exactement ? demanda Warren.

— Je ne sais pas, répondit Maggie, mais pour la survie de l'espèce il vaut mieux que le monde ne soit jamais mis au courant.

*

Trois heures plus tard, le jardin parvenait tout juste à contenir un voisinage qui n'aurait raté ça pour rien au monde. On s'apprêtait à veiller et à profiter au mieux d'une soirée exceptionnellement douce pour la saison, un temps idéal pour une garden-party. Pour l'occasion, on avait même fait des efforts vestimentaires, les femmes étrennaient leur robe d'été, des choses blanches ou bigarrées, les hommes avaient opté pour le lin et la chemise à manches courtes. Le buffet, couvert de saladiers et de sauces diverses, était disposé au fond du jardin, avec deux petits fûts de vin blanc et rouge à chaque extrémité. À quelques mètres de là, le gril encore froid attirait des curieux qui s'impatientaient de le voir transformé en fournaise. Maggie accueillait ses hôtes à bras ouverts, les dirigeait vers une pile d'assiettes, fournissait des réponses toutes faites aux questions attendues et exprima tout son bonheur de vivre en cette Normandie si chère à la génération de ses parents. Elle fit visiter la maison, présenta chaque nouvel arrivant à ses deux enfants, qui avaient pour consigne de se les partager de façon équitable et de les amuser autant que possible. Elle accepta toutes les propositions d'invitations, y compris celle d'une association de quartier chargée de lutter contre une menace de lotissement, et nota quantité de coordonnées. Comment les invités auraient-ils pu se douter que leur vie privée n'aurait bientôt plus de secret pour Maggie ?

Belle attirait plus que son frère. Belle attirait toujours, hommes et femmes, jeunes et moins jeunes, même ceux qui se méfiaient de la beauté comme s'ils en avaient souffert. Elle savait inverser les rôles et jouer à l'invitée, se laisser servir, répondre aux questions. Belle n'avait qu'à se contenter d'être elle-même et imaginer qu'elle s'adressait à son public. Warren, en revanche, coincé par un petit groupe d'adultes, subissait déjà leur conversation. Depuis son arrivée en France, on lui avait posé mille questions sur la culture et le mode de vie américains, à tel point qu'il avait pu recenser les plus courantes : qu'est-ce qu'un *home run* ? Un *quaterback* ? Fait-on vraiment griller les shamallows à la flamme ? Les éviers sont-ils équipés de broyeurs ? Qu'entend-on par *trick or treat* ? etc. Certaines le surprenaient, d'autres non, et il lui arrivait selon l'humeur de combattre certains clichés ou d'en renforcer d'autres. Ce soir, contre toute attente, personne ne lui demandait de jouer ce rôle et, à l'inverse, il se forçait à écouter les inter-

82

minables récits de ceux qui avaient fait le voyage là-bas. À commencer par ce voisin qui revenait du marathon de New York.

— Après la course, je suis allé dîner au Old Homestead Steak House, à l'angle de la 56ᵉ et de la 9ᵉ avenue, tu connais ?

Entre zéro et six ans, Warren était allé à New York moins d'une dizaine de fois, à la patinoire ou dans des boutiques de jouets, sans oublier cette visite à l'hôpital pour consulter un spécialiste de l'asthme, mais sûrement pas dans un restaurant, a fortiori un restaurant de viande grillée dont il n'avait même jamais entendu le nom. Il se tut donc, l'homme n'attendait pas de réponse.

— À la carte, il n'y avait que deux plats : le steak *less than a pound* et le steak *more than a pound*. On me demandait de choisir entre une pièce de viande de moins de cinq cents grammes ou de plus de cinq cents grammes. J'avais beau avoir l'estomac creusé par les quarante-deux kilomètres que j'avais dans les pattes, j'ai pris le *less than a pound*, et j'en ai laissé la moitié.

Un autre rebondit sur l'anecdote pour placer la sienne, souvenir d'un déjeuner à Orlando.

— J'arrivais de l'aéroport, j'étais seul, j'entre dans une pizzeria et, sur la carte, je comprends qu'il y a trois tailles de pizzas, la *large*, la *small*, et la *medium*. J'ai tellement faim que je commande la *large*. Le serveur me demande combien on est, je réponds que je suis seul. Et là, il éclate de rire.

Prenez une *small*, mais vous ne la finirez pas, il me dit. Et c'était vrai : une roue de camion !

Warren souriait, complaisant, exaspéré de ne pouvoir faire de mauvais esprit. La taille des plats, c'est tout ce qu'on retenait de son pays. Histoire de confirmer, un troisième les fit revenir à New York, dans la gare de Grand Central.

— On m'avait dit que les fruits de mer étaient incomparables. Je suis allé au John Fancy's, qu'on m'avait conseillé comme le meilleur restaurant de poisson de la ville. Déception terrible, rien que du banal, on trouve des produits de la mer bien meilleurs à La Taverne d'Évreux. Je me rends à la gare afin de prendre un express pour Boston, où je devais rencontrer le directeur commercial de la boîte. Il est 13 heures, mon train ne part qu'une heure plus tard. Je me promène dans les sous-sols de cette gare gigantesque et je tombe sur l'Oyster Bar. Des huîtres grosses comme des steaks ! Les coquilles, on aurait dit des cendriers ! Du jamais-vu ! À l'échelle de la gare ! Warren, tu connais l'Oyster Bar ?

Warren faillit répondre ce qu'il avait sur le cœur : *J'avais huit ans quand ma famille a été chassée des cinquante États d'Amérique.* Il supportait de plus en plus mal qu'on voie en lui un futur obèse au QI inférieur à celui d'une huître de l'Oyster Bar, prêt à tout sacrifier à son dieu dollar, un être inculte qui se pensait autorisé à régner sur le reste du monde. Il avait envie de dire combien lui manquaient la maison de son enfance et son voisinage, les copains de son quartier, et combien lui manquait la bannière étoilée que son père avait piétinée tant d'années durant. Warren se trouvait pris dans un paradoxe incompréhensible : il était capable de pleurer en écoutant l'hymne américain, et en même temps, il se voyait créer un État mafieux dans l'État, régler certains problèmes qui échappaient aux politiques et, pourquoi pas, avoir son rond de serviette à la Maison-Blanche.

Afin d'échapper à cette conversation, Warren en était réduit à attendre, comme les autres, le seul événement susceptible de créer diversion, l'arrivée de son père. Mais le grand homme se faisait désirer, reclus dans sa véranda, tous stores baissés. Maggie sentait la colère monter : Fred lui avait laissé faire tout le boulot et le barbecue n'était toujours pas allumé. Seuls les invités comprenaient cette absence, persuadés qu'un écrivain, américain ou pas, avait pour habitude de soigner ses entrées.

Tout le monde avait tort.

Fred Blake, dans l'attitude du Penseur, relisait, ému, un paragraphe qui lui avait résisté plusieurs heures. Il se sentait si proche de ses souvenirs que l'urgence à les raconter lui faisait oublier que quarante-cinq personnes s'impatientaient à l'idée de le rencontrer.

Mon grand-père, en 1931, avait conduit une des deux cents Cadillac

affrétées par le légendaire Vito
Genovese pour suivre l'enterrement de
sa femme. En 1957, mon père, Cesare
Manzoni, avait été convoqué parmi les
cent sept capi venus de tout le pays
pour le congrès d'Apalachin, qui
s'était terminé en chasse à l'homme.
Est-ce que, franchement, j'étais desti-
né à jouer de la guitare avec des
hippies ? Est-ce que vous m'imaginez
devant la pointeuse d'une usine de
cartonnage ? Est-ce que j'allais
conserver mes points de retraite dans
une boîte à chaussures ? Est-ce que
j'allais me révolter et renier la
tradition, devenir honnête rien que
pour faire enrager mon père ? Non,
j'ai repris l'entreprise familiale,
et de mon plein gré qui plus est,
personne ne m'y a forcé, j'étais trop
fier. "On n'a qu'une vie", m'avait
dit mon oncle Paulie en m'offrant mon
premier calibre. Je sais aujourd'hui
qu'il avait tort : on peut en avoir
une seconde. J'espère que, de là où
il est, il ne voit pas ce triste rin-
gard que je suis devenu.

À cet instant précis, il ne tenait plus à jouer à
l'écrivain pour épater la galerie, il se sentait franchir la toute première étape d'un travail qui allait

peut-être donner un sens à tout ce qu'il avait vécu, subi, et fait subir.

— Va voir ce que fabrique ton putain de père !

Belle fila dans la véranda, où elle trouva Fred immobile, voûté sur sa machine, silencieux. Un instant, elle le crut mort.

— On t'attend, papa. Tu viens le faire, ce feu ?

Il sortit de son hébétude, attira sa fille à lui et la serra fort dans ses bras. L'écriture de ce dernier feuillet l'avait vidé, la confession l'avait rendu vulnérable, et pour la première fois depuis longtemps il ressentit un terrible réconfort en étreignant tant d'innocence. Ils réapparurent, lui, rayonnant, Belle sous son épaule, fière de son papa, et les têtes se tournèrent. Il salua ses invités, s'excusa pour son retard, trouva quelques bons mots pour mettre ses voisins à l'aise. Il s'approcha du barbecue où on lui servit un verre de bordeaux, qu'il dégusta à fines lampées tout en préparant le feu, entouré d'une poignée d'hommes venus lui prêter main-forte. Dans trois quarts d'heure, toutes les viandes seraient cuites et ce serait la curée.

Les pique-assiettes ne cessaient d'arriver, des voisins de voisins s'étaient passé le mot, et le tout prenait des allures de kermesse. Surpris par la tournure des événements et la soudaine popularité des Blake, les lieutenants Di Cicco et Caputo joignirent Tom Quintiliani sur son téléphone mobile avant de prendre une initiative personnelle. Le boss filait sur l'autoroute venant de Paris et promit d'arriver dans la demi-heure ; en attendant, il les encouragea à se rendre sur place et à se mêler aux convives. Ils quittèrent donc leur poste d'observation et s'immiscèrent dans la fête sans que personne ne fasse attention à eux. Richard, pour se donner une contenance, se servit un plat qu'il se mit à picorer sans aucune gêne.

— On a le droit de faire ça ?

— Si tu restes là comme un con, les bras ballants, tu vas finir par te faire repérer.

L'argument porta et Vincent joua des coudes pour atteindre les *zitis*.

Malavita fut tentée, elle aussi, de faire une apparition, curieuse de tout le bruit qui lui parvenait par le soupirail. Elle sembla réfléchir un instant, dressée, l'œil grand ouvert, la langue pendante. Tout compte fait, elle préféra se rendormir car seules de mauvaises raisons pouvaient expliquer ce brouhaha.

Le reste de la soirée aurait pu se dérouler dans la même ambiance de paisible gaieté que rien ne venait contrarier, si Fred ne s'était mis brutalement à regretter. À *tout* regretter.

Cinq individus, tous mâles, se tenaient en demi-cercle autour du barbecue, les yeux fixés sur la braise qui refusait de prendre, malgré le temps sec, malgré le matériel sophistiqué et les efforts du maître de maison, un vieux briscard en matière de gril.

— C'est pas comme ça qu'il faut faire... Faut

plus de petit bois, monsieur Blake, vous avez mis le charbon trop vite.

Celui qui parlait avait un bob sur la tête et une bière à la main, habitait à deux maisons de là, sa femme avait apporté un cake aux olives, et ses enfants couraient autour du buffet en poussant des cris. Fred le gratifia d'un sourire à peine aimable. À ses côtés, un célibataire qui tenait l'agence de voyages du centre-ville reprit la balle au bond :

— C'est pas comme ça qu'il faut faire. Moi, je ne mets pas de charbon de bois, je procède comme dans une cheminée, c'est plus long mais la braise est de bien meilleure qualité.

— C'est pas comme ça qu'il faut faire, ajouta un notable qui siégeait au conseil municipal. Vous utilisez des allume-feu, c'est toxique, et c'est pas du jeu. D'ailleurs, ce n'est même pas efficace, la preuve.

Sans le savoir, Fred vérifiait un théorème universel, qu'il se formula en ces termes : dès qu'un con essaie d'allumer un feu quelque part, il y en a quatre autres pour lui expliquer comment s'y prendre.

— C'est pas demain qu'on va goûter à cette saucisse de foie, rit le dernier, qui ne put s'empêcher d'ajouter : vous arriverez à rien avec votre soufflet, moi j'utilise un vieux séchoir à cheveux.

Fred prit un temps de répit, se massa les paupières, en proie à une formidable montée de violence. Au moment le plus inattendu, Giovanni

Manzoni, le pire homme qu'il eût jamais été, reprenait le pouvoir sur Fred Blake, artiste et curiosité locale. Quand un des cinq types tassés autour du feu crut bon de préciser que seul un peu de white-spirit pourrait arranger les choses, Fred le vit implorer le pardon à genoux. Plus que le pardon, il implorait la délivrance et demandait qu'on l'achève. Giovanni avait connu la situation plusieurs fois dans sa vie et ne pourrait jamais oublier le gémissement très particulier de l'homme qui réclame la mort ; une sorte de long râle proche de celui des pleureuses de Sicile, un chant dont il reconnaissait la note entre mille. Il ne lui aurait pas fallu plus de cinq minutes pour le faire chanter à ce grand type nonchalant qui croisait les bras à vingt centimètres de lui. Le conseiller municipal, lui, connaissait une agonie sans fin, accroupi dans un congélateur, en maillot de corps, comme jadis l'Irlandais Cassidy, patron du Syndicat des mareyeurs de New York. Le conseiller municipal s'en tirait moins bien que Cassidy qui, la tête écrasée contre un tas de blancs de poulets, avait cogné deux bonnes heures contre la paroi avant de rendre l'âme et donc de délivrer de leur attente Corrado Motta et Giovanni, occupés à jouer aux cartes sur le couvercle du congélateur en attendant que ça se passe.

L'homme au bob, incapable d'imaginer dans quelles tortures inouïes Fred le projetait, dit :

— Ça prendra jamais, il doit y avoir des restes de cendres.

Fred remonta loin dans sa mémoire ; il avait vingt-deux ans quand son boss lui avait donné l'ordre de faire un exemple en la personne de Lou Pedone, un des médiateurs des « cinq familles », qui avait permis à une triade chinoise de s'implanter sur Canal Street contre un bon paquet de narco-dollars. En guise de vendetta, et pour l'exemple, Giovanni avait fait preuve d'une imagination sans pareille : on avait retrouvé la tête de Lou flottant dans un aquarium du restaurant La Pagode d'Argent, à l'angle de Mott et Canal Street. Le plus étonnant ? Les clients mirent plusieurs heures avant de remarquer que l'aquarium les dévisageait d'un regard vitreux. Fred, qui maintenant perdait ses moyens et grattait mille allumettes sous des boulettes de papier, vit la tête de l'homme dans l'aquarium, et son bob ridicule flotter en surface. Mais l'épreuve ne s'arrêtait pas là ; un autre type, jusque-là silencieux, saisit le soufflet et, d'autorité, se mit en tête de redresser la situation sans en référer à Fred. Lequel avait déjà, au cours de la journée, senti sa virilité remise en cause. Cette fois, il dut se faire violence pour ne pas saisir le malheureux par les cheveux, presser son visage à même le gril et lui enfiler une brochette dans l'oreille afin de la voir ressortir par l'autre.

— Ah, ça ! monsieur Blake, on est sûrement plus doué pour faire des phrases que du feu. On peut pas avoir tous les talents.

À quelques pas de là, Warren, toujours otage de

la même conversation sur la cuisine américaine, s'entendit poser une question à laquelle il n'avait jamais songé.

— C'est quoi, le vrai hamburger ?

— ... Le vrai hamburger ? C'est-à-dire ?

— Il doit bien y avoir une recette d'origine. Faut-il du ketchup ? Des cornichons ? De la salade ? Des oignons ? La viande est-elle toujours grillée ? Est-ce qu'on mord dedans ou on le mange avec des couverts, ouvert en deux ? Qu'est-ce que vous en pensez ?

Warren n'en pensait pas grand-chose mais répondit ce qui lui vint à l'esprit.

— Le vrai hamburger américain est gras si on le veut gras, il est énorme quand on veut faire un excès, il est plein de ketchup quand on se fout de son diabète, on y met des oignons si on se fout de puer de la gueule après, et de la moutarde qu'on mélange au ketchup parce qu'on aime la couleur que ça fait, une feuille de salade quand on aime l'ironie, et si le cœur vous en dit vous pouvez ajouter du fromage, du bacon grillé, des pinces de homard et des shamallows, ce sera un vrai hamburger américain, parce qu'on est comme ça, nous, les Américains.

De son côté, Maggie jouait admirablement son rôle ; ce barbecue n'était rien comparé à certaines réunions au sommet qu'elle avait dû organiser sur ordre de Fred. Tout se passait alors par l'intermédiaire des épouses, qui transmettaient l'invitation à leur mari et se chargeaient de la faire circuler auprès des personnes concernées. Un barbecue chez les Manzoni n'était rien moins qu'un symposium de mafieux agrémenté de quelques côtelettes. On y prenait des décisions que Maggie préférait ne pas connaître. Elle avait même reçu par deux fois Don Mimino en personne, *capo di tutti capi*, qui ne se déplaçait qu'en cas de guerre entre les familles. Ces après-midi-là, il fallait que rien ne pose problème, que tout se déroule selon un rituel tranquille dans un climat de franche camaraderie. Plus que de diplomatie il fallait faire preuve d'un sixième sens, garder un œil sur tout et veiller à ce que les hommes puissent traiter leurs affaires en toute discrétion, et parfois sceller le sort d'un des leurs dans un bloc de béton. Maggie était rompue à cet exercice. Qu'avait-elle à craindre, tant d'années plus tard, au milieu de leurs invités français, amusés par ses fautes de goût ?

Entre-temps, la braise avait fini par prendre, ce qui avait mis fin aux sarcasmes. Les steaks cuisaient près des saucisses en dégageant une odeur à réveiller l'appétit des convives qui, assiette en main, se firent de plus en plus nombreux autour du feu. Fred se détendait peu à peu, rassuré d'avoir su démarrer son barbecue malgré la mauvaise foi environnante. L'homme au bob l'avait échappé belle ; sans le savoir il venait de frôler une mort atroce qui aurait rendu célèbre la paisible ville de Cholong. Il fut même l'un des premiers à goûter à la viande et ne put s'empêcher de donner un avis :

— Elle est bonne, monsieur Blake, mais vous auriez peut-être dû attendre un peu que la braise soit bien prise avant de mettre les steaks.

Fred n'avait plus le choix, l'homme au chapeau ridicule devait mourir séance tenante et devant tous.

Dans le New Jersey, l'homme au chapeau ridicule n'aurait pas survécu deux semaines, on lui aurait appris dès l'enfance à tenir sa langue, ou on la lui aurait coupée avec un cran d'arrêt aiguisé comme un rasoir, l'opération n'aurait pas duré une minute. Dans le New Jersey, face à de vrais méchants de la trempe de Giovanni Manzoni, l'homme au chapeau ridicule aurait ravalé toute sa sournoiserie, il aurait cessé de regarder par-dessus l'épaule du voisin dans le seul but de faire des commentaires. Dans le New Jersey, ceux qui avaient réponse à tout devaient le prouver sur-le-champ, les donneurs de leçons se faisaient rares. Giovanni Manzoni empoigna un tisonnier posé contre le gril, le serra fort dans la main, et attendit que l'homme au chapeau ridicule se retourne pour le frapper de face afin qu'il voie la mort lui arriver de plein fouet.

Et tant pis si Fred foutait tout par terre, s'il mettait la vie des siens en péril en tuant cet homme, tant pis s'il retournait en prison pour de bon. Tant pis si, dans cette prison, son anonymat ne tenait pas quarante-huit heures et si Don Mimino donnait l'ordre de le liquider. Tant pis si toute l'histoire des Manzoni faisait à nouveau les gros titres et si Maggie, Belle et Warren ne survivaient pas à tant de honte et d'acharnement. La mort et la ruine d'une famille n'étaient rien en comparaison de cette irrésistible envie de faire taire à jamais l'homme au chapeau ridicule.

Ce fut à ce moment précis qu'une main vint se poser en douceur sur l'épaule de Fred, qui se retourna, prêt à frapper celui qui l'empêcherait de frapper.

Quintiliani venait d'arriver. Droit, fort, rassurant, un regard de prêtre. Il avait senti monter la violence de Fred que personne, hormis lui-même, ne pouvait contrôler. Il savait comment réagir à cette violence-là, il la connaissait par cœur, certains de ses collègues du FBI y voyaient un don. En fait de don, Tomaso Quintiliani ne faisait que refouler de vieux démons. À l'époque où il traînait sur Mulberry Street avec sa bande de copains, la vie d'un homme se réduisait à la somme qu'on trouvait dans ses poches. Sans la prise de conscience qui l'avait vu rejoindre les rangs du FBI, il aurait grossi ceux de la Cosa Nostra avec la même détermination.

— Offrez-moi un verre, Fred.

Fred poussa un soupir de soulagement. Le spectre de Giovanni Manzoni s'estompa comme au sortir d'un mauvais rêve, et Frederick Blake, écrivain américain installé en Normandie, réapparut.

— Venez goûter la sangria, Tom, dit-il en lâchant le tisonnier.

*

La réception avait duré et Maggie bâillait, dans ses draps, prête à s'écrouler de sommeil au premier battement de cils. Fred passa son pyjama posé sur le rebord d'une chaise, s'allongea auprès de sa femme, l'embrassa sur le front et éteignit la lampe de chevet. Après un moment de silence, il dit, les yeux en l'air :

— Merci, Livia.

Il ne l'appelait par son vrai prénom que quand il se sentait redevable. Dans son merci, il y avait une longue phrase qui commençait par : *Merci de ne pas me quitter, malgré tout ce que tu as subi, parce que tu sais que sans toi je ne tiendrais pas le coup longtemps, et merci aussi pour...* plein d'autres choses qu'il préférait ne pas énoncer — dire merci en général était au-dessus de ses forces. Il la sentit glisser dans le sommeil, attendit un instant, quitta le lit, passa une robe de chambre, et descendit, comme un voleur, dans la véranda. Toute la fatigue de la journée s'était estompée. Il s'assit devant sa machine, alluma une lampe, et relut les toutes dernières lignes de son chapitre.

```
Comme  je  regrette  la  ville  où  je
suis né  et  où  je  ne  mourrai  pas.  Tout
```

me manque, ses rues, ses nuits, ma
liberté de tous les instants, les
amis qui pouvaient un soir vous
embrasser comme du bon pain et vous
tirer une balle dans l'œil le lendemain. Eh oui, je n'arrive pas à comprendre pourquoi même eux me man-
quent. Je n'avais qu'à me servir et
tout m'appartenait. Nous étions des
seigneurs, Newark était notre
royaume.

3

Le plombier avait reporté le rendez-vous par deux fois et Maggie, en le suppliant presque, avait réussi à le convaincre de passer ce matin-là. Or, ce matin-là, elle venait d'avoir confirmation d'un rendez-vous à Évreux qu'elle attendait depuis longtemps. Fred, exaspéré à l'idée d'affronter seul un plombier, se réfugia dans la véranda.

— Laisse la porte ouverte, ce serait trop bête de le rater, dit Maggie en quittant la maison.

Tout en gardant une oreille vers l'entrée, il reprenait des notes qui devaient aboutir au plan complet des deuxième, troisième et quatrième chapitres de ses Mémoires. Ce qui donnait à peu près ceci :

```
    1. Les années " sciuscia "
  — Mes quatre années de travail en duo
avec Jimmy.
  — Le cynodrome.
  — Les transports Schultz.
  — Le marché aux légumes de Pearl
Street.
```

— Les bénéfices réinvestis dans l'usine d'excavation.

Portrait de ceux que j'ai croisés à l'époque : Curtis Brown, Ron Mayfield, les frères Pastrone.

2. Les années " a faticare "
— La couverture Excavation Works and Partners, ses filiales.
— Les filles du quartier de Bonito Square.
— Le voyage à Miami (pacte de non-ingérence + suites).

Et : Little Paulie, Mishka, Amedeo Sampiero.

3. Les années famille
— Rencontre de Livia.
— Don Mimino.
— Le contrat Esteban.
— La perte de l'East End.

Et : Romana Marini, Ettore Junior, Cheap J.

Dans la foulée, il se sentit prêt à pousser jusqu'aux chapitres suivants, mais la sonnette retentit et le coupa en plein élan ; raison de plus pour détester le pauvre artisan qui attendait derrière la porte. Fred se mit à regretter l'époque où divers syndicats du bâtiment du New Jersey le prenaient pour un héros. En faisant plier, à force d'intimidation, les

100

plus gros entrepreneurs du coin pour arranger les affaires de son clan, Giovanni Manzoni avait, sans le vouloir, fait obtenir des acquis sociaux à différentes corporations, dont celle des plombiers. La maison des Manzoni, à Newark, bénéficiait d'une installation et d'un entretien dignes de la Maison-Blanche.

Il fit entrer un homme plutôt corpulent et de haute taille, habillé d'un jean élimé et d'un sweat-shirt blanchi, qui fit un tour d'inspection du salon en laissant derrière lui une traînée de poussière de plâtre. Par un savant calcul de paramètres, Didier Fourcade savait détecter le degré de dépendance à la technique d'un nouveau client.

— Votre dame m'a parlé d'un problème d'eau croupie ?

Fred dut ouvrir plusieurs robinets avant qu'on commence à le croire.

— Vous n'êtes pas les seuls dans le coin.

— C'est quoi ?

— Ça fait combien de temps ?

— Cinq ou six semaines.

— J'en ai, ça fait déjà quatre ou cinq mois.

— C'est quoi ?

L'homme fit jouer le robinet d'arrivée de la cuisine et laissa couler en abondance l'eau brunâtre.

— On peut voir la cave ?

Fred redoutait d'entendre ce qu'il entendit sitôt que l'homme eut posé le regard sur l'état de la tuyauterie : un houlala... ! de consternation qui en disait long sur la gravité du problème, sur les travaux à venir, sur le caractère irresponsable des occupants, sur les dangers encourus si on laissait en l'état, sur les sommes astronomiques que ça allait coûter, et sur la fin du monde en général. Ce cri, l'homme le maîtrisait, on le lui avait inculqué lors de sa formation, un hululement sinistre, répété au besoin, glaçant. Le client, entre terreur et culpabilité, se sentait prêt à n'importe quelle extrémité pour ne plus l'entendre. Pour Didier Fourcade, plombier, ce cri, c'était ses fins de mois, une meilleure voiture, les études de la petite.

Le fait est que Fred supportait mal qu'on essaie de lui faire peur. S'il n'était doué en rien, il savait résister à toute forme d'intimidation. Vouloir lui faire peur, c'était comme essayer de mordre un chien enragé, griffer un chat pris de folie, gifler un ours qui se dresse. Au feu, il n'avait jamais craint ni l'humiliation, ni la douleur, ni même la mort.

— Alors, c'est quoi, cette eau dégueulasse ? demanda-t-il, à bout de patience.

— C'est quoi, c'est quoi... Qu'est-ce que vous voulez que je vous dise ? Ça peut être plein de choses. Vous avez vu l'état des tuyaux ? Complètement rouillés. Vous avez laissé traîner.

— On a emménagé il y a deux mois !

— Alors faut se plaindre aux anciens propriétaires, ils ont laissé la tuyauterie dans un état, regardez-moi ça...

— Qu'est-ce qu'il faut faire ?

— Mon pauvre monsieur ! Faudrait tout refaire. L'installation doit avoir plus de cent ans.

— Ça explique la couleur de l'eau ?

— Ça peut. Ça peut aussi venir de l'extérieur, mais là, c'est plus de mon ressort.

Fred se serait satisfait de peu, une parole d'espoir, un sourire sincère, une promesse pas même tenue. Tout sauf cette autorité de qui use de son pouvoir face aux démunis. Fred connaissait trop bien cette musique-là.

— Qu'est-ce que vous comptez faire ? demanda-t-il, comme un appel à la bonne volonté.

— Tout de suite, on fait rien. Je suis passé parce que votre dame avait l'air dans la panade, mais on peut pas dire que ce soit une urgence. J'ai deux chantiers sur les bras, et pas la porte à côté. Et j'ai une inondation à Villers, les gens attendent, je peux pas être partout. Y a un moment, je peux plus, moi.

— …

— Reprenez rendez-vous. Voyez avec ma femme, c'est elle qui s'en occupe. Ça vous laissera le temps de voir avec la vôtre si vous voulez entreprendre de vrais travaux.

Le plus gros venait d'être fait ; après avoir créé l'inquiétude, on concluait par l'abandon. En livrant le malade à lui-même, Didier Fourcade se préparait à entendre la douce mélodie des supplications. Il voulut remonter l'escalier mais Fred Blake, ou plutôt Giovanni Manzoni, l'en empêcha en fermant d'un coup sec la porte de la cave, avant de s'emparer d'un marteau posé sur l'établi.

*

À la récréation de 10 heures, des grappes d'enfants jouaient comme des enfants, pleins d'une énergie trop longtemps contenue, poussant des cris trop longtemps retenus, excités par le soleil et la perspective des grandes vacances. Les plus petits s'essayaient à l'art de la guerre, les plus audacieux à celui de l'amour, et les plus grands, téléphone portable en main, s'occupaient de leur vie sociale. La cour de récréation vivait fort, bruyante, en pleine émulsion, et personne, pas même les surveillants, ne soupçonnait l'étrange assemblée qui se tenait sous un recoin de préau.

Une dizaine de gosses de tous âges, assis sur la ligne blanche d'un tracé de balle au prisonnier, patientaient face à un banc. Warren s'y tenait seul, les bras le long du dossier, le regard vaguement las et pourtant concentré. Le seul garçon debout était le requérant, les bras croisés devant Warren, les yeux rasant le sol. En attendant leur tour, les autres écoutaient les doléances de leur camarade, lequel, entre honte et recueillement, cherchait ses mots. À treize ans, il n'avait pas encore appris à se plaindre, en tout cas pas comme ça.

— ... J'ai essayé de bien faire, au début. J'ai rien contre les maths, et même, au début de l'année, j'ai eu des pas trop mauvaises notes, mais le prof a dû se faire remplacer. Et c'est là que le nouveau est arrivé...

Warren, vaguement incommodé par le brouhaha de la cour, soupira discrètement sans relâcher son attention. D'un hochement de tête, il encouragea son interlocuteur à poursuivre.

— Tout de suite, il m'a détesté. Je peux même demander à ceux de ma classe de témoigner. Je suis devenu sa tête de Turc, à cet enfoiré ! Son sourire sadique pour me faire signe de passer au tableau... Et les annotations dans la marge, pour m'humilier... Un jour, il m'a mis un 2 sur 20, et il a ajouté : « Peut mieux faire », mais pas comme à tout le monde, parce qu'à moi il avait ajouté un point d'interrogation. Et plein d'autres trucs comme ça, rien que pour m'humilier. Je les ai, je peux les montrer !

Warren déclina la proposition d'un signe de la main.

— ... Va savoir ce qu'il a contre moi... Je dois lui rappeler quelqu'un... Je lui ai même demandé, un jour, je voulais que les choses s'arrangent. Il m'a puni ! Vingt exercices à faire dans le week-end, vingt ! Putain de sa race ! Ma mère est même allée le voir, pour s'expliquer, il a fait semblant de rien, l'enfoiré. Comment il se l'est mise dans la poche, ma mère ! Et entre lui et moi, lequel elle va croire, hein ? Alors j'ai travaillé, et plus que les autres, et j'ai fermé ma gueule, même quand il me manquait de respect... Et puis, au dernier conseil de classe, il m'a explosé. La tête de ma mère quand elle a reçu le bulletin... « Redoublement proposé »... Je vais pas recommencer ma troisième à cause de ce sale con !

Les mots se bloquaient dans sa gorge, sa voix cassée était celle de l'innocence terrassée par l'injustice.

— On voit bien que tu dis la vérité, fit Warren. Seulement, je ne sais pas ce que je peux faire pour toi. Qu'est-ce que tu demandes, au juste ?

— Si je redouble, je me tue. Je m'en remettrais jamais. C'est trop injuste, trop. Je veux qu'il change d'avis, qu'il donne son accord pour que je passe en seconde, c'est tout ce que je veux. Qu'il change d'avis, c'est tout.

Warren écarta les bras en signe d'impuissance.

— Tu te rends compte de ce que tu me demandes ? C'est quand même un prof !

— Je sais. Et je suis prêt à faire des sacrifices. Je réclame justice, tu comprends ça ?

— Oui, je comprends ça.

— Aide-moi, Warren.

Et il baissa la tête en signe d'allégeance.

Après un temps de réflexion, Warren dit :

— Le trimestre est bien avancé, mais je vais voir ce que je peux faire. Les jours à venir, ne sors de chez toi que pour aller en cours, ton temps libre, passe-le avec ta famille. Je m'occupe du reste.

Le gosse retint un geste de triomphe, les poings serrés, le sourire radieux.

— Suivant ! cria Warren.

Un petit à lunettes se leva pour rejoindre l'endroit exact que venait de quitter le précédent.

— Tu t'appelles comment ?

— Kévin, cinquième B.

— Tu as demandé à me voir ?

— On a volé les billets que ma mère met de côté dans l'armoire... Je sais qui c'est. C'est même mon meilleur copain. Mes parents pensent que c'est moi. Lui, il nie. Mon père ne veut pas avoir d'embrouille avec sa famille, il dit que je suis un lâche d'inventer une histoire pareille. Mais moi, je sais. Ça peut pas rester comme ça.

*

La femme de l'écrivain. Maggie y aurait presque pris goût si elle n'avait pas été si longtemps la femme du gangster, la femme du chef de clan, la femme du mafioso, la femme de Giovanni Manzoni, la femme de cette balance de Giovanni Manzoni. Après avoir été toutes celles-là, plus question d'en devenir une autre, et surtout pas la femme de l'écrivain. Ce qui la mettait hors d'elle, c'était la façon odieuse dont Fred s'inventait un rachat en dressant noir sur blanc la liste de ses abjections. Existait-il un moyen plus pervers de se donner bonne conscience ? Elle ne comprenait pas plus la délectation qu'il éprouvait à s'enfermer dans sa saloperie de véranda, lui qui, à l'inverse de sa bande de voyous d'alors, n'avait guère connu d'autre centre d'intérêt que sa place dans la hiérarchie au sein de la Cosa Nostra. Certains aimaient la pêche, d'autres faisaient du sport, d'autres encore élevaient des chiens ou tentaient de perdre du poids dans les hammams. Lui, non. Rien n'avait d'attrait à ses yeux que la recherche de nouveaux secteurs, de nouvelles combines qui lui permettraient de plumer de nouveaux pigeons qui s'apercevraient trop tard qu'ils étaient nus. Pourquoi fallait-il, tant d'années après, qu'il trouve la force de s'enfermer jusqu'à huit heures d'affilée face à une machine à écrire pourrie ? Pour pousser le principe même de la confession à son point le plus cynique ? Pour revivre ses faits d'armes et immortaliser ses titres de gloire ? C'était comme éprouver la nostalgie du péché. Il trempait sa plume dans toute la noirceur de son âme et cette encre-là ne sécherait jamais. Si le voisinage était prêt à acheter un tel mensonge sans se soucier du prix, Maggie, elle, ne s'y trompait pas.

Avec dix minutes d'avance, elle gara sa voiture dans la rue Jules-Guesde, à Évreux, alluma une cigarette pour patienter, et tenta d'imaginer les railleries de son mari si elle n'avait pas menti sur l'objet de son rendez-vous.

— Qu'est-ce que tu cherches à faire, ma pauvre Maggie ? Soigner ton âme ? Racheter mes fautes ? Mais sache bien que je ne regrette rien, et si les choses s'étaient jouées autrement on serait encore

108

chez nous, là-bas, avec notre famille et toute mon équipe, et on mènerait encore cette vie-là, celle de notre rang, au lieu de moisir ici, alors laisse-moi te dire que tu me fais bien marrer à vouloir jouer les saintes.

L'antenne Eure du Secours populaire français cherche bénévole pour tâches administratives. Un entrefilet dans *Le Clairon de Cholong*. Il suffisait d'un peu de temps, d'un peu d'esprit pratique, et de beaucoup de motivation. Maggie s'était sentie désignée. Le doigt de Dieu n'y était pour rien, elle s'était détournée de lui et ne croyait pas plus à sa clémence qu'à son châtiment. Les voies du Seigneur demeuraient impénétrables, et le malin plaisir qu'Il prenait à brouiller les pistes avait fini par la lasser. S'efforcer de ne jamais être lisible aux yeux des humains cachait forcément des intentions confuses. Tant de gravité, de transcendance, de démesure, d'éternité, tout ça dans le plus profond silence et sans le plus petit mode d'emploi, Maggie avait baissé les bras. À la vérité, elle osait à peine se l'avouer, Dieu ne l'émouvait plus. Ni les couronnes d'épines, ni la chapelle Sixtine, ni la Dame blanche, ni les grandes orgues, plus rien ne la remuait comme jadis. Désormais, le seul vrai miracle qui parvenait à la toucher au cœur se résumait en un mot : solidarité. Le phénomène était apparu dans des circonstances apparemment futiles, en passant devant une télévision, en sortant d'un film, en allumant la radio pour avoir un bruit de fond. La première fois, ce fut une publicité sur une mutuelle d'assurance qui n'avait pas peur de clamer son éthique et sa vocation à l'entraide à grand renfort de violons ; Maggie avait senti une larme poindre, une vraie larme, là, bêtement, devant son écran, elle s'en était voulu de s'être laissé avoir par le procédé, mais chaque fois que le spot passait elle retombait dans le panneau. Il y avait eu ce film hollywoodien où un jeune homme retrouve sa bien-aimée grâce à la bienveillance d'une foule anonyme ; là encore la ficelle était énorme, pas de quoi être fière, mais elle avait senti battre son cœur. Au détour d'un fait divers, chaque fois qu'elle entendait parler d'une poignée d'individus réunis au nom d'un seul, elle se sentait appelée. Peu à peu, elle s'était mise à traquer cette même émotion pour en identifier chaque composante, jusqu'à les confondre : l'esprit d'équipe, les appels à la générosité publique, les levées de bouclier devant l'injustice, l'empathie pour son prochain, la liste n'en finissait plus, mais peu importait, l'essentiel était de servir cette haute idée de la solidarité et d'agir selon ses moyens. Une manière de signifier à Dieu que les humains pouvaient faire le boulot eux-mêmes.

On la fit patienter dans une petite salle avec une table basse recouverte de magazines. Avant qu'elle n'obtienne ce rendez-vous, Quintiliani lui avait fait part de ses réticences.

— Une association caritative ? C'est méritant, Maggie, mais pas très raisonnable. On ne sait jamais, il peut y avoir de la presse, des photos, je ne sais pas...

— Je ferai attention.

— Qu'en pense Frederick ?

— Je ne lui en ai pas encore parlé.

— Je vais voir mais je ne vous promets rien. Votre nom et votre photo ne doivent jamais apparaître, vous le savez.

Malgré tout, pour Quint, l'initiative de Maggie avait du bon : elle s'intégrait socialement et s'occupait par la même occasion, toutes choses que le plan Witsec préconisait. Quelques jours plus tard, il donnait son accord de principe pour une période d'essai, ensuite on aviserait.

Une autre motivation, bien plus intime encore, poussait Maggie à se rendre utile aux plus démunis. Le destin lui offrait, bien des années plus tard, l'occasion de payer un tribut à ses origines modestes, de revenir vers elles après avoir tenté de les nier dans les fastes manzoniens. À l'inverse de Giovanni, fils naturel de la Cosa Nostra, et donc élevé dans la tradition du profit, de l'argent et des moyens d'en gagner toujours plus, Livia était née dans une famille d'ouvriers qui l'étaient restés toute leur vie. À près de cinquante ans, sa prime jeunesse lui revenait en mémoire comme si elle venait de quitter ce quartier de l'East End où, avant qu'elles ne s'entretuent, toutes les races se regroupaient dans une même nation, celle des immigrants. Elle s'interrogeait sur le choix inconscient de ces images qui remontaient à la surface, comme ce moment du vendredi soir où son père tendait sa paye à sa mère, une enveloppe blanche qui allait les faire vivre jusqu'au vendredi suivant. Elle se souvenait à quel point elle enviait ses deux grandes sœurs quand elles partaient à leur cours de sténodactylo ; Livia allait les suivre dès l'âge légal. Elle se souvenait presque heure par heure de la longue nuit d'inquiétude où son frère aîné, employé dans une entreprise de ramonage, avait escamoté une boîte à bijoux dans un appartement rempli de cheminées en marbre. Au petit matin, le père était allé le chercher au commissariat, et le jeune Aldo avait mis fin à sa carrière de voleur. Elle se souvenait aussi du triste jour où elle s'était fait mordre par un chien des beaux quartiers ; aucun moyen d'obtenir réparation ou de porter plainte. Elle se souvenait surtout de sa mère qui, chaque jour, craignait un nouveau danger pour ses enfants, et de son père qui faisait profil bas à chaque nouvel incident de quartier. Livia avait voulu fuir tout ça en épousant Giovanni.

On la fit entrer dans le bureau. L'entretien ne dura pas plus de dix minutes.

— Quand pourriez-vous commencer ?

— Tout de suite.

*

Al Capone disait toujours : " On obtient plus de choses en étant poli

et armé qu'en étant juste poli. "
Cette simple phrase explique pour moi
la persistance d'un phénomène comme
la mafia à travers les siècles.

Fred cessa de taper pour se laisser le temps de la réflexion, mais sa dernière phrase n'en appelait pas d'autres. Que pouvait-il ajouter à tant d'évidence en si peu de mots ? C'était sans doute ça, la littérature. À quoi bon expliquer à d'éventuels lecteurs ce qu'il voyait là de lumineux ? Tous ses copains de Newark auraient compris sans plus de bla-bla. En citant Capone, Fred réalisa combien il pouvait être utile d'étayer son propos par la pensée d'un maître. À la volée, il donna un retour de chariot pour affronter un nouveau paragraphe.

À quelques mètres de là, Belle, entièrement nue devant le miroir de la salle de bains, un mètre de couturière en main, prenait les mesures de son superbe corps sans en épargner une courbe. Si elle connaissait ses mensurations de base, poitrine, taille, hanches, son indice de masse corporelle de 20, et son rapport taille/hanches de 7, elle était curieuse de tout le reste : tour de poignet, de cou, longueur du mollet, largeur du pied, hauteur du front, envergure des bras, écart entre les yeux, angle de l'omoplate avec l'aisselle, distance entre les pointes de seins, etc. Chaque fois, elle atteignait le nombre idéal.

Dans la cuisine, Maggie s'activait devant les

fourneaux. *Pasta agli e olio.* Les spaghettis à l'ail et à l'huile avaient beau être sa spécialité, ni son mari ni ses enfants ne concevaient un plat de pâtes sans tomates. Fred chipotait devant les sauces sophistiquées à base d'herbes ou de viandes, ou même de produits rares, truffes, écrevisses et tout ce qu'il prenait pour des afféteries. Les pâtes, c'était de la sauce bien rouge, et rien d'autre.

— Tu sais bien que je n'aime pas ça, dit-il, de passage dans la cuisine.

Maggie atteignait le point crucial, cette petite seconde où il faut faire sauter les spaghettis et l'ail dans la poêle puis ajouter l'huile crue.

— Qu'est-ce qui te fait croire que c'est pour toi ? Si tu avais envie d'une sauce, tu aurais pu t'y mettre cet après-midi, entre deux chapitres.

— Tu l'as faite pour qui, cette pasta ?

— Pour deux pauvres types qui sont loin de leur pays, comme nous, mais qui eux n'ont rien fait pour mériter ça.

Il haussa les épaules et demanda ce qu'elle avait à lui faire payer. Sans daigner répondre, Maggie recouvrit son plat de papier aluminium et quitta la maison pour rejoindre Richard Di Cicco et Vincent Caputo, qui jouaient aux cartes, des écouteurs sur les oreilles.

— Quelqu'un téléphone chez moi ? demanda-t-elle.

— Oui, un certain Cyril, dit Vincent. Je ne voudrais pas vendre la mèche, mais il appelle Belle tous les jours depuis une semaine.

— Connais pas. Si vous sentez qu'elle tombe amoureuse, vous m'en parlez, les garçons.

Au lieu de le subir, Maggie avait appris à se servir du FBI. Outre la réelle estime qu'elle éprouvait pour Quintiliani et ses hommes, elle se sentait non pas espionnée mais protégée par eux ; seule la famille d'un chef d'État pouvait prétendre à un tel traitement. À quoi bon fouiller dans les armoires de ses enfants ou dans les poches de son mari ? Le FBI s'en chargeait, et jamais Maggie n'avait eu à craindre les mille dangers que redoutent les épouses et mères. Sans fierté, mais sans honte, elle avait su utiliser les moyens sophistiqués du Bureau pour régler ses problèmes domestiques. Les petites lâchetés de Fred, les petits dérapages de Warren, les petits secrets de Belle : Richard et Vincent ne lui cachaient rien.

— Je vous ai fait des pâtes *agli e olio*, Vincenzo.

— Ma femme ne sait pas les faire comme vous, va savoir pourquoi, peut-être qu'elle met l'ail trop tôt.

— Comment va-t-elle ?

— Elle s'ennuie de moi, elle me dit.

Un tel aveu rendait leur promiscuité absurde. N'avaient-ils rien de mieux à faire, tous les trois, que se retrouver coincés dans un pavillon vide, perdu dans une bourgade normande, à mille milles de chez eux ? En proie à une nostalgie silencieuse, ils goûtèrent aux pâtes sans appétit. La présence de Maggie les réconfortait bien plus que sa cuisine, une femme s'occupait d'eux et jouait tantôt l'épouse, tantôt la sœur. Ils la savaient sincère et cette confiance devenait à la longue un lien précieux. Elle apparaissait, et une bouffée de réconfort leur faisait oublier une journée d'ennui, de regrets, de silence. Maggie les aidait à tenir bon et à repousser les limites de leur conscience professionnelle.

Pour comprendre l'engagement de Caputo et Di Cicco, il fallait remonter six ans plus tôt, à l'issue du « procès des cinq familles », ainsi que l'avaient baptisé les médias. Les Manzoni, entièrement pris en charge par le Witsec, étaient devenus les Blake, petite famille sans histoires qui quittait la Grande Pomme pour s'installer à Cedar City, Utah, dix-huit mille âmes, un paysage montagneux au cœur d'un désert. La ville remplissait les caractéristiques premières, assez intime pour être épargnée par toute forme de pègre, assez grande pour qu'on puisse y garder un semblant d'anonymat. Installés dans la zone pavillonnaire d'un quartier de riches retraités, les Blake avaient fait face à leur soudaine oisiveté comme ils avaient pu. Une ambiance étrange, semi-carcérale, d'un total laisser-aller après tous ces mois de pression. Courses livrées à domicile, cours par correspondance, les Blake avaient vécu reclus, dans l'indifférence des voisins. Quintiliani n'avait pas lâché Fred depuis la sortie du procès. Choisi pour sa ténacité inouïe et ses origines italiennes, il avait, pour les mêmes raisons, désigné Di Cicco et Caputo comme lieutenants. Tous trois connaissaient mieux que personne les Manzoni pour les avoir traqués et écoutés sans relâche pendant quatre longues années avant de coincer Giovanni. Le Witness Program avait fixé les deux étapes suivantes de leur réinsertion : l'admission des enfants à l'école de Cedar, et un job pour Maggie si leur anonymat était préservé.

C'était sans compter la détermination dont les cinq familles qui contrôlaient l'État de New York allaient faire preuve.

Chacune d'elles avait perdu deux ou trois hommes à l'issue du procès, sans parler de Don Mimino, dont le bataillon d'avocats avait été réduit au silence au vu des multiples preuves fournies par Giovanni Manzoni quant à son rôle de chef suprême de la Cosa Nostra : le coup de couteau de Brutus à César. Les cinq familles s'étaient cotisées sans regarder à la dépense : tout individu susceptible de fournir le moindre renseignement avéré sur les Manzoni pouvait prétendre à la somme de vingt millions de dollars. Parallèlement, on avait créé des escouades de quatre ou cinq pisteurs/tueurs pour retrouver la trace des Manzoni. Enzo Fossataro, qui assurait l'intérim à la tête des familles en attendant que Don Mimino désigne son successeur, avait conclu des accords avec les familles de Miami, de Seattle, du Canada, de Californie, pour créer des antennes de renseignements et de surveillance. Il avait même, en toute impunité, fait passer des annonces à peine maquillées dans divers journaux parfaitement respectables qui, sans être vendus à la mafia, tenaient là un feuilleton qui allait grassement augmenter les tirages. Très vite, on assista à un phénomène encore inédit sur le territoire américain, on vit ces brigades de la mort, les *Crime Teams* comme les baptisa le *Post*, couvrir méthodiquement le pays jusqu'à ses plus petites bourgades, poser des questions dans les bars les plus minables, laisser des pourboires çà et là, donner des numéros de téléphones portables. Le FBI lui-même n'avait jamais connu ce degré de précision dans l'investigation, ni engagé de tels moyens au service d'une enquête. Leur intervention prenait la forme d'un code que tous connaissaient : deux hommes entraient dans un bar, déposaient sur le comptoir un journal plié en huit qui laissait apparaître une photo des quatre Manzoni posant, tout sourire, pendant la grande parade de Newark. Les hommes n'avaient pas besoin d'en rajouter, ni de poser la moindre question, ce simple papier froissé prenait sur-le-champ un faux air de chèque de vingt millions de dollars.

Si les cinq familles étaient prêtes à dépenser leur dernier sou, il s'agissait d'une question de survie plus que de vengeance. Le coup porté à la mafia après le procès Manzoni fut tel que ses bases mêmes s'étaient fissurées avec une menace d'effondrement à moyen terme. Si un seul repenti pouvait causer autant de dégâts, s'en sortir avec la bénédiction de la cour, et terminer sa vie en résidence surveillée aux frais du pays, l'idée même de famille était remise en cause, donc toute l'Organisation. Jadis, on entrait dans la mafia par le sang, et on ne pouvait en sortir que par le sang ; aujourd'hui, Manzoni venait de piétiner son serment d'allégeance et se prélassait devant sa télé, peut-être le cul dans une piscine. Avec cette vision périssaient plusieurs siècles de tradition et de secret. Or la Cosa Nostra ne pouvait laisser brader son image et se préparer des lendemains de déroute. Pour montrer qu'elle existait encore et qu'elle comptait durer, elle devait frapper fort : la survie des familles passait par la mort des Manzoni. Comme un cancer généralisé, les *Crime Teams* s'attaquaient à tout ce que le pays comptait de centres urbains, de villages perdus, et sillonnaient des zones jamais visitées par les employés du recensement eux-mêmes. Aucune autorité locale ou nationale ne pouvait stopper leur déploiement, se promener en ville avec un journal plié en quatre sous le bras ne correspondait à aucun délit. Près de six mois après l'installation des Blake à Cedar City, on avait vu des inconnus s'asseoir dans le *coffee shop* de Oldbush, à quarante-cinq miles de là, le fameux journal à portée de main, prêts à faire connaissance avec le natif en mal de conversation.

— On ne peut rien faire pour les arrêter, bordel ? Quintiliani, vous êtes le FBI, nom de Dieu !

— Calmez-vous, Frederick.

— Je les connais mieux que vous ! Je vais même plus loin : si j'étais à leur place et que je me retrouve en face d'un fils de pute qui a fait ce que j'ai fait, je sais comment je prendrais plaisir à le refroidir. Je serais peut-être déjà derrière cette porte, prêt à nous buter vous et moi. J'ai même dû former certains de ces types ! Votre putain de programme de protection des témoins... Six mois, il leur a fallu !

— ...

— Sortez-moi de là. C'est votre devoir, vous me l'aviez promis.

— Il n'y a qu'une seule solution.

— La chirurgie esthétique ?

— Ça ne servirait à rien.

— Alors quoi ? Vous allez me faire passer pour mort ? Ça ne marchera jamais.

Fred avait raison et Quint le savait mieux que personne. Depuis que le cinéma hollywoodien s'était emparé de ce scénario, il était désormais inutile de mettre en scène la mort d'un repenti. LCN [1] ne croirait à la mort de Fred que devant son cadavre criblé comme une passoire.

— Il va falloir quitter les États-Unis, dit Quint.

— Dites-moi que j'ai mal compris.

— Nous vivons une époque cynique, Giovanni. Le pays entier est à l'écoute du feuilleton intitulé « Combien de temps les Manzoni vont-ils sur-

1. Abréviation de « La Cosa Nostra » utilisée par le FBI.

vivre ? ». C'est un *reality show* qui passionne trois cents millions de spectateurs.

— La fin du feuilleton sera la fin des miens ?

— L'Europe, Giovanni. Ce mot vous dit-il quelque chose ?

— ... L'Europe ?

— Procédure exceptionnelle. Les gars de Don Mimino peuvent sillonner le territoire mais pas la terre entière. Ils n'ont aucune pratique de l'Europe. Là-bas, vous serez en sécurité.

— Vous êtes prêt à franchir des océans pour sauver ma peau ?

— Si ça ne tenait qu'à moi, je passerais un coup de fil pour vous balancer à un de ces types de la *Crime Team*, je le ferais gratuitement, rien que pour voir une ordure comme vous avec la balle qu'il mérite dans la tête. Seulement voilà, vous voir mort, c'est redonner vingt années d'impunité au crime organisé, à l'omerta, la loi du silence, et à toutes ces conneries. En revanche si vous vous en sortez, la liste des repentis sera assez longue pour m'occuper une vie entière et payer ma retraite. Washington me pousse dans ce sens-là. Votre survie nous est précieuse, et vous m'êtes bien plus utile vivant que mort.

— Si c'est la seule solution, je veux aller en Italie.

— Pas question.

— Notre exil prendrait un vrai sens, sinon il n'en a aucun. Laissez-moi connaître ma terre d'origine, je n'y suis jamais allé. Je l'ai promis à Livia au premier jour de notre mariage. Ses grands-parents étaient de Caserte, les miens de Ginostra. On dit que c'est le plus bel endroit du monde.

— En Sicile ? Bonne idée ! Autant vous promener dans les rues de Little Italy en portant une pancarte avec marqué : CETTE FIOTTE DE DON MIMINO S'ÉCLATE EN TAULE.

— Laissez-moi connaître l'Italie avant de crever.

— Si je vous débarque en Sicile, en moins de dix minutes vous êtes transformé en *spezzatini*. Pensez aux vôtres.

— ...

— Parlez-en à Maggie, on a encore un peu de temps.

— Je sais déjà ce qu'elle va proposer, Paris, Paris, Paris, je ne connais pas une seule femme qui n'en rêve pas.

— Pour être tout à fait honnête, j'en ai parlé à mes supérieurs, et Paris est une des villes possibles. Nous avons aussi Oslo, Bruxelles, Cadix, avec une préférence pour Bruxelles, ne m'en demandez pas plus.

Quelques semaines plus tard, les Blake habitaient une résidence tranquille du deuxième arrondissement de Paris. Passé les premiers mois d'adaptation — nouvelle vie, nouveau pays, nouvelle langue — ils avaient fini par s'aménager un quotidien qui, sans les satisfaire, leur avait permis de se remettre du traumatisme de cette fuite. Avant que Fred ne se mette à détraquer à lui seul tout le plan Witsec.

*

Les deux bras dans le plâtre, suspendus aux montants du lit par des attelles, Didier Fourcade, le plombier le plus demandé de Cholong, regardait sa femme dormir sans oser la réveiller. Sous antalgiques puissants, la douleur s'était estompée.

Il se revit le matin même, souffrant le martyre, poussant de l'épaule les portes battantes de la clinique de Morseuil. Les bras en l'air comme un oiseau incapable de s'envoler, il s'était présenté au bureau des admissions, partagé entre supplice, honte, et terreur.

— ... Je me suis cassé les bras.

— Les deux ?

— ... J'ai mal, nom de Dieu !

Une heure plus tard, plâtré jusqu'aux coudes, il avait affronté les questions d'un interne qui tournait autour de lui sans quitter des yeux les radios de ses avant-bras.

— Tombé d'un escalier... ?

— J'ai dégringolé deux étages sur un chantier.

— C'est bizarre, on aperçoit des points d'impact, comme si vous aviez reçu des coups... comme des coups de martcau sur les poignets et les avant-bras. Tenez, là, regardez.

Didier Fourcade détourna les yeux par peur d'avoir à nouveau la nausée. Ses propres hurlements pendant que ce psychopathe lui martelait les poignets le hantaient encore. On le raccompagna chez lui en ambulance, on fixa les attelles, on le coucha sous le regard déconcerté de Martine, sa femme.

Vingt ans plus tôt, ils s'étaient mariés, étonnés de vouloir s'engager trois mois après leur rencontre, incapables de s'en empêcher. Mais, comme pour compenser l'euphorie des premières années, l'érosion du quotidien les avait gagnés bien plus vite qu'un autre couple. Chacun s'était mis à composer, à faire entrer des tiers dans l'équation, à s'imaginer une clandestinité, et à finir par la vivre. Tant que l'agressivité et le reproche n'empoisonnaient pas leurs rapports, ils restaient ensemble, nostalgiques de leur bonheur perdu, prêts à croire qu'il aurait suffi d'un rien pour qu'il revienne les visiter. Après la fureur que leurs corps avaient connue, ils avaient appris la pudeur jusqu'à créer des réflexes : fermer le loquet de la salle de bains, tourner le dos quand elle changeait de soutien-gorge, retirer sa main quand, par mégarde, elle effleurait la peau de l'autre. Et depuis plusieurs années, ils se demandaient chaque jour si un couple avait la plus petite chance de survivre à cette mutité physique.

Maintenant, il la regardait dormir comme il le faisait durant leurs toutes premières nuits, un spectacle qui lui laissait le temps de remercier le ciel de lui avoir envoyé Martine. Elle se reposait enfin, épuisée émotionnellement par cet accident qui l'avait obligée à inventer un certain nombre de gestes : nourrir Didier à la cuillère, lui essuyer les lèvres, porter un verre à sa bouche. Elle qui n'avait jamais fumé avait allumé une cigarette pour la poser sur les lèvres de son mari et la lui ôter chaque fois que la cendre menaçait de tomber. Comment avait-il pu faire une chute aussi effrayante ? Et s'il était tombé la tête la première ? Elle qui souvent avait rêvé reprendre sa liberté entrevit pour la première fois le reste de sa vie sans lui et cette perspective lui fit horreur.

Avec courage, Didier avait affronté toutes les épreuves de la journée jusqu'à 2 h 17 du matin, où une horrible démangeaison se réveilla vers le périnée. Il avait contracté cette maladie de peau on ne sait où, une dizaine d'années plus tôt, et les médecins avaient beau lui dire que les analyses ne donnaient rien, que c'était bénin, que ça ne se soignait pas vraiment, que ça partirait comme c'était venu, une irrépressible envie de se gratter entre les cuisses, compte tenu de la chaleur ambiante et de la transpiration, le prenait au moins une fois par jour. Durant la journée, se gratter à cet endroit précis se révélait délicat, il n'était pas rare de le voir s'isoler aux toilettes ou remonter dans sa voiture pour un oui ou pour un non, et en ressortir presque aussitôt. Le seul moyen de s'assurer une relative tranquillité consistait en une toilette très minutieuse avec un savon dermatologique, puis un séchage implacable, avec, les jours de grande chaleur, l'ajout d'un peu de talc sur la zone concernée afin de prévenir la sueur et atténuer les frottements. Lui, plombier, avait tenu à installer un bidet dans leur salle de bains, au grand étonnement de sa femme qui n'en voyait pas l'utilité, et, de fait, il était bien le seul à s'en servir (un chef-d'œuvre de bidet, ultramoderne, il y avait mis toute sa science). Le matin au réveil, le jet d'eau venait rafraîchir les endroits qu'il avait grattés parfois jusqu'au sang pendant la nuit. Le soir, en plein été, il lui arrivait de prendre un bain de siège, récompense tardive d'une journée de transpiration où il avait résisté à l'envie de porter la main entre ses cuisses en public.

À 2 h 23, la démangeaison devenait intolérable. Il l'avait sentie monter depuis le début de la soirée, mais il avait tenu bon, comme un petit soldat qui mord sa ceinture pour faire passer la douleur. Sa lutte avec lui-même se traduisait par des sueurs froides, de bizarres tremblements dans les épaules, et tout son corps réclamait une délivrance avec une telle force qu'elle balaya toute hésitation. Il réveilla sa femme en l'appelant par son prénom, puis l'implora de lui gratter le « périnée », mot qu'il avait appris, en même temps que « scrotum », chez le dermatologue. Tant de précision dans son vocabulaire la fit hésiter ; Didier avait l'habitude d'appeler un chat un chat, une chatte une chatte, même en présence de gens qu'il connaissait à peine. Ce « périnée »

126

cachait quelque chose, une formulation tordue pour dire « Gratte-moi les couilles », mais elle ne remit pas en doute l'urgence de la situation. En se laissant guider par son mari, elle glissa la main dans l'ouverture de son caleçon, puis sous les testicules, un geste qu'elle n'avait pas fait depuis si longtemps. Il hurla quand elle atteignit le point névralgique :

— Plus fort !

Le sentiment de bonheur qu'il éprouva à cette seconde précise fut si intense qu'une érection suivit de peu.

*

Pour partager leur insomnie et la transformer en distraction, Fred et Maggie se passèrent un film, tard dans la nuit. Elle se sentait coupable de mentir au sujet du Secours populaire, d'avoir des secrets pour ce monstre de mari qu'elle aimait toujours. De son côté, il se sentait incapable de répondre en toute franchise à la question qu'elle lui avait posée en rentrant : « Ça s'est passé comment avec le plombier ? »

Ce qu'il avait fait subir à Didier Fourcade aurait pu mettre en péril le fragile équilibre qu'elle et Quintiliani essayaient de mettre en place. Fred n'osait pas même imaginer ce qui se serait passé si les fédéraux avaient eu vent de l'affaire. Mais sur ce point, il n'avait pas grand-chose à craindre, la terreur dans le regard de Fourcade lui garantissait le

127

secret absolu sur ce qui s'était passé dans la cave. Cette terreur-là, Fred savait la provoquer et l'affiner comme on règle la fréquence optimale d'une station de radio.

À 3 h 6, Maggie avait fini par somnoler sur l'épaule de son mari. À la fin du générique, il reposa lentement la tête de sa femme sur l'oreiller sans la réveiller, et descendit dans la véranda. Pour la première fois de sa vie, il construisait au lieu de détruire, et même si le résultat s'avérait dérisoire aux yeux du monde, il se sentait enfin exister.

Dans un prochain chapitre je me présenterai comme la pire ordure que la terre ait portée. Je ne m'épargnerai rien, j'en dirai le plus possible sans me donner bonne conscience ni chercher à me faire absoudre. Vous vous ferez une idée nette du salaud que je suis. Mais dans ce chapitre-ci, j'ai envie de vous dire tout l'inverse. Si l'on veut se donner la peine de regarder, je suis un gars bien.

Je n'aime pas faire souffrir inutilement car toutes mes pulsions sadiques sont satisfaites quand je fais souffrir utilement.

Je n'ai jamais méprisé ceux qui me redoutaient.

Je n'ai jamais souhaité la mort de personne (je réglais le problème avant).

Je fais face, toujours.

Je préfère être celui qui frappe plutôt que celui qui se réjouit de me voir frapper.

Celui qui ne vient pas me contredire n'a que de bonnes choses à attendre de moi.

Même si je demande systématiquement une contrepartie, j'ai réparé des outrages faits à d'autres.

Quand je contrôlais mon territoire, il n'y avait jamais un seul larcin dans la rue, une seule agression, les gens vivaient et dormaient tranquilles.

Si j'ai vécu " au mépris des lois ", seuls ceux que la loi méprise ne me jugeront pas.

Quand j'étais le boss, je n'ai jamais menti à quiconque. C'est le privilège des puissants.

J'ai de l'estime pour les ennemis qui jouent selon les mêmes règles que moi.

Je n'ai jamais cherché de bouc

émissaire : je suis responsable de
TOUT.

Fred tira la feuille du chariot, s'empêcha de la
relire, réserva ce moment pour plus tard, et retourna
auprès de Maggie pour s'endormir avec la satisfaction du devoir accompli.

4

L'écrivain Frederick Blake se couchait désormais à l'heure où les insomniaques se réveillent, l'heure où les enfants cauchemardent, où les amants se séparent. Après de longues heures de travail, seule la perspective de se relire au réveil le poussait vers le lit. Jadis, ses activités nocturnes variaient selon les époques et les saisons, tantôt relever des compteurs, tantôt délier des langues ou régler le sort de celui pour qui sonne le glas. Tant d'effort n'aurait pas été concevable sans l'imminence du réconfort, on avait le choix entre les parties de cartes sans merci, les femmes d'accord pour tout, et surtout les beuveries épouvantables mais dont on sortait droit comme un I avant de rentrer à la maison. Depuis son repentir, Fred dormait comme une bête traquée, un sommeil peuplé de rêves pénibles qui le réduisait à l'état de zombie la journée durant. Sa rencontre avec la Brother 900 lui avait fait reprendre goût aux ténèbres. Son ardeur face à la page blanche lui permettait de recréer cette exaltation passée, de retrouver cette même intensité. Dans ces moments-là, il se foutait bien de savoir si les mots qu'il frappait seraient lus un jour, si ses phrases lui survivraient.

Sur le chemin de l'école, Belle et Warren tentaient de se représenter la scène.

— Trois mois qu'il s'enferme dans sa putain de véranda, dit-il, tout son vocabulaire doit y passer plusieurs fois par jour.

— Dis que ton père est un analphabète...

— Mon père est un Américain de base, tu as oublié ce que c'était. Un type qui parle pour se faire comprendre, pas pour faire des phrases. Un homme qui n'a pas besoin de dire *vous* quand il sait dire *tu*. Un type qui *est*, qui *a*, qui *dit* et qui *fait*, il n'a pas besoin d'autres verbes. Un type qui ne *dîne,* ne *déjeune* ni ne *soupe* jamais : il mange. Pour lui, le passé est ce qui est arrivé avant le présent, et le futur ce qui arrivera après, à quoi bon compliquer ? As-tu déjà listé le nombre de choses que ton père est capable d'exprimer rien qu'avec le mot « *fuck* » ?

— Pas de cochonneries, s'il te plaît.

— C'est bien autre chose que des cochonneries. « *Fuck* » dans sa bouche peut vouloir dire : « Mon Dieu, dans quelle panade me suis-je fourré ! », ou encore : « Ce gars-là va le payer cher un jour », mais aussi « J'adore ce film ». Pourquoi un type comme lui aurait-il besoin d'écrire ?

— Moi j'aime l'idée que papa s'occupe, ça lui fait du bien, et pendant ce temps-là il nous fout la paix.

132

— Moi, ça me fait de la peine. Essaie de l'imaginer, la nuit, dans sa véranda, ses gros doigts en bataille devant sa machine merdique d'avant-guerre. Et quand je dis « ses gros doigts », j'imagine son seul index droit se taper tout le boulot, et clac, clac, clac, en comptant bien dix secondes entre chaque clac.

Il avait tort. Fred utilisait ses deux index. Le gauche jusqu'aux touches t, g, b, le droit à partir des y, h, n, de façon équitable, avec parfois des mots irritants, comme « regretter », qu'il tapait entièrement du gauche. Un léger cal commençait à se former au bout de ses phalanges. Le métier rentrait.

Pendant que ses enfants regagnaient leur classe, Fred, au plus fort de son sommeil, se rêvait dans le jardin de sa villa de Newark en train de piloter son motoculteur. Étrangement, il tondait le gazon pendant la communion de sa fille, qui attendait que son père vienne découper le gâteau, un gigantesque cube blanc recouvert de roses rouges, avec le dessin d'un calice et de deux bougies aux flammes dorées, et *God bless Belle* écrit en sucre rouge. Devant leur *palazzo* en brique rose, des Cadillac garées en pagaille avaient déversé des dizaines de silhouettes endimanchées, la plupart replètes, des voilettes sur le visage des femmes, des œillets à la boutonnière des hommes, et tous perdaient patience en attendant que Giovanni daigne descendre de son putain de motoculteur pour venir découper le gâteau de sa fille : était-ce vraiment le moment de s'occuper de la pelouse ! Belle et Livia, de plus en plus gênées, présentaient des excuses à tous, mais Giovanni ne se rendait compte de rien et paradait sur son engin en s'amusant parfois à propulser des gerbes d'herbe fraîche sur les robes de ces dames. Il riait sans s'apercevoir qu'on grondait dans les rangs, on s'inquiétait de tant d'irrespect. Il n'avait pas même pris la peine de s'habiller pour la circonstance et portait des espadrilles, un pantalon en élastomère marron, un blouson coupe-vent en nylon blanc imprimé à la marque du vendeur d'outillage. Les invités se concertaient, cherchaient à réagir, et d'inquiétantes silhouettes s'approchaient du motoculteur. Un téléphone sonnait quelque part, tout près. Mais où ?

Fred poussa un grognement en sortant de son cauchemar, fit quelques gestes nerveux des bras, le téléphone ne se taisait pas. Il chercha à tâtons le poste sur la table de chevet.

— Frederick ?

— ... ?

— Whalberg. J'espère que je ne vous réveille pas, il doit être vers les 11 heures du matin, chez vous.

— ... Ça va, ça va... grommela Fred sans savoir si le rêve continuait.

— Je suis à Washington, l'appel est sécurisé. Quintiliani ne nous écoute pas.

— ... Elijah ? C'est bien vous ?

— Oui, Frederick.

134

— Je vous félicite pour votre élection. J'ai suivi ça de loin. Un vieux rêve, le Sénat, vous en parliez déjà, au Syndicat des bouchers.

— Tout ça est si loin, dit-il, gêné qu'on évoque cette époque.

— On dit aussi que vous êtes un conseiller spécial du Président.

— Bah... il m'arrive d'être invité à la Maison-Blanche, mais uniquement pour des pince-fesses. Parlez-moi de vous, Frederick. La France !

— Ça a des bons côtés, mais je ne me sens pas chez moi. « *There's no place like home* », comme on dit dans *Le magicien d'Oz*.

— Vous faites quoi de vos journées ?

— Pas grand-chose.

— Il paraît que vous... écrivez.

— ... ?

— ...

— C'est surtout pour passer le temps.

— On parle de Mémoires.

— C'est un grand mot.

— Je trouve que c'est une bonne chose, Frederick. Je vous en sens tout à fait capable. C'est bien avancé ?

— Quelques feuillets, comme ça, en vrac.

— Et vous racontez... tout ?

— Comment pourrait-on tout raconter ? Si j'ai envie qu'on y croie, j'ai intérêt à rester en deçà de la vérité, sinon on me prendra pour un affabulateur.

— Vous avez donc envie d'être lu.

— Je ne pense pas à la publication, ce serait prétentieux. Du moins, pas encore.

— Frederick... cette conversation ne me met pas très à l'aise...

— Rassurez-vous, Elijah, les seuls vrais noms que je donne sont ceux des morts. Et l'épisode du fret de la PanAm et de ses camions réfrigérés a été un peu transposé, dormez sur vos deux oreilles.

— ...

— Je ne vais pas perdre les derniers amis qui me restent, Elijah. Tant que le FBI me bichonne, tant qu'il assure ma sécurité, même à grands frais, à quoi bon chercher les ennuis ?

— Je comprends.

— Si les vétérans décident de faire une énième commémoration à Omaha-Beach, faites partie du voyage et venez m'en serrer cinq.

— Bonne idée.

— À bientôt, Elijah.

Fred raccrocha, tout à fait rassuré. Du côté du Sénat, des ministères, et même de la Maison-Blanche, sa réputation d'écrivain commençait à gagner. L'Oncle Sam se le tenait pour dit.

*

Allongé sur un banc que nul ne lui disputait, Warren notait ce qui lui passait par la tête dans un bloc-notes. Nous étions le 3 juin, un vent de liberté courait dans l'ensemble du lycée, les plus jeunes

136

traînaient dans la cour, les plus grands restaient chez eux pour réviser, d'autres envahissaient les pelouses et jouaient les amoureux, d'autres encore réquisitionnaient les installations sportives afin d'y organiser des tournois sauvages de football et de tennis. Mais la tradition voulait que les plus motivés se consacrent au spectacle de fin d'année.

Depuis toujours, la ville de Cholong-sur-Avre respectait la tradition de la Saint-Jean et offrait, en plus des coutumes locales, une véritable fête foraine sur la place de la Libération durant le week-end le plus proche du 21 juin. L'administration du lycée en profitait pour inviter, dans la salle des fêtes, les parents d'élèves au spectacle mis au point par leurs rejetons, et tout le monde avait à cœur d'honorer ce rendez-vous. Les réjouissances commençaient par une chorale, se poursuivaient par une saynète jouée par les élèves de l'atelier théâtre, et se terminaient, depuis deux ou trois ans, par la projection d'un film numérique tourné par les élèves de première. Toute bonne idée était la bienvenue, toutes les énergies requises, et ceux qui préféraient prendre la parole sans avoir à monter sur scène participaient à la rédaction de la désormais célèbre *Gazette de Jules-Vallès*, le journal de l'école. On y trouvait les textes les mieux notés de l'année, des articles écrits par des bénévoles, des jeux, des rébus, des charades inventés par les enfants, et deux planches de bandes dessinées finalisées par le prof de dessin. S'exprimaient là ceux qui pensaient ne pas savoir le faire, et, chaque année, quelques talents se révélaient dans la foulée. C'est ici qu'on attendait Warren au tournant.

— Écris-nous quelque chose en anglais. Quelques lignes amusantes, compréhensibles de tous, ou un simple jeu de mots, ce que tu veux.

Un jeu de mots... Comme si les mômes de Cholong, voire les professeurs d'anglais, même bardés de diplômes, pouvaient comprendre quoi que ce soit à l'humour du New Jersey ! Ce mélange de cynisme et de dérision qu'on se forge à coups de poing dans la gueule, dans la fusion des races, sur fond de désespoir urbain. Tout le contraire de Cholong ! Cet humour-là constituait parfois le dernier bien des exclus, leur seule dignité. À Newark, une bonne repartie pouvait vous éviter un coup de couteau dans les côtes, ou vous consoler de l'avoir reçu. Cet humour-là n'avait pas lu ses classiques mais les classiques avaient su s'en inspirer. Une bonne dose d'ironie, un trait d'euphémisme, un zeste de non-sens, une pointe de litote, et le tour était joué, mais pour jouer ce tour-là il fallait avoir eu faim et peur, traîné dans les caniveaux et pris toutes sortes de coups. Et comme une balle qui rate sa cible, une réplique mal décochée se révélait, le plus souvent, fatale.

En manque d'inspiration, Warren s'allongea sur le banc et creusa dans ses souvenirs. Il se revit à Newark, chez un oncle ou une tante, une maison pleine de gens, pas très hospitalière malgré la bonne humeur ambiante.

Il s'agit sans doute d'un mariage, d'un événement heureux. Cousins et cousines dans de petits costumes et de petites robes. Warren fait bande à part, attiré qu'il est par les adultes, et surtout les amis de son héros de père. À mille lieues d'imaginer leurs activités, mais déjà admiratif de leur stature, de leur port de tête, de leur corpulence de géants. Toujours entre eux, rieurs, moqueurs, comme les grands gosses qu'ils sont. Warren se sent déjà l'un des leurs. Pour les entendre parler, peut-être surprendre leurs secrets, il se dirige vers eux sans se montrer. Il se fait oublier, se faufile derrière les meubles. Il ne s'approche pas trop du centre, où trône un drôle de bonhomme, bien plus vieux et bien plus maigre que les autres, les cheveux blancs, un petit chapeau sur la tête. Sans ce petit chapeau, il ferait presque peur. À entendre la manière dont son père lui adresse la parole, en baissant d'un ton, Warren sait qu'il s'agit là de quelqu'un d'important. C'est donc lui, ce Don Mimino dont même les plus grands patrons parlent avec respect. Warren est partagé entre la peur et l'admiration, il tend l'oreille, les hommes parlent d'opéra. Son père en écoute parfois, comme les autres, et certains soirs ça lui met presque la larme à l'œil. Ce doit être la langue italienne. Don Mimino demande ce qu'on joue au Metropolitan Opera de New York. On lui répond :

— Ça ne vous plaira pas, Don Mimino, on donne *Boris Godounov*, c'est écrit par un Russe.

Et Don Mimino, du tac au tac, rétorque :

— *Boris Godounov ? If it's good enough for you, it's good enough for me.*

« Si c'est assez bon pour toi, c'est assez bon pour moi. »

Et tous les hommes éclatent de rire.

Tempête dans le crâne d'un gosse de cinq ans. *Godounov* avait donné *Good enough*. Les mots, détournés, avaient fabriqué un nouveau sens, et ce nouveau sens avait fusé à la vitesse de la lumière. Warren avait éprouvé une sensation presque physique de perfection, un emboîtement idéal de sa pensée, la prise de conscience belle et brutale de sa propre intelligence. En saisissant au vol un trait d'esprit, s'était opéré comme un dépucelage, la parole et l'ironie avaient fusionné, la pensée s'était mêlée de balistique, et tout ça avait procuré un plaisir inouï. Plus besoin de se cacher derrière un fauteuil, Warren venait de gagner sa place dans la confrérie. Son regard sur le petit homme maigre aux cheveux blancs avait changé d'un seul coup : Don Mimino venait, en une seule phrase, de clouer le bec à tous, de prouver son éternelle vivacité d'esprit et de réaffirmer son rôle de chef de clan. Pas de doute, celui qui possédait une telle arme était quasi invincible. Pour Warren, plus rien ne serait comme avant, plus question de ne plus saisir ce que les mots recelaient de puissance et de pièges. Il allait

140

vite faire l'apprentissage de cet art capable de résumer le monde en une ou deux courtes phrases, de lui donner un sens pour, au bout du compte, le mettre en perspective.

Des années plus tard, ce regard distancié l'avait en partie aidé à surmonter les événements traumatisants de son exil et à se mettre à l'abri derrière un rempart d'ironie ; sa manière à lui de rester new-yorkais.

Aujourd'hui, le bloc-notes entre les mains, affalé sur son banc, ce *Good enough* lui paraissait presque laborieux, juste assez bon pour se débarrasser de son pensum pour ce journal débile. Les profs allaient le féliciter pour ce tour de force. Il allait même s'en octroyer la paternité. Qui tenterait de la lui ôter ?

*

En longeant l'Avre en amont, Fred arrachait chacun de ses pas à une fange qui happait ses bottes jusqu'au mollet. Sur l'autre rive, un pêcheur à la mouche, raide comme un piquet dans son ciré vert, lui fit signe de la main. Il l'ignora et continua sa route, le visage giflé par des branches de ronces, une main sur le cœur, le souffle court après tant de mois de sédentarité. Sous le prétexte de changer d'air et de quitter un moment sa véranda, Fred avait extorqué à Di Cicco l'autorisation de se promener dans les bois. Avec une pointe de sarcasme, le

G-man [1] l'avait vu partir avec bottes en caoutchouc et parka, prêt à affronter la nature normande pour la première fois. Fred s'en serait bien passé, l'idée même d'une excursion en forêt ne lui évoquait rien d'exaltant. À Newark, ses rares expériences bucoliques se terminaient en général autour d'un trou de deux mètres de long sur trois de profondeur, le plus souvent pour y enterrer un type trempé de son propre sang et plus assez vigoureux pour creuser lui-même. Giovanni et un acolyte, pelle et pioche en main, prenaient alors leur mal en patience, bavardaient pour tromper l'effort, en rêvant d'un bourbon dans une boîte à filles.

Une ornière infranchissable lui fit quitter son bras de rivière ; il décida, sans cesser de maugréer, de couper par un champ de blé. Si on lui avait appris dès l'enfance à cueillir les fruits sauvages de la jungle urbaine, personne ne lui avait enseigné la patience et l'humilité face à la terre. Fred avait toujours su récolter sans avoir à semer et traire sans avoir à nourrir. De peur de se perdre, il suivit le chemin vicinal sur un bon kilomètre avant de croiser la pancarte qu'il cherchait : CARTEIX FRANCE, USINE DE CHOLONG, ACCÈS PERSONNEL USINE.

Elle était neuve, pas si énorme et déjà sale, malgré sa couleur pourtant choisie pour se confondre avec la crasse. Il avait fallu tracer deux sentiers

---

1. Abréviation de « Government man », surnom donné aux agents du FBI.

goudronnés afin de créer des accès au parking, l'un pour les camions, l'autre pour les employés, et grillager l'ensemble du bâtiment sur cinq mètres de hauteur pour en interdire l'entrée à toute personne étrangère — Fred se demanda qui aurait pu avoir l'idée saugrenue de s'aventurer par ici. En haut du bâtiment principal, on pouvait lire le logo de la fabrique d'engrais Carteix dans un ovale blanc qui épousait la forme du C.

Pour tenter d'expliquer les dysfonctionnements de sa tuyauterie, Fred avait fait preuve de patience, de curiosité, et même d'une réelle bonne foi, épaté de découvrir en lui toutes ces qualités. La triste visite de Didier Fourcade, le plombier, avait suscité un challenge : percer le mystère de l'eau croupie. À l'époque, quand Giovanni Manzoni demandait des réponses, il les obtenait sans forcément avoir recours à une violence souvent inutile. D'autres méthodes s'imposaient, quitte à en inventer de nouvelles, seul comptait le résultat. Comment accepter aujourd'hui qu'on lui cache des choses ? Pas après son passé de mafieux où il avait porté les plus douloureux secrets. Pas après avoir connu les rouages occultes du FBI. Pas après avoir été lui-même un secret d'État. Pas après avoir inquiété à lui seul le petit monde qui s'agite autour de la Maison-Blanche. Aujourd'hui, qui oserait lui imposer un mystère aussi opaque que cette fange qui sortait régulièrement de son robinet ? Après enquête auprès de ses voisins qui faisaient coïncider leurs problèmes d'eau courante avec l'installation de l'usine Carteix, Fred avait d'abord cherché à faire la part des médisances. Maggie s'était adressée à la mairie, qui l'avait renvoyée à d'autres plombiers qui, eux aussi, connaissaient le problème sans pouvoir le résoudre. Elle demanda à Quintiliani de se renseigner sur l'usine d'épuration : rien non plus de ce côté-là, elle était neuve et des plus performantes. Fred, exaspéré par toute cette inertie autour de son problème d'eau, avait besoin, faute de responsable, d'une explication rationnelle. Rien ne lui paraissait plus insupportable que cette fin de non-recevoir chaque fois qu'il demandait des éclaircissements, cette impression de se heurter à des institutions creuses, des bureaux vides, des services qui se renvoyaient les uns aux autres, et cette manière implicite et administrative de l'envoyer se faire foutre le rendait fou.

Des riverains de son quartier pavillonnaire, victimes des mêmes avanies, lui avaient dressé un historique de leurs propres démarches. Plus grave encore que cette eau qui parfois avait la couleur et l'odeur du lisier, certains avaient constaté divers ennuis de santé dans leurs familles (dérèglements gastriques, migraines) et s'étaient vite regroupés en association de défense. Après plusieurs pétitions, dont une adressée au ministre de l'Environnement, ils avaient obtenu à l'arraché, et au terme de longs mois de revendication, le droit de faire analyser l'eau par le laboratoire départemental, qui révéla un

« excès de coliformes totaux » ainsi qu'une « forte pollution bactérienne » et une « eau bactériologiquement non conforme ». Au vu des résultats, le maire se vit contraint d'intervenir, mais, au lieu d'ordonner une enquête sérieuse pour remonter jusqu'aux origines du mal, il se contenta de demander à son agent municipal de déverser du chlore sur le site de captage. De fait, l'analyse qui suivit conclut à une « eau conforme », ce qui, selon lui, clôturait le dossier. À force de ténacité, les riverains aboutirent à une hypothèse, la seule plausible. Ils apprirent que l'usine Carteix, pour mélanger engrais chimiques et engrais naturels, nettoyait ses cuves avec de l'eau prélevée dans l'Avre et déversait l'eau usée dans des bassins enterrés dans le sol. Les bassins en question, pas assez étanches faute d'un revêtement suffisant, laissaient s'échapper l'eau corrompue dans la nappe phréatique qui alimentait Cholong en eau potable.

Malgré les plaintes et les menaces de procès, les habitants du quartier des Favorites ne purent obtenir gain de cause. Une procédure traînait depuis maintenant deux ans sans que personne ne soit inquiété, ni le maire, étrangement désinvesti, ni les industriels, ni même la DDASS, qui se déclarait impuissante. *Le Clairon de Cholong*, de guerre lasse, était passé à une autre actualité. En fait d'enlisement, les riverains eux-mêmes perdaient courage et faisaient la fortune des vendeurs d'eau en bouteilles.

Fred, dont l'énergie ne s'était pas encore émoussée, n'avait nul besoin de bouc émissaire mais d'une réalité concrète à laquelle se raccrocher ; ensuite, il aviserait. Il était même prêt à jouer le citoyen conscient de son civisme et à signaler une malfaçon, une erreur humaine, un dégât technique qui aurait échappé aux spécialistes. Après tout, il se foutait bien de Carteix, de son bien-fondé, de la pollution qu'elle créait, qu'est-ce qu'il en avait à foutre, Fred, de la pollution, de l'état de dégradation du monde, de ce que la course au profit en avait fait. La fin justifiait les moyens, et la fin était toujours la même, l'argent, avant tout, par-dessus tout, et pour toujours, ça avait été sa logique pendant trop longtemps pour la remettre en question aujourd'hui. Il ne cherchait à fourrer son nez dans les affaires de personne, ce temps-là était révolu, il voulait simplement en avoir le cœur net : la société Carteix avait-elle quelque chose à voir avec cette eau dégueulasse qui coulait de ses robinets ? La rumeur répondait oui, mais il devait en avoir la preuve.

Dans un premier temps, il entreprit de faire le tour de l'usine qui, en pleine semaine, semblait vide. Il longea les grillages qui bordaient le parking des livraisons, où se dressait un mur de palettes de plusieurs mètres de hauteur. Il déboucha sur une remise à ciel ouvert de barils et de tonneaux de métal bleu, rouge ou vert, frappés au logo de diverses marques d'huile et d'essence. Sur le versant nord de l'usine, il vit des chariots remplis d'énormes cubes emballés de plastique blanc qu'il prit pour de la marchandise prête à être chargée. Un peu plus loin, à l'arrière du bâtiment principal, se profilaient trois énormes containers métallisés dont la forme rappelait des silos à grain, et dont le contenu se déversait directement à l'intérieur de l'usine. Fred boucla sa ronde devant la grille fermée de l'entrée du personnel au parking entièrement désert.

Et sa croisade semblait devoir se terminer là.

Sans un mot, sans un geste, sans avoir livré bataille, sans avoir négocié, sans avoir traité, sans avoir à convaincre, sans s'être laissé convaincre. Sans avoir compris à quoi servaient ces tonnes de matériel ni quel bénéfice on pouvait en tirer. Sans avoir rencontré âme qui vive, un employé qui l'aurait renvoyé à son supérieur qui lui-même l'aurait renvoyé à un directeur. Fred aurait été prêt à remonter jusqu'à la tête.

Un accès de découragement le fit s'asseoir à même le gravier, le dos contre les montants de la barrière métallique. Il patienta un bon moment, les bras croisés, pensif, dépourvu d'antagoniste, déstabilisé dans sa logique agressive. Sa vie de gangster lui avait appris une chose : derrière toute structure, si éminente soit-elle, on trouvait toujours des hommes. Des hommes dont on pouvait croiser la route, des hommes qui portaient des noms connus de tous, des hommes à visage découvert, des

147

hommes invulnérables et pourtant faillibles, parce que des hommes.

L'entreprise Carteix était une des nombreuses filiales d'un gros groupe basé à Paris, qui lui-même était l'une des sous-divisions d'une branche d'un conglomérat diversifié dans une multitude de secteurs, pris dans une cascade de holdings et un imbroglio de participations croisées, un empire tentaculaire qui profitait de la complaisance de divers gouvernements et dont le conseil d'administration ne soupçonnait même pas l'existence de l'insignifiante entreprise Carteix, laquelle pouvait être cédée d'un jour à l'autre, victime d'un arbitrage d'actifs, d'un nettoyage de portefeuille, ou d'un programme de désinvestissement, sur une décision venue d'un pays qui n'avait jamais entendu parler du bocage normand.

Fred venait d'en avoir la preuve : ce monde auquel il était condamné aujourd'hui, celui de la légalité et de la morale, était parsemé de pièges tendus par des ennemis sans visages contre lesquels il était dérisoire de lutter.

Et tant que cette gigantesque verrue de tôle ondulée et de produits toxiques plantée au milieu de la forêt resterait déserte, tant qu'il n'aurait pas eu la possibilité de remonter jusqu'au big boss en personne, Fred se heurterait à ce qu'il redoutait le plus : l'arbitraire.

Assis par terre, il se sentait misérablement

humain. Bien peu de choses en vérité. Il détestait qu'on le lui rappelle.

*

Cholong-sur-Avre n'avait jamais connu de vraie salle de cinéma. À chaque génération, un bénévole s'occupait d'un bon vieux ciné-club hébergé dans la salle des fêtes de la mairie. Malgré les mises en garde d'une poignée d'élus (« C'est un combat perdu ! »), une cinquantaine de fidèles venaient quel que soit le programme, à raison de deux séances par mois, de quoi rentabiliser l'opération et donner tort aux grincheux. Alain Lemercier, retraité de l'Éducation nationale et éternel cinéphile, programmait les films, concevait les affichettes, et animait le débat qui suivait la projection. Son amour du cinéma lui venait de ces forcenés qui avaient sillonné les campagnes pour projeter les films de Marcel Carné et de Sacha Guitry, dans les granges et les halls de mairie, de ces fondus qui allaient chercher leur public jusque dans les champs, les cuisines des fermes, et qui l'accueillaient sans se soucier de la recette, car personne ne payait vraiment, là n'était pas le but. Les illuminés de la lanterne magique se payaient de rires à l'apparition de Michel Simon dans *Boudu*, et de larmes à la scène finale des *Raisins de la colère*. En souvenir de tous ces moments, Alain Lemercier avait repris le flambeau à Cholong et programmait un cinéma d'auteur, des classiques oubliés, prétextes au débat qui retenait dans la salle la plupart des spectateurs. Il se débrouillait le plus souvent pour recevoir un invité susceptible d'apporter un éclairage particulier ; on se souvenait d'une soirée qui avait rempli une bonne moitié de salle à l'occasion de la projection des *Chariots de feu*, l'histoire de deux jeunes coureurs de demi-fond qui ne cessent de s'affronter. Alain avait invité une célébrité locale, M. Mounier, dont la carrière de coureur avait repris du tonus sur le tard à l'occasion des jeux Olympiques du troisième âge. Lors d'une autre soirée mémorable, il avait réussi à faire venir de Paris un spécialiste des enfants surdoués pour un passionnant débat autour d'un film qui racontait l'histoire d'un attardé devenu brutalement surintelligent. Et s'il se retrouvait en mal d'intervenant, Alain encourageait les questions et tentait d'y faire répondre ceux qui avaient un avis : il animait.

L'installation à Cholong d'un écrivain new-yorkais était un prétexte idéal pour revisiter un classique américain. Sans plus y réfléchir, Alain saisit son téléphone pour inviter Fred et évoqua les riches heures de son petit commerce de cinéma.

— Ce serait un grand honneur pour nous si vous acceptiez d'être notre prochain invité.

Un débat dans un ciné-club ? Fred ? Lui pour qui un film ne se concevait pas sans une bière à la main, sans un bouton « Pause » pour aller farfouiller dans le frigo ? Lui qui s'ennuyait hors des explosions et des coups de feu ? Lui qui s'endormait durant les scènes romantiques ? Lui qui n'arrivait pas à lire les sous-titres et voir l'image en même temps ? Un débat dans un ciné-club ?

— C'est quoi, ce film ?

— J'avais pensé à *Comme un torrent*, de Vincente Minnelli, 1959.

— Le titre original, c'est quoi ?

— *Some Came Running*.

— Ça me dit quelque chose... Lequel joue dedans, Sinatra ou Dean Martin ?

— Les deux.

Alain Lemercier venait de marquer un point sans le savoir. Pour un Italien du New Jersey, a fortiori connecté à l'*Onorevole Società*, Frankie et Dino avaient le statut de héros.

— Rappelez-moi l'histoire.

— Un écrivain, vétéran de l'armée, revient au pays avec un roman inachevé. Tout le monde le considère comme un raté sauf une femme, qui cherche à l'encourager.

— C'est Frank qui joue l'écrivain ?

— Oui.

Troublé, Fred promit d'y réfléchir, puis raccrocha, et resta près de l'appareil qui, à n'en pas douter, allait re-sonner dans l'instant.

— Allô ? Fred ?

— Vous êtes lequel, Pluto ou Dingo ?

— Di Cicco. C'est quoi ce « Il faut que je réfléchisse » ? Vous êtes dingue ?

— Je ne parle pas aux sous-fifres, repassez la bande à Quintiliani, qu'il me rappelle.

Il raccrocha d'un geste sec et humiliant. Compte tenu de la haute technologie dont disposaient Caputo et Di Cicco, le choc en retour de Quint, où qu'il se trouve sur la planète, n'allait pas prendre plus d'une minute. À l'époque, pour le piéger et le forcer aux aveux, le FBI avait utilisé des antennes paraboliques, des lasers, des satellites, des micros qui tenaient dans un grain de beauté, des caméras dans des branches de lunettes, et plein d'autres gadgets dont même les scénaristes de James Bond n'auraient pas eu idée.

— Dites-moi, Fred, vous êtes devenu fou ? fit Quint.

— Je n'allais pas vexer ce brave type et risquer de me rendre impopulaire.

— ... Impopulaire ? Si ces gens-là vous connaissaient en tant que Giovanni Manzoni, escroc et assassin, je ne donne pas cher de votre popularité. Vous n'êtes pas écrivain, Fred, vous n'êtes rien d'autre qu'une ordure qui a su sauver sa peau, ne l'oubliez jamais.

Depuis longtemps déjà, Fred et Tom avaient épuisé leurs formules dans des joutes verbales de pure forme. Le jeu auquel ils se livraient demandait une haute précision et un renouvellement constant.

— Mais si quelque chose m'échappe totalement, poursuivit Tom, c'est ce que vous iriez faire dans un débat, quel qu'il soit ! Rien ne vous ressemble moins.

Il avait raison. Débat ? Échange d'idées ? Effectivement, rien ne lui ressemblait, ni l'échange ni les idées. Giovanni Manzoni prônait l'art de l'éloquence à coups de barre à mine, et les joies de la dialectique se traduisaient en général par une recherche d'arguments sophistiqués allant du chalumeau à la perceuse. Fred se serait fait un plaisir d'envoyer bouler Alain Lemercier si celui-ci n'avait évoqué « l'histoire d'un écrivain que tout le monde prend pour un raté ». À quoi bon en rajouter ? Qui était mieux placé que Fred à des kilomètres à la ronde ? Il ne suffisait pas seulement d'écrire pour se sentir écrivain, encore fallait-il avoir des problèmes d'écrivain. Et il les connaissait désormais, toutes ces angoisses de l'homme qui se raconte, seul dans sa tanière, incompris, à la recherche d'une vérité pas toujours bonne à dire.

— Je vais d'abord revoir le film en vidéo, Tom, je vais préparer plein de trucs intéressants à dire. Et vous m'accompagnerez à cette projection, je vous ferai passer pour un ami. En échange, je vous promets de faire un portrait de vous d'une honnêteté absolue dans mes Mémoires.

Quintiliani, pris de court par un argument si sournois, éclata de rire.

*

Maggie n'assisterait ni à la projection ni au débat. Après un long après-midi voué aux tâches administratives du Secours populaire (recouvrement des dons, mise à jour des comptes, répartition du planning), elle s'était portée volontaire pour aider au bon déroulement d'un souper de quatre-vingts personnes dans le réfectoire d'un lycée technique d'Évreux. Derrière un comptoir de tables en formica, elle remplissait les assiettes des affamés en se demandant quelle quantité de purée de pois cassés elle aurait à servir avant d'effacer sa dette envers l'humanité. Elle se sentait l'âme d'une infirmière de la Croix-Rouge sur le champ de bataille et se donnait à la fois au service et en cuisine, au chargement et au déchargement des camionnettes, à l'accueil et à la vaisselle, un véritable effort d'athlète en quête de performance. Selon elle, le dévouement se travaillait comme une discipline sportive, échauffement, exercice, accélération, il suffisait d'un entraînement régulier pour devenir une championne. Quand le réfectoire fut désert, elle dut se rendre à l'évidence : le don de soi procurait un certain plaisir. Armée d'une éponge, elle s'attaqua aux cantines vides avec l'ardeur du sacrifice. Il était temps de se friper les mains, de se les écorcher, de les entailler, de les meurtrir. On connaissait des précédents célèbres.

*

Dans la pénombre de la gigantesque salle des fêtes, les spectateurs attendaient le speech de présentation d'Alain Lemercier. Ces cinquante-là, irréductibles, présents quoi qu'il arrive, formaient, pour le coup, un vrai club. En aucun cas ils n'auraient raté ce rituel, ce recueillement partagé qu'on ne trouvait plus ailleurs, cette émotion que seul le grand écran suscitait. Ils appréciaient tout autant le retour au réel et les prises de bec qui suivaient le film. Le simple fait de quitter leur salon douillet et leur télé pour aller voir un film en salle s'apparentait, à leurs yeux, à un acte de résistance.

Thomas Quintiliani et Frederick Blake, assis côte à côte au fond de la salle, cachaient mal, l'un sa nervosité, l'autre son excitation. L'homme du FBI redoutait de voir son repenti soumis au feu des questions, même les plus anodines. En même temps, il vivait l'insertion de Fred au sein de la communauté comme une garantie de bonne fin envers ses supérieurs. Par un effet pervers, cette respectabilité faussement acquise par ce prétendu écrivain prouvait à sa manière que lui, Tom Quint, avait réussi à faire d'un ex-truand un notable, a fortiori dans un pays comme la France : un miracle. De son côté, Fred avait revu le film en vidéo plusieurs fois afin d'anticiper sur le débat et se sentait prêt à débiter le petit argumentaire qu'il avait mis au point, à fournir des réponses toutes faites aux questions qu'on ne manquerait pas de lui poser. Il avait même décidé de commencer sa prestation

155

avec une citation glanée par Warren sur Internet :
« Les femmes des écrivains ne comprendront
jamais que quand ils regardent par la fenêtre, ils
sont en train de travailler. » Pour lui, se résumait là
toute l'incompréhension des siens à l'égard de son
travail, leur insidieuse façon de nier son statut d'auteur. Ce soir, devant son premier public « officiel »,
il allait pouvoir se venger de ceux qui doutaient du
bien-fondé de son écriture. Tom Quintiliani, son
plus grand ennemi au monde, en serait le seul
témoin.

Lemercier, disparu dans la salle de projection,
tardait à lancer le film ; on s'impatientait dans les
rangs.

— Chez nous, on aurait déjà tué le projection-
niste, chuchota Fred.

Tom, malgré une longue habitude de l'attente, lui
donna raison. Lemercier réapparut, les bras ouverts
en signe d'accablement, et monta sur scène pour
faire une annonce.

— Mes amis ! La Cinémathèque a fait une
erreur. Les bobines qu'on m'a livrées ne correspon-
dent pas au titre prévu. Ce n'est pas la première fois
que ça nous arrive...

À raison de deux fois l'an, ça devenait même un
classique. En novembre dernier, le *Voyage au bout
de l'enfer* de Michael Cimino s'était égaré dans les
boîtes du *Voyage fantastique* de Richard Fleischer,
et quelques mois plus tôt, au lieu de voir le docu-
mentaire américain *Punishment Park*, le club s'était

156

contenté de *La Panthère rose s'en mêle*. Il en fallait plus pour déstabiliser Alain, qui parvenait, par un exercice de jonglage périlleux, à justifier le changement de programme, à improviser une présentation sauvage, jusqu'à trouver des liens entre les deux films. Ce type de rétablissement après grand écart était devenu la spécialité de l'animateur. Quint regarda Fred avec un sourire de soulagement.

— Nous n'avons plus rien à faire ici. On rentre à la maison.

Alain se confondit en excuses auprès de son invité, proposa de prendre date pour une prochaine édition, et Fred, déçu de ne pouvoir entrer en scène, s'achemina vers la sortie sans un mot. Tom lui proposa d'aller boire un verre en ville.

— Restez au moins pour la séance, dit Alain, il s'agit aussi d'un film américain, sous-titré, vous ne serez pas venus pour rien.

Fred emboîtait le pas de Quintiliani. Il allait pouvoir passer ses nerfs sur un ou deux verres de bourbon, il allait agacer Tom avec son petit couplet sur le bon vieux temps, et ils rentreraient rue des Favorites comme les proches voisins qu'ils étaient.

— Restez, insista Lemercier, je suis sûr que le film va vous plaire, il s'agit des *Affranchis* de Martin Scorsese, ça parle de la mafia à New York. Vous verrez, c'est très drôle et très instructif.

Fred se figea tout à coup, un bras dans la manche du blouson, le geste suspendu. Son regard lui avait glissé du visage.

157

En tant qu'officier du FBI, Quintiliani avait appris à ne jamais paraître surpris et à faire face à l'imprévu avec sang-froid et méthode — le genre de type qui savait respirer par le ventre quand d'aventure le canon d'un .45 se plantait dans sa nuque. Or, à cette seconde précise, et malgré son aplomb face aux situations inattendues, il fut saisi à la fois par une forte bouffée de chaleur et un vent glacé au creux de ses reins : il transpirait.

Fred se trahit par un sourire mauvais.

— Nous ne sommes pas si pressés, Tom...

— Je crois qu'il vaut mieux rentrer. D'ailleurs, ce film, vous le connaissez, non ? À quoi bon le revoir ?

Comme tous les mafieux, Fred adorait les films sur la mafia, la série du *Parrain* en tête de liste. C'était leur chanson de geste, elle leur avait donné une légitimité et les avait rendus lumineux aux yeux du monde. Entre confrères, ils n'aimaient rien tant que reprendre les dialogues du film à leur compte, en mimer certaines scènes, et parfois, seuls devant l'écran, la nuit, pleurer à la mort de Vito Corleone joué par Marlon Brando. Tous les autres films leur paraissaient bourrés d'invraisemblances, la plupart ridicules, avec leurs killers d'opérette et leurs costumes voyants. Le cinéma américain proposait des dizaines de ces inepties par an, anachroniques, grotesques, insultantes pour ceux de la Famille, les vrais, qui n'aimaient pas voir leur image tournée en dérision par Hollywood. Et quand bien même, ces caricatures de séries B les célébraient tout autant que le cinéma de prestige qui avait fait d'eux des demi-dieux.

Jusqu'aux *Affranchis* de Martin Scorsese.

Fred connaissait le film presque par cœur et le détestait pour cent raisons. On y réduisait les gangsters à ce qu'ils étaient vraiment : des ordures dont le seul idéal dans la vie est de se garer là où c'est interdit, offrir la plus grosse fourrure à leur femme, et, surtout, ne pas travailler comme ces millions de crétins qui se lèvent chaque matin pour gagner un salaire de misère au lieu de faire la grasse matinée dans des lits en or. Un mafieux, c'était ça, et *Les affranchis* le disait, enfin. Dépouillés de leur légende, n'apparaissaient plus que leur bêtise et leur cruauté. Giovanni Manzoni, Lucca Cuozzo, Joe Franchini, Anthony De Biase, Anthony Parish et toute la bande savaient désormais que leur aura de mauvais garçons ne brillerait plus comme avant.

Alors pourquoi ce film, ce soir-là ?

Un hasard ? Une inversion parmi d'autres ? Une anecdote à mettre sur le compte d'une défaillance humaine ? Pourquoi pas un autre film, n'importe lequel parmi des milliers ? *La règle du jeu* ? *Lawrence d'Arabie* ? *La grande vadrouille* ? *Salopes en chaleur* ? *Du sang pour Frankenstein* ? Pourquoi justement *Les affranchis*, ce film miroir qui renvoyait à Fred une image si odieuse, parce que si juste ?

— Je le reverrais volontiers, dit-il à Lemercier

en retournant s'asseoir. Je ne connais pas grand-chose à ces histoires de gangsters, mais je peux essayer de répondre à quelques questions durant le débat.

L'animateur, ravi d'avoir rétabli la situation, retourna dans la salle de projection. Vexé comme rarement, Tom dut réfréner une pulsion de violence qui aurait pu laisser Fred groggy à terre. Lequel savoura cet accès de haine comme une liqueur de marque ; toute occasion de voir Quint dans un état pareil était un moment gagné sur l'adversité. Fred tenait là un moyen de se venger à sa manière d'un film qui l'avait dépossédé de son image de bandit d'honneur pour faire de lui un abruti caractériel.

— Au lieu de vous énerver, Tom, dites-moi si vous l'avez vu, ce film.

Quintiliani n'était pas homme de loisirs, il n'aimait ni la pêche ni le camping, et le sport lui servait uniquement à entretenir sa forme. Il passait son rare temps libre à lire des essais qui avaient tous plus ou moins à voir avec ses activités. Le cinéma ? Des souvenirs de *drive-in* où le film importait moins que la fille sur la banquette arrière, ou des films de salle de repos lors de ses stages de formation, et surtout quantité de films selon lui sans intérêt dans la plupart de ses déplacements en avion. Il avait pourtant vu *Les affranchis* et tous les autres films sur la mafia à des fins documentaires. Il lui fallait savoir d'où venaient les héros des types qu'il traquait, comprendre leur langage, intercepter des *private jokes* dont le cinéma était friand.

— Vous voulez vraiment jouer à ça ? chuchotat-il à l'oreille de Fred.

Celui-ci connaissait par cœur le langage de Tom et traduisit la question par : *Espèce d'enfoiré de Manzoni, si tu oses me faire ce coup-là, je vais te pourrir la vie à tel point que tu regretteras de n'avoir pas fini tes jours en taule.*

— Ce sera l'occasion pour vous de me poser des questions qui vous taraudent depuis toujours, et peut-être, aujourd'hui, obtiendrez-vous des réponses, Tom. Ça valait le déplacement, non ?

Une suggestion que Tom entendit dans sa vraie forme : *Va te faire foutre, putain de flic.*

Les lumières s'éteignirent, le silence se fit, un faisceau lumineux vint blanchir l'écran.

*

Maggie gara sa voiture en face de la maison et fit un signe de la main à Vincent qui fumait une cigarette à sa fenêtre. À peine entrée dans le salon, elle se laissa tomber sur le canapé et ferma les yeux, encore toute remuée par cette sensation d'être passée de l'autre côté du miroir. Durant le trajet du retour, elle n'avait pu s'empêcher de repenser à cette salle prêtée à la section locale de l'Armée du Salut de Newark, où se réunissaient, chaque jour, les clochards, les errants, les *homeless*. Des tables en bois, des bancs, et tous ces gens assis, des heures durant, pour lutter contre le froid de l'hiver, l'ennui, la peur de la rue, et surtout, la faim. À travers la vitre crasseuse, elle jetait un œil vers cet aquarium de misère en se bouchant presque le nez rien qu'à en imaginer l'odeur. Plusieurs fois, elle avait eu envie de franchir cette porte pour éprouver le vertige du pire, et ce qui l'empêchait de faire ce pas n'était pas la peur de se confronter à la déchéance, mais une étrange sensation d'être allée plus loin qu'eux dans le renoncement. Ces hommes et ces femmes hirsutes gardaient une forme de dignité. Elle, non. Accepter le mode de vie et les valeurs de Giovanni Manzoni, c'était renoncer à toute forme d'amour-propre. Si les gueux du coin avaient pu soupçonner une telle faillite dans la vie de cette belle dame en manteau de fourrure, ils lui auraient fait l'aumône.

*

Au générique de fin, Lemercier retourna sur scène et saisit le micro pour débiter quelques généralités sur le film et son metteur en scène. Avant de donner la parole à ceux qui voulaient réagir, il se retourna vers Fred et l'invita à le rejoindre. On l'applaudit pour l'encourager, et, comme à l'accoutumée, Alain posa la première question.

— Quand on vit à New York, ressent-on la présence de la mafia telle que le cinéma aime nous la représenter ?

Par un geste réflexe qui trahissait son angoisse, Tom approcha la main de son holster.

— ... La présence de la mafia ? répéta Fred.

Il comprenait à peine la question, trop abstraite, c'était comme lui demander s'il avait conscience d'un ciel au-dessus de sa tête et d'une terre sous ses pieds. Muet, le micro en main, il se sentit ridicule et se réfugia dans le silence de la réflexion.

La présence de la mafia...

Alain y vit comme une timidité due au barrage de la langue et lui vint en aide.

— Des types tels que les trois gangsters que l'on voit dans le film, on peut en croiser dans la rue ?

On peut en croiser dans la rue ?

À travers cette question, Fred entrevit le gouffre qui le séparerait à jamais du reste de l'humanité, celle qui marche du bon côté du trottoir. Si les gangsters jouissaient d'un pouvoir de fascination sur les honnêtes gens, ils n'avaient pas d'autre statut que celui de monstres de foire.

Quintiliani faillit lever la main pour prendre la parole. Non pour mettre un terme à cette mascarade, mais pour venir en aide à un pauvre type. Ah ça, faire le malin tout seul dans sa véranda, raconter *sa* vérité, la nuit, à un vieux tromblon mécanique, la belle affaire... Mais répondre de sa vie de *gangster*, un micro à la main, sur une scène, devant cinquante personnes, c'était comme repasser devant le grand

163

jury. Fred ressemblait à un gosse qui piaffe à l'idée de réciter un poème en public et qui oublie jusqu'à son propre nom dès qu'il est au tableau.

On entendit des messes basses, une gêne s'installait. Alain chercha un bon mot en guise de soutien. *On peut en croiser dans la rue ?* Comment répondre à une question d'apparence si anodine mais si brutale en vérité ? Sous le feu des regards, Fred eut la tentation de mentir, de prétendre que les truands étaient invisibles, fondus dans le décor, comme des caméléons, à se demander s'ils existaient vraiment, s'ils n'étaient pas plutôt une invention de scénaristes, au même titre que les morts-vivants et les vampires. Sur ce, il aurait fait ses adieux à la scène pour filer dans sa véranda en se jurant bien de ne plus en sortir. Mais justement au nom de cette vérité qu'il cherchait à restituer au fil de ses Mémoires, il ne se sentait plus le droit de fuir.

— Au début du film, dans la première scène de bar, il y a un type qui traverse l'écran un verre à la main, on ne dit pas son nom, il porte un gilet gris sur une chemise jaune aux manches retroussées. Ce type-là a bel et bien existé, il s'appelait Vinnie Caprese, il avait ses habitudes sur Hester, dans un *coffee shop* qui s'appelait Caffè Trombetta. Tous les matins, il y prenait son expresso bien serré, comme il en buvait depuis l'âge de huit ans. Sa mère le lui préparait avant qu'il ne parte pour l'école, sans penser à lui faire une tartine, rien, le gosse partait comme ça, son expresso à peine avalé, et parfois, les jours de grand froid, elle ajoutait une goutte de marsala pour lui donner du cœur au ventre. J'ai toujours pensé que c'est comme ça qu'on devient un exécuteur. Rien qu'à des détails de ce genre.

*

Malgré la fatigue, Maggie ne parvenait pas à dormir. Elle décrocha son téléphone et proposa une visite vespérale aux G-men, qui l'accueillirent comme une distraction inattendue. Di Cicco sortit trois verres pour servir la bouteille de grappa que Maggie tenait en main. Elle s'approcha des jumelles montées sur trépied et les braqua vers les appartements encore éclairés. Sans voyeurisme railleur, sans la moindre malveillance, Maggie épiait ses riverains plusieurs fois par semaine sous le regard intrigué des fédéraux. L'échantillon d'humanité du quartier des Favorites était devenu son laboratoire, et son espionite, une nouvelle science de la proximité. Si Fred considérait autrui comme une entité grise et lointaine, Maggie refusait de croire à l'apparente banalité de ses voisins.

— Qu'est-ce qui vous amuse, là-dedans, Maggie ?

— Rien ne m'amuse mais tout me passionne. Quand j'étais jeune, je passais mon temps à réduire les gens à une catégorie, une fonction, un seul mot suffisait. Aujourd'hui, l'idée que l'exception de chacun est commune à tous m'aide à comprendre comment tourne le monde.

Elle dirigea les jumelles vers le petit immeuble de trois étages du 15 qui abritait quatre familles et deux célibataires.

— Les Pradel sont devant leur télé, fit-elle.

— Elle est insomniaque, ça peut rester allumé jusqu'à 4 ou 5 heures, dit Caputo en sirotant son verre.

— Lui, je me demande s'il n'aurait pas une maîtresse, ajouta-t-elle.

— Comment avez-vous deviné, Maggie ?

— Ça se sent.

— Elle s'appelle Christine Laforgue, assistante médicale, trente et un ans.

— Sa femme est au courant ?

— Elle ne se doute de rien. Christine Laforgue et son mari sont même venus dîner hier soir chez eux.

— Le salaud !

Un cri du cœur qu'elle avait poussé tant de fois, là-bas, à l'époque où Gianni et ses acolytes avaient réussi à rendre leurs maîtresses « institutionnelles ». Ils osaient se pavaner à leur bras dans des endroits choisis, à tel point que les épouses cherchaient à les rencontrer en personne, le plus souvent pour leur arracher les yeux. Depuis, elle classait très haut l'adultère sur son échelle de la faute.

Le regard de Maggie remonta jusqu'à l'appartement du dessus, aux fenêtres éteintes.

166

— Patrick Roux est de sortie ?

— Non, il a commencé son tour de France hier, répondit Di Cicco.

À la manière d'un entomologiste, Maggie observait l'évolution de ses sujets, leurs interactions. Plus rarement, il lui arrivait d'intervenir directement auprès d'eux pour créer un précipité.

Divorcé, cinquante et un ans, économe dans une école privée, Patrick Roux venait de prendre un an de congé sans solde pour vivre son rêve de toujours : sillonner le pays sur sa superbe moto de 900 centimètres cubes. Sachant que les motocyclistes étaient fort recherchés en la matière, Maggie lui avait proposé de glisser dans son portefeuille une carte de donneur d'organe de l'Établissement français des greffes. En prenant une telle initiative, Roux avait eu l'impression de conjurer le sort. Et si le pire devait arriver, l'idée que son cœur battrait dans la peau d'un autre ne lui faisait pas horreur.

— J'ai un truc qui va vous intéresser, Maggie, fit Caputo, c'est à propos de la petite vieille du 11 à qui on donnerait le bon Dieu sans confession, celle qui vit avec sa fille et son gendre. Figurez-vous qu'elle a empoisonné, en 1971, le chien d'un vieux voisin qui ne s'en est pas remis et qui l'a suivi de peu. Le crime parfait, en somme.

— Et personne n'en a jamais rien su ?

— Elle en a parlé hier au téléphone à une copine d'Argentan. Sans doute veut-elle avouer avant de se retrouver devant Dieu.

Dieu... Où était-il, celui-là ? En observant ses voisins d'aussi près, Maggie avait le sentiment d'accomplir le travail qu'Il était censé faire auprès de ses créatures : veiller sur elles et parfois leur montrer la voie.

— La fenêtre de la chambre de M. Vuillemin est toujours éclairée, dit-elle, étonnée. Il est censé se réveiller dans trois petites heures...

Il s'agissait du boulanger de l'avenue de la Gare, qui avait perdu la moitié de sa clientèle depuis l'installation d'un jeune concurrent. Comme les autres, Maggie était allée acheter une baguette chez le nouveau et avait eu le courage de donner son verdict à M. Vuillemin en personne : « Son pain est bien meilleur. » Comment cela pouvait-il être possible ? Son pain à lui, et depuis plus de vingt ans, ne lui avait valu aucune réclamation. Il n'était ni plus ni moins spongieux qu'ailleurs, sa mie pas plus blanche qu'une autre, sa durée de conservation dans la moyenne, alors quoi ? Pour en avoir le cœur net, il l'avait goûté aussi. En regardant son pétrin, comme pris d'une soudaine nostalgie, il s'était demandé ce qu'il avait perdu en cours de route. Puis il avait décidé de se remettre au travail pour montrer à ce blanc-bec de quel bois il se chauffait.

Maggie ne voulait plus rien rater de la comédie humaine qui se jouait chaque jour à sa porte.

*

— ... Bill Clunan avait appris l'italien pour devenir gangster. Imaginez ce type, Irlandais de père et de mère, ouvrir des bouquins d'argot rital, bouffer tous les jours chez Spagho, s'entraîner à jurer, tout catholique qu'il était, c'était ça qui devait le plus lui écorcher la gueule, blasphémer comme font les Italiens, traiter la Madone de pute, ça c'était le plus dur, mais qu'est-ce que vous voulez, il avait préféré rejoindre les rangs de Fat Willy plutôt qu'une bande irlandaise. Si vous allez à Brooklyn, et que vous passez sur le coup de 19 heures sur Mellow Boulevard, vous le trouverez peut-être, avec ses longs cheveux gris coiffés vers l'arrière et ses Ray-Ban de vue sur le nez, en train de jouer à la *scopa* avec ses potes, qui l'appellent toujours Paddy.

Tom, mortifié, cherchait un moyen de le faire taire. Le plus simple aurait été une balle entre les deux yeux, en finir une bonne fois pour toutes avec le calvaire que lui faisait subir Manzoni depuis qu'il avait croisé sa route.

— Qui était ce Fat Willy que vous venez de citer ? demanda une voix de femme.

— Fat Willy ? Que dire de Fat Willy... ?

Non ! Pas Fat Willy ! pensa très fort Tom. Mais Fred n'entendait rien d'autre que sa propre exaltation.

— Fat Willy était un *capo*, un chef, un peu comme le personnage de Paulie dans le film que vous venez de voir. Sa place dans la hiérarchie importait peu, Fat Willy était un type révolté par l'injustice. Il pouvait écraser une larme quand vous lui racontiez vos malheurs, mais il pensait avoir le droit légitime de vous étouffer si vous aviez arrondi votre ardoise au franc inférieur. On pouvait lui parler de tout, sauf de son poids, que personne ne connaissait précisément, on disait juste que Fat Willy était un *pezzo da novanta*, un type de plus de quatre-vingt-dix kilos — c'était le nom générique pour les gros bonnets, les caïds. Le gars était si impressionnant physiquement que quand il se déplaçait dans la rue, on aurait juré que c'était lui qui protégeait ses gardes du corps. Personne ne s'avisait de faire allusion à son embonpoint, ni ses fils, ni ses lieutenants, personne. Il suffisait qu'on lui tapote le ventre en disant : « Dis donc, tu te portes bien, Willy ! », on prononçait là ses dernières paroles.

Hors de lui, Tom faillit se lever pour intervenir. Fred omettait de dire que Fat Willy avait été un des premiers repentis pris en charge par le programme Witsec. Pour le rendre méconnaissable, le FBI lui avait imposé un régime draconien qui lui avait fait perdre des dizaines de kilos. Dès le jour de sa première sortie en ville, Fat Willy, Guglielmo Quatrini de son vrai nom, avait filé chez un marchand de *donuts* pour y engloutir l'équivalent de ce qu'il avait perdu.

— Avec ses dents du bonheur, poursuivait Fred, Willy souriait à la vie. Toujours aimable, toujours de bonne humeur, toujours une parole charmante aux dames et une bise sur la joue des enfants, toujours content. On ne l'a vu qu'une seule fois cesser de sourire, c'est le jour où un de ses fils s'est fait kidnapper. Les types avaient demandé une énorme rançon mais Willy avait tenu bon, et jusqu'au bout, même quand il avait reçu une phalange du gosse dans une boîte à fil dentaire. Il a non seulement récupéré son fils vivant, mais il a réussi à mettre la main sur les deux ravisseurs. Il s'est enfermé avec eux, dans sa cave, à mains nues. Vous me croyez si vous voulez. À mains nues ! Eh bien, la suite, personne ne la connaît, mais son voisin le plus proche est parti en week-end pour ne plus entendre les cris qui montaient de la cave de Willy.

Cinquante silhouettes inertes. Cinquante personnes suspendues aux lèvres de l'homme sur scène. Un vent de stupéfaction passait dans les rangs et nul n'osait bouger ni faire un commentaire. Oubliés, le débat, la concertation. Une voix s'exprimait, il fallait écouter.

Un spectateur se leva discrètement et sortit téléphoner à sa femme qui assistait, à cent mètres de là, à la réunion mensuelle des militants de la liste écologique aux prochaines élections municipales. En substance, il lui dit qu'il se passait « quelque chose » au ciné-club à ne rater sous aucun prétexte. Elle regarda sa montre et proposa à l'assistance d'aller faire un tour dans la salle des fêtes.

*

Maggie, lasse d'observer à la jumelle, se tenait maintenant devant la console d'écoute, un casque sur les oreilles, et se laissait absorber par les conversations de ses voisins. Elle venait d'apprendre que M. Dumont, le réparateur de motos, prenait des cours de chinois depuis plus de dix ans sans aucune raison apparente, et que sa femme n'était pas sa femme mais sa cousine, que la mère célibataire du 18 allait une fois par mois à Rouen fleurir la tombe de Flaubert, que le professeur de français avait un train de vie bien supérieur à ses revenus et gagnait des fortunes en jouant au tarot dans l'arrière-salle de la seule boîte de nuit de la région, que Mme Volkovitch se rajeunissait de dix ans auprès des administrations, et que Myriam, du 14, consacrait tout son temps libre à rechercher son vrai père afin, disait-elle, de lui « faire cracher des aveux de paternité ».

À chaque séance, elle en apprenait un peu plus sur la nature humaine, ses motivations, ses moteurs, ses angoisses, et aucun livre, aucun reportage ne lui aurait donné meilleure approche.

— C'est le jeune informaticien qui laisse un message au service des petites annonces du *Clairon de Cholong*, fit-elle en ôtant ses écouteurs.

Donne ordinateur PC XT, avec écran 14" et imprimante à jet d'encre bon ét. Un matériel obsolète dont il n'aurait rien tiré chez un revendeur d'occasion, mais qui pouvait faire le bonheur d'un particulier sans le sou. Voilà bien ce qui épatait le plus Maggie, ces actes gratuits, ces petites attentions à l'autre. Si elle se sentait appelée par les grandes causes humanitaires, elle avait encore tant à apprendre de ces gestes si discrets et si justes qui relevaient plus du bon sens que de la solidarité. Ces gestes-là prenaient les formes les plus inattendues. Ainsi son voisin Maurice, propriétaire de La Poterne, l'autre grand café de Cholong, avait-il entendu parler, lors de ses vacances à Naples, d'une très ancienne coutume que pratiquaient encore quelques bistrotiers de là-bas. Compte tenu du prix de l'expresso au comptoir (une misère ou un peu moins), il n'était pas rare de voir des clients débarrasser le fond de leurs poches d'un peu de mitraille et payer deux cafés en n'en buvant qu'un ; le serveur notait alors sur une ardoise un café gratuit réservé à un indigent de passage. Maurice, un homme ni spécialement généreux ni attentif à la pauvreté ambiante, avait trouvé l'idée intéressante et s'était mis en tête de l'appliquer. Il fut le premier surpris de constater que bien des clients s'amusaient à jouer le jeu. Pour avoir voulu instaurer une coutume en parfaite contradiction avec son époque, et vouée à l'échec aux yeux des sceptiques, Maggie avait fait de Maurice un de ses héros dans la vie réelle.

*

Quint méditait sa vengeance. L'homme qui, sous ses yeux, s'exprimait avec l'aisance d'un maître de conférence allait payer cher son numéro. Tom oubliait parfois l'étonnante bêtise des gangsters et leur goût pour la forfanterie qui, bien souvent, les perdait.

— Si on peut en croiser dans la rue ? C'est ce que vous me demandez ? Vous avez déjà entendu parler de Brownsville ? C'était un peu le West Point des affranchis : quand on y avait fait ses classes, on pouvait prétendre aux plus hautes fonctions. À la grande époque, dans ce petit quartier d'environ dix kilomètres carrés à l'est de New York, vous auriez pu croiser dans la rue un Capone, un Costello, un Bugsy Siegel — le type qui a fondé Las Vegas —, un Louis « Lepke » Buchalter, ou un Vito Genevose, qui a inspiré le personnage de Vito Corleone dans *Le parrain*. Ça, c'est juste histoire de citer les figures de légende, mais je pourrais également vous parler de sans-grade à qui l'on doit aussi les grandes heures de la Cosa Nostra. À Brooklyn, vous auriez pu croiser quantité de ces gars qui n'avaient même pas d'existence légale ! Aucun document administratif ne permettait de les identifier, sauf peut-être un casier judiciaire qu'ils inauguraient vers l'âge de quinze ans. Il n'y a pas que dans les rues que vous auriez pu en croiser, tenez, par exemple, un gars comme Dominick Rocco dit The Rock avait été capable de liquider un type dans une salle de cinéma, comme nous ici ce soir, à coups de piolet dans la tête sans que personne s'en aperçoive.

174

Au troisième rang, M. et Mme Ferrier, habitués du ciné-club, se regardaient l'un l'autre, incrédules.

— Tu trouves pas qu'il en fait beaucoup ?

— C'est un écrivain, chéri. Plus c'est extravagant, et plus ça l'amuse de nous y faire croire.

Le public avait triplé depuis maintenant une heure que Fred parlait. L'information s'était propagée et les curieux arrivaient des restaurants et des cafés environnants. À plusieurs reprises, il eut envie de noter une anecdote qui aurait eu sa place dans ses Mémoires, mais il préférait poursuivre et pousser toujours plus loin un exercice qui laissait son auditoire subjugué. Tom quant à lui se voyait déjà contacter la base de Quantico pour en référer à ses supérieurs, mais comment leur annoncer que Fred, non content de transformer son passé de mafieux en littérature, venait de se lancer dans un one-man-show qui aurait pu remplir le Caesar's Palace ?

*

Di Cicco était allé s'étendre dans la pièce mitoyenne et Caputo, devant une télé privée de son, avait oublié la présence de Maggie. À force d'écouter et d'observer les foyers alentour, les idées les plus folles lui traversaient l'esprit. Exaltée par une utopie que seuls les verres de grappa pouvaient excuser, elle imagina son quartier comme une zone franche qui n'obéirait plus aux diktats de l'indifférence. Les joues en feu, le cœur chaud, elle se mit à rêver d'un tout petit coin sur terre où régnerait une haute idée de la communauté et des rapports humains. Juste deux ou trois rues perdues où chaque habitant remettrait en question sa seule et unique logique pour s'interroger sur celle du voisin. Dans son petit éden, tous les moyens seraient bons pour aller vers l'autre. On pourrait avouer une faiblesse ou reconnaître une erreur avant de sombrer dans l'obstination. Affirmer qu'on peut se remettre de tout. Approcher celui qu'on redoutait sans le connaître. Assister, malgré l'envie de fuir, une âme en détresse. Oser exprimer ce qui n'allait plus. Gratifier ceux qui ne le sont jamais. Intervenir dans un conflit pour jouer le médiateur. Payer une dette à celui qui ne la réclamait plus. Encourager le penchant artistique d'un proche. Répandre une bonne nouvelle. Se défaire d'une habitude horripilante pour l'entourage. Transmettre un savoir avant qu'il ne se perde. Rassurer un vieillard. Faire un si petit sacrifice qu'on ne s'en apercevrait même pas. Sauver une vie lointaine en se privant d'un énième gadget inutile, et tant d'autres qui restaient à inventer.

Maggie, dans un élan lyrique, voyait ce petit monde-là tourner rond, il lui suffisait de rendre sa propre générosité contagieuse, de concentrer ses efforts sur un seul quartier dans l'espoir de voir se répandre l'épidémie dans les quartiers environnants, puis dans la ville entière, puis dans le reste du monde. La larme à l'œil, Maggie proposa à Di

Cicco de trinquer une dernière fois, peu pressée de redescendre sur terre.

*

— ... Tony était célèbre pour les interrogatoires musclés qu'il faisait subir aux indicateurs présumés, c'est pas pour rien qu'on l'appelait le Dentiste. Il a fini lieutenant de Carmine Calabrese. Chez les affranchis, c'était comme devenir fonctionnaire. Sa carrière ne connaîtrait pas d'ascension fulgurante, mais il se mettait à l'abri de bien des soucis. Un choix que les autres *wiseguys* respectaient. Et pourtant, il avait l'étoffe d'un bon *capo*, et Dieu sait ce qu'il aurait pu inventer pour consolider l'Empire.

Tom se devait de créer une diversion afin que cesse cette insupportable logorrhée, ce prodige de vantardise et d'ignominie qui allait tout foutre par terre. Une diversion ? Mais laquelle, nom de Dieu ? Comment faire taire ce salaud-là ?

Un spectateur réussit ce tour de force en levant la main.

— S'il y a bien un phénomène que le cinéma nous renvoie à propos des gangsters et des mafieux, c'est cette idée de rédemption. Comme si, depuis une trentaine d'années, ils cherchaient le rachat par tous les moyens.

— Rédemption ? Je ne suis pas certain que la plupart de ces types sachent ce que le mot veut dire.

Franchement, vous vous laissez avoir par toutes ces conneries ? Pourquoi un individu qui fait exploser la tête de son meilleur ami à cause d'une histoire de bookmaker aurait-il besoin de se prendre pour le Christ ? C'est des intellectuels qui ont inventé ça, la culpabilité. Allez en toucher deux mots à Gigi Marelli, un exécuteur de quatorze ans, un *baby killer* comme on les appelait. On le surnommait « Lampo », l'éclair. Six ou sept contrats par an en moyenne, ce gosse avait deux gorilles qui veillaient sur lui en permanence. Un jour, il a hérité d'un contrat spécial : son père en personne, son père qu'on lui demandait de liquider. Le vieux avait fait des conneries, et le *capo* de l'époque voulait absolument que ce soit son propre fils qui fasse le job. Chose faite, Gigi est allé lui-même l'annoncer à sa mère. Tous les deux se tenaient dans les bras le jour de l'enterrement. Culpabilité ? C'est des tragédies grecques tous les jours, à Brooklyn et dans le New Jersey, de quoi écrire des pièces et créer de nouvelles théories pour les psychiatres.

Quint saisit son téléphone, appela le QG et tomba sur Di Cicco.

— Allez me réveiller Maggie.

— ... Elle est là.

— Passez-la-moi immédiatement.

Dans le public, vingt mains s'étaient levées, impatientes. Le tam-tam s'était fait entendre en ville et la salle des fêtes se remplissait à vue d'œil. La scène avait rendu Fred incandescent. Sa perfor-

178

mance tenait à la fois du théâtreux et du conteur, un mélange de confession déguisée et de dramatisation. La lumière le lavait de ces dernières années de rancœur et de renoncement.

— Alors, pour répondre à votre question du début, oui, des affranchis, on peut en croiser dans la rue. Vous voulez des noms ? James Alegretti dit Jimmy the Monk, Vincent Alo dit Jimmy Blue Eyes, Joseph Amato dit Black Jack, Donald Angelini dit The Wizard of Odds, Alphonse Attardi dit The Peacemaker...

Tom craignait la suite logique d'une telle prestation, l'inévitable moment où, emporté par sa propre confession, exultant, Fred allait se trahir.

— ... John Barbato dit Johnny Sausages, Joseph Barboza dit Joe the Animal, Gaetano Cacciapoli dit Tommy Twitch, Gerald Callahan dit Cheesebox, William Cammisario dit Willie the Rat...

La toute dernière à pousser les portes de la salle des fêtes fut Maggie. Elle s'avança lentement dans l'allée sans quitter des yeux cet homme sur scène qui lui en rappela un autre, un Giovanni dont elle était tombée amoureuse longtemps auparavant. Pourquoi lui, pourquoi ce castagneur de Manzoni qui traînait avec des voyous de son espèce ? Personne ne détenait la réponse sinon elle-même. Elle le connaissait de réputation et l'avait vu pour la première fois dans un bal donné à l'occasion de la fête de San Gennaro, sur East Huston Street. Elle l'avait regardé boire avec ses copains et courir le

179

jupon, et puis, tard dans la nuit, quand une poignée de demoiselles ne demandaient qu'à être raccompagnées par le beau Giovanni, il avait invité à danser Maria la Ciociara, une jeune femme au visage ingrat qui avait fait tapisserie toute la soirée. En le voyant prendre dans ses bras cette fille qui n'en revenait pas, Livia avait senti battre son cœur.

— Frank Caruso dit Frankie the Bug, Eugene Ciasullo dit The Animal, Joseph Cortese dit Little Bozo, Frank Cuccharia dit Frankie the Spoon, James De-Mora dit Machine Gun, et des centaines d'autres. La plupart d'entre eux n'avaient pas les costumes à rayures et les cravates voyantes qui auraient permis de les identifier, il fallait être soi-même un affranchi pour en repérer un autre, sinon, vous les auriez pris pour de braves pères de famille qui rentraient du travail, exactement ce qu'ils étaient, du reste. Et parmi tous ceux-là, je voudrais accorder une mention spéciale à un chef de clan de Newark, un gars à part. Il était marié à la plus douce des femmes, qui lui avait fait deux beaux enfants, une fille et un fils. Il faut que je vous parle de cet homme, de la façon dont il prenait à cœur tout ce qui se jouait sur son territoire...

Tout à coup, Fred croisa le regard de Maggie, au pied de la scène. Il n'y lut aucun reproche mais, au contraire, l'expression de son indulgence. Il se tut, lui sourit, se réveilla lentement.

— Viens, Fred, on rentre.

180

Dans ce « Viens, Fred », il se sentit pris par la main.

Comme un vieil artiste qui tire sa révérence, il salua son public qui lui fit un concert d'applaudissements. Alain Lemercier comprit que venait de se dérouler là une des grandes éditions de son ciné-club. Son combat en valait la peine.

*

Tom, Maggie et Fred rentrèrent à pied, enveloppés de nuit et de silence. En les laissant à leur porte, Quint mit en garde Fred :

— Si votre exhibition de ce soir nous vaut des ennuis, je vous laisse tomber, vous et votre famille, l'image du FBI dût-elle en prendre un coup. Je vivrai avec le délicat souvenir d'avoir facilité votre mort au lieu de la reculer le plus possible, comme je m'acharne à le faire depuis six ans.

Quintiliani n'aurait pas cette joie. Le risque inutile pris par Fred ne porterait jamais à conséquence. Mais les Cholongeois se souviendraient longtemps de cette représentation exceptionnelle qu'ils prirent pour les élucubrations d'un écrivain débordant d'imagination.

Fred et Maggie n'échangèrent plus un mot jusqu'à leur chambre.

— Tu t'es bien donné en spectacle ?

— Et toi, tu t'es plu en dame patronnesse, au milieu de tes crève-la-faim ?

Elle éteignit sa lampe de chevet pendant que, dans la salle de bains, il saisissait sa brosse à dents. Un jet d'eau marronnasse éclaboussa la faïence blanche. Dégoûté, il retourna vers sa table de nuit et décrocha son téléphone.

— Quintiliani, je voulais m'excuser. Je me suis comporté comme le pire des crétins.

— C'est agréable à entendre mais je n'en crois pas un mot.

— Parfois j'oublie les efforts que vous faites.

— En général vous dites ce genre de conneries quand vous avez besoin de me demander quelque chose. Vous pensez que c'est le moment ?

— Il faut que je vous raconte une histoire, Tom...

— Votre numéro ne vous a pas suffi ?

— Une histoire qui vous concerne.

— Allez-y.

— Vous vous souvenez du témoignage que Harvey Tucci n'a jamais pu faire à cause d'un tir de *hitman* qui lui a fait exploser la gorge ? Vous faisiez partie de l'équipe chargée de sa protection, Tom. Désolé de vous rappeler ce moment pénible. Vous étiez alors une toute jeune recrue du Bureau.

— Vous-même n'étiez qu'une petite frappe, Fred. Ce soir-là vous serviez de couverture au shooter, vous me l'avez raconté.

— Ce que je ne vous ai pas dit c'est que le shooter, après plusieurs heures, ne parvenait toujours pas à avoir Tucci dans sa ligne de mire. Il nous restait la

182

possibilité de rectifier l'un des vôtres pour terroriser Tucci et le dissuader de se mettre à table.

— ...

— C'est votre tête qu'il avait dans son réticule, Tom.

— Continuez.

— Il m'a demandé quoi faire, et j'ai répondu : « Pas de dommages collatéraux. » On a attendu dix minutes interminables, et cet abruti de Tucci a fini par aller fumer sa clope à la fenêtre de sa chambre.

— ...

— À quoi ça tient, hein ?

— Pourquoi me racontez-vous tout ça maintenant ?

— Cette soirée m'a laissé par terre. J'ai besoin d'échanger quelques mots avec la seule famille qui me reste là-bas.

— Votre neveu Ben ?

— Faites un bon geste, j'ai besoin de savoir comment il va.

— À la moindre parole suspecte, je coupe la communication.

— Il n'y en aura pas. Merci, Tom.

— Au fait, vous ne m'avez jamais dit qui était ce *hitman*. C'était Art Lefty ? Franck Rosello ? Auggie Campania ? Lequel ?

— Vous ne trouvez pas que j'ai assez balancé comme ça ?

Moins de dix minutes plus tard, le téléphone

sonna et réveilla Maggie, qui venait à peine de fermer l'œil.

— ... Allô ?

— Ben ? C'est Fred.

— Fred ? Quel Fred ?

— Fred, ton oncle de Newark qui habite maintenant loin de Newark.

À l'autre bout du fil, Ben comprit qu'il s'agissait là de son oncle Giovanni qui appelait on ne sait d'où sur la planète : la conversation était sur écoutes.

— Ça va, Ben ?

— Bien, Fred.

— Je repensais à notre week-end à Orlando, avec les enfants.

— Je me souviens.

— On s'était tellement marrés. Je crois même qu'on avait vu Holiday on Ice.

— C'est vrai.

— J'espère qu'on remettra ça un jour.

— Moi aussi.

— Ce qui me manque le plus, c'est un bon *bagel* au Deli de Park Lane, mon préféré, avec pastrami, oignons frits et oignons crus, et leurs drôles de piments doux. Tout ça avec une vodka au poivre.

— Il y en a deux sortes différentes, la rouge et la blanche.

— La rouge.

— La meilleure.

— À part ça, ça va, Ben ? T'as rien de spécial à me raconter ?

— Non. Ah si, j'ai gardé tes cassettes. Tous tes Bogart.

— Même *Dead End* ?

— Oui.

— Garde-les. Tu vas toujours jouer aux courses ?

— Bien sûr.

— La prochaine fois, en souvenir de ton vieil oncle, joue pour moi le 18, le 21, et le 3.

— J'y penserai.

— Je t'embrasse, mon grand.

— Moi aussi.

Fred raccrocha, et se retourna vers Maggie :

— Mon neveu Ben arrive d'ici deux ou trois jours pour passer le week-end avec nous.

— Et l'adresse ?

— Je viens de la lui donner.

— Tu viens de lui donner l'adresse ?

— Oui, je viens de lui donner l'adresse.

— Quintiliani va te tuer.

— Devant le fait accompli, il n'aura qu'à la fermer.

— Dis, Gianni. C'était vrai, cette histoire de « dommages collatéraux » ?

— Oui.

Ils éteignirent ensemble leur lampe de chevet. La journée se terminait comme elle avait commencé, par un coup de fil entre ici et là-bas.

— Ben va nous faire sa polenta aux écrevisses, dit-elle. C'est les gosses qui vont être contents.

Fred, ce soir, ne descendrait pas dans la véranda. Maggie se blottit dans les bras de son mari et ils s'endormirent dans l'instant.

5

Sandrine Massart, en robe de chambre, les bras croisés, silencieuse, assistait aux préparatifs de son mari en partance pour les antipodes. Pour Philippe, rien n'était plus délicieux que cette série de petits gestes étudiés, affinés au fil des mois : ranger l'ordinateur portable dans sa *briefcase* en toile noire, choisir ses chemises en fonction de savants paramètres, chercher sur Internet le temps qu'il fait en Asie du Sud-Est, emballer ses carrés Hermès à offrir aux clients, sans oublier d'emporter le livre qu'on ne lira pas, mais toujours en rapport avec la destination. Le simple fait de changer les piles de son Discman, ou d'agrafer son carnet de vaccination à son passeport, lui procurait une satisfaction qui soulignait un peu plus l'imminence du départ. Si Sandrine s'était résignée à le voir partir si souvent, elle lui en voulait de si mal cacher sa joie de quitter la maison. Dans ces moments-là, Philippe se sentait déjà en transit, loin de leur pavillon de Cholong, bientôt là-bas. Là-bas, c'était un peu partout ailleurs.

Ils s'étaient mariés quatorze ans plus tôt, à Paris, où il avait décroché une place de cadre dans une société de machines à coudre et où elle terminait ses études de droit. Deux ans plus tard, Philippe se vit proposer le poste de directeur commercial d'une toute nouvelle manufacture qui ouvrait dans l'Eure, au moment même où Sandrine avait l'occasion de s'associer à un cabinet spécialisé dans le droit du travail : un choix devait être fait. Le petit Alexandre allait débouler dans leur vie et, sans trop de remords, Sandrine décida de quitter robe et barreau pour installer sa famille à Cholong afin que son cadre de mari puisse se consacrer pleinement à ses nouvelles fonctions.

— C'est juste une question de trois ou quatre ans, chérie. Tu pourras retrouver un cabinet dans la région, non ?

Non, elle ne retrouva rien dans la région, et quand bien même, à la naissance de Timothée, il n'en fut plus question. Mais pas un seul instant elle n'avait regretté sa décision ; renoncer à sa carrière pour les meilleures raisons du monde n'était pas un réel sacrifice. Pour Sandrine, une autre idée du bonheur s'imposa vite dans cette grande maison qui aurait pu les mettre à l'abri tous les quatre une éternité durant.

Jusqu'au jour où un ingénieur français de la société de son mari inventa un astucieux procédé permettant de gagner vingt à trente secondes dans l'assemblage des fermetures Éclair, ce qui, par jour et par ouvrier, pouvait rapporter des sommes colossales à la confection industrielle.

La plupart des pays d'Asie s'étaient portés acquéreurs du brevet, et le brillant Philippe Massart se trouva mandaté pour conquérir les nouveaux marchés du bout du monde. Incapable de déléguer, Philippe prit l'habitude de finaliser lui-même chaque contrat. Il partait désormais trois ou quatre fois par mois pour des séjours de trois jours pleins par escale, parfois davantage quand il décidait de faire coïncider deux destinations cumulables en moins de trois vols. Pire encore que l'absence, Sandrine supportait de moins en moins chez lui les effets d'un décalage horaire qui s'étirait juste assez pour faire le lien entre deux voyages.

Ce matin-là, il partait pour Bangkok conclure un accord qui allait permettre à la boîte d'investir à la source, chez le fabricant, et ouvrir de nouveaux secteurs, autant dire l'aboutissement d'une longue stratégie qui le ferait grimper dans la hiérarchie sans le moindre risque d'en dégringoler ; les préparatifs de départ n'en étaient que plus délicieux. Devant un tel spectacle, Sandrine vivait une sorte de résignation muette qui annonçait la triste suite et fin de leur histoire commune.

— Chérie ? Tu n'aurais pas vu mon guide ? Le nouveau, je veux dire.

Il l'avait potassé, la veille, dans le lit. Le sommeil avait tardé à venir. L'exaltation. L'époque *Guide du routard de l'Asie du Sud-Est* était révolue, s'ouvrait celle du *Michelin* et ses hôtels de luxe, ses plages paradisiaques. À son dernier voyage il avait trouvé le temps d'en goûter une et se promettait d'y retourner très vite.

— À mardi, chérie. S'il y a un changement, je t'appelle.

Il ne lui restait plus qu'à passer sa veste en flanelle grise, glisser son billet dans une poche intérieure, et embrasser sa femme.

— Un changement ?

— Perseil m'a laissé entendre qu'il serait bon de faire un aller-retour Bangkok-Chiangmai pour régler un truc avec le fournisseur. De toute façon, je t'appelle.

D'un geste encore affectueux, Sandrine ajusta le col de son mari et lui sourit pour la première fois de la matinée. Dans l'entrebâillement de la porte, il déposa un baiser sur sa joue et se dirigea vers le taxi qui attendait.

— Chéri ! J'allais oublier ! mentit-elle en saisissant une revue pliée dans la poche de sa robe de chambre. Cette année, Alex a participé au journal de l'école, un poème qu'il a écrit et qu'ils ont retenu parmi beaucoup d'autres ! Ça lui ferait plaisir que tu le lises. Si tu t'ennuies pendant le voyage...

Pris au dépourvu, il saisit *La Gazette de Jules-Vallès* sans savoir qu'en faire et la glissa dans sa serviette.

190

*

Son avion décolla à l'heure, le temps était clair, la classe affaires presque vide et l'hôtesse jolie à croquer. S'ennuyer pendant le voyage ? Si Sandrine savait... Si elle pouvait s'imaginer... Non, il valait mieux qu'elle n'imagine rien. Les révélations tardives sont les plus violentes, et Philippe Massart venait de comprendre, du haut de ses quarante-quatre ans, qu'il était fait pour ça, les vols, les transits, les affaires, les interprètes, l'*english fluently*, les Hilton à peine traversés, les pays tout juste survolés, les dîners effleurés, seules comptaient la vitesse, la distorsion du temps et des distances. Philippe Massart ne connaissait rien de plus beau au monde qu'un attaché-case ouvert sur le lit d'une suite au Sheraton de Sydney. Du reste, tout dans sa nouvelle vie lui paraissait esthétique, à commencer par les gestes qu'il se voyait faire, il y en avait tant, ceux du départ n'étaient qu'un prélude, d'autres venaient en leur temps, et le temps passait vite entre les fuseaux horaires. Au déjeuner, une coupe de champagne en main, il consulta le menu sans pouvoir se décider entre le pavé de morue et le carré d'agneau, et demeura le plus longtemps possible sur cette douce hésitation, le front collé contre le hublot. En attendant qu'on vienne le servir, il feuilleta *Air France Magazine* et resta un instant en émoi devant la photo d'une beauté indienne en costume traditionnel qui illustrait un article sur les

191

industries textiles de Madras ; la silhouette de Sandrine, dans sa robe de chambre en pilou, lui revint en mémoire. Il l'aimait, là n'était pas la question. En quatorze ans de mariage, ils avaient vécu tant de choses et en avaient surmonté tant d'autres. *Oui, je l'aime.* Il s'accrocha un instant à cette certitude en essayant d'en retrouver l'évidence. Il l'aimait. C'était un fait acquis. Il ne pouvait pas douter de cet amour pour elle. Et d'ailleurs, comment peut-on douter d'un amour ? Quels sont les signes ? De toute façon, même s'il en trouvait, il ne pourrait s'y fier. Quel couple n'est-il pas soumis à l'érosion ? Comment les gestes d'affection, quatorze ans plus tard, pourraient-ils être les mêmes ? Les érections rien qu'à la voir choisir un soutien-gorge, les rafales de bisous sans aucune raison, les étreintes en public qui frôlaient l'indécence. Tout ça n'était plus, mais tout ça avait été, c'était le plus important. Oui, il l'aimait encore, mais autrement. Il admirait toujours autant sa silhouette, malgré les années, il la trouvait même plus attendrissante qu'avant. Il aimait Sandrine, pas besoin d'y revenir. *J'aime ma femme.* Se poser la question en devenait absurde. Il l'aimait, ça ne devait pas être remis en question. Il l'aimait, même si le désir n'était plus vraiment là. Même s'il lui arrivait de songer à d'autres femmes. Songer, juste. Il n'avait jamais trompé Sandrine. Ou bien en toute extraterritorialité, ce qui ne comptait pas. Il l'aimait, cela voulait sans doute dire quelque chose, même de nos jours, non ? Il l'aimait, le problème était ailleurs. Aussi paradoxal que cela fût, il la sentait moins présente. Il avait beau parcourir le globe pour le compte de sa société, c'était bien elle, Sandrine, qu'il ne sentait plus à ses côtés. Depuis que sa carrière avait pris un coup d'accélérateur, elle regardait de loin ce qui lui arrivait et jouait de moins en moins ce rôle de partenaire qui veille sur la base. Leur équipe ne gagnait plus. Désormais, il devinait Sandrine bien plus préoccupée par le devenir d'Alex et de Timothée que par le sien. À croire qu'on commençait à l'oublier, lui, à force de le voir partir. Ce serait un comble, mais ce serait aussi l'explication la plus simple. Lui qui travaillait tant pour le seul bonheur des siens. En terminant sa charlotte aux poires, une certitude lui apparut tout à coup : ceux qui partent au front sont condamnés à la solitude.

— Un alcool vous ferait plaisir, monsieur Massart ?

L'hôtesse avait déjà croisé Philippe sur un précédent vol et se souvenait de lui avoir servi deux poires williams à l'approche de l'aéroport de Singapour. L'angoisse de l'atterrissage n'avait rien à y voir, le petit coup de pouce de l'alcool lui donnait le *la* de tout son séjour et lui permettait de trouver le bon rythme. À Bangkok, tout était affaire de *timing*. Dès la sortie de l'aéroport, un taxi le conduirait à son hôtel, le Grace, sur Sukhumvit. Suivraient une longue douche tiède et des vêtements frais, puis un martini-dry à la terrasse du bar, dans ce patio rococo cerné par les ventilateurs, en

193

attendant Perseil et le directeur général de la FNU Thailand Limited, dont Philippe ne retenait jamais le nom. Ils dîneraient dans un pavillon de bambous au Krua Thai Lao — un poulet laotien aux saveurs inexplicables — pour y expédier les affaires courantes, énoncer les derniers chiffres, et laisser entendre une proposition d'augmentation de capital par l'entremise de la boîte. Puis, récompense, ils iraient boire ce traditionnel verre dans un bar de Pat-Pong sans trop faire de folies afin de ne pas compromettre la journée du lendemain. Philippe, le verre de poire à la main, le regard perdu vers le ciel de ténèbres du royaume de Siam, se projetait la suite de son voyage, un film bien plus passionnant que celui qu'on passait dans la cabine. La suite, c'était, au réveil, un café léger avant de filer en touk-touk sur Chitlom pour se faire masser par Absara si elle était disponible, sinon, une autre, au choix, mais aucune ne valait Absara. Elle lui avait dit, la dernière fois, qu'il avait de beaux yeux. Elle savait s'y prendre avec lui tout particulièrement, sa façon de le mettre à l'aise dès qu'il apparaissait, de manipuler son corps pour qu'il abandonne toute résistance en provoquant d'emblée une éjaculation après une irrésistible pénétration. Puis elle le massait minutieusement sans épargner aucune articulation, aucune vertèbre, jusqu'à l'érection suivante et son *happy ending*, comme on disait dans l'établissement. En quittant les mains d'Absara, Philippe avait dissipé toute la fatigue nerveuse et physique due au décalage horaire, et pouvait enfin vivre son séjour à l'heure thaïlandaise. À la perspective de ce petit bonheur, il s'adossa un instant sur son siège et ferma les yeux en savourant les dernières gouttes de son verre. Puis, afin de se préparer à l'atterrissage, il referma son agenda et le rangea dans sa serviette. Glissée dans la pochette, il aperçut le coin corné de la revue que Sandrine lui avait fourguée presque d'autorité et dont il avait parfaitement oublié l'existence. Par curiosité, il la sortit et la déplia tout en bouclant sa ceinture.

La Gazette de Jules-Vallès... Qu'est-ce que c'était que ce... ah oui, le journal de l'école... Le poème d'Alex... Son petit Alex devenu si grand dès l'apparition de son cadet Timothée... Alex avait écrit un poème... Comment allait-il accuser le choc d'un divorce désormais inéluctable ? Il comprendrait. Il le fallait, de toute façon. Un poème ? Pourquoi pas... Un peu désuet mais attendrissant. Par désœuvrement, Philippe feuilleta *La Gazette* sans chercher à se concentrer, lecture idéale pour un atterrissage. Passé un éditorial qu'il n'eut aucune envie de lire, il parcourut les pages d'une BD conçue par les élèves de première C2, puis il se surprit à chercher plus précisément le poème d'Alex pour s'épargner d'avoir à y repenser durant son séjour. Afin de retrouver une complicité vacillante depuis plusieurs mois, il imagina déjà le petit compliment qu'il allait tourner à son fils. Dans la table des matières, il repéra :

« Les cent manières dont est mort mon père »,
par Alexandre Massart.

Sourire de surprise sur les lèvres de Philippe.
Étrange fierté d'être cité en tant que père. Bizarre
inquiétude sur le sens général du titre où le mot
« mort » venait de lui griffer les yeux. Il se précipita
donc à la page 24, où le long poème de son fils
avait été imprimé dans le sens vertical du journal et
courait sur la double page.

LES CENT MANIÈRES DONT EST MORT MON PÈRE

*Mon père est mort sans laisser d'adresse. Il n'en
    avait plus.*

*Mon père est mort en héros, sur le champ de
    bataille, sous les balles d'un ennemi qu'il
    était bien le seul à connaître.*

*Mon père est mort la semaine dernière, bête-
    ment.*

*Mon père est mort de n'avoir prévenu personne
    qu'il allait mourir.*

*Mon père est mort de fatigue en rentrant à la
    maison, comme un saumon.*

*Mon père est mort d'avoir regardé plusieurs
    chaînes de télé en même temps.*

*Mon père ne s'est jamais remis d'avoir fait de
    moi un orphelin. Il en est mort.*

*Mon père est mort comme on le lui demandait
    sur un mémo.*

Mon père est mort tant de fois que personne n'a cru la toute dernière.

Mon père a été retrouvé mort dans un placard, lui qui craignait tant le ridicule.

La mort a toqué à la porte avec sa faux et son suaire, et mon père l'a suivie sans faire d'histoires.

Mon père est mort pour clarifier des choses qu'il voyait floues.

Mon père est mort pour avoir essayé de décrocher la lune.

Mon père est mort pour rien.

Mon père est mort en pensant que seul Dieu allait comprendre son geste.

Mon père est mort à l'autre bout du monde, comme un oiseau rendu fou par les vents.

Mon père est mort sans s'en apercevoir, un peu comme il a vécu.

Quoi de neuf, aujourd'hui ? Rien. Ah si, j'oubliais : mon père est mort.

J'aurais tellement préféré écrire que mon père est maure plutôt que mort.

Mon père est mort comme un chien, sur la tombe de son maître.

Philippe pressa les mains sur les accoudoirs pour bloquer une étrange oppression dans la poitrine et calmer une respiration qui s'emballait. Une seconde plus tard une vrille d'angoisse lui perfora l'estomac. Il porta une main à son front, se massa les tempes, il avait sans doute mal lu, son fils n'avait pas pu écrire ça, la plaisanterie était de mauvais goût, et Alex était trop... trop jeune, trop... trop ou pas assez, et puis c'était absurde, Alex n'était pas le genre de gosse à... Si nul en français d'habitude, il y avait erreur, Alex n'était pas...

Mon père est mort à deux pas de la maison, où la fatalité attendait, patiemment, son retour des îles Galápagos.
Mon père prenait la vie comme une corvée, il en est mort.
Mon père est mort sans se poser de questions sur la vie.
Mon père est mort trop jeune ; de là où il est, il est sûrement d'accord.

Alex... ? C'est toi, mon p'tit ? Dis-moi que ça n'est pas toi... Qu'est-ce que j'ai fait, Alex... ?

Mon père est mort sans éclat.
Mon père est mort, et dans le carnet noir du journal on a fait une faute à son nom.
Mon père est mort pour qu'on le pleure.
Mon père est mort sans mon consentement.
Mon père est mort et ça ne fait même pas une bonne contrepèterie.
Depuis que mon père est mort, il fait l'unanimité.

— Monsieur Massart... ? Nous avons atterri, monsieur Massart...

Et Philippe, sans même s'en rendre compte, suivit le mouvement vers le car qui conduisait les voyageurs jusqu'au bâtiment principal du Bangkok International Airport.

Mon père est mort sans entrevoir ce couloir de lumière blanche qui, paraît-il, vous fait passer de l'autre côté.
Mon père est mort sans jamais avoir rien fait d'interdit.
Mon père est mort comme il en rêvait : dans son sommeil.

Entraîné par la cohue jusqu'à la zone de transit, il se sentit chanceler et s'arrêta pour laisser le flux des voyageurs se disperser aux guichets des douanes.

Mon père est mort trop jeune pour avoir peur que je l'enterre un jour.
Mon père est mort cent fois, à deux ou trois près.
Mon père est mort et ça ne fera pas la une.
Mon père est mort, qui l'aime le suive.

À bout de forces, il s'assit sur un banc, le journal froissé dans ses poings qu'il desserra lentement pour plaquer les mains contre son visage et fondre en larmes. Des pleurs d'enfant firent trembler son corps entier.

Il se leva tout à coup, empoigna sa serviette, piétina le journal tombé à terre et parcourut la zone *duty free* de long en large à la recherche d'un téléphone. On lui indiqua une cabine bizarrement exotique surmontée d'un petit toit vert en forme de temple bouddhiste, et cet appareil-là devait lui permettre d'en joindre un autre, dont l'image mentale s'imposa parfaitement, un poste sans fil, bleu nuit, posé sur un guéridon, près d'une carafe d'eau et d'une photo de vacances où Sandrine, enceinte de Timothée, offrait son beau visage à la brise du soir.

Là-bas, chez lui, à Cholong, il n'était que 10 heures du matin.

— Allô... Chérie... C'est moi, chérie...

— ... Allô... ? Qui est à l'appareil ?

— C'est moi, chérie ! Philippe !

— Philippe... ? Tu es où ?

— Je t'aime ! Je t'aime tellement, tu sais !

— ... ?

— Tu m'entends ? Je t'aime ! Je vous aime tous les trois ! Tellement...

— Tu vas me faire peur, le voyage s'est mal passé ?

— Vous êtes ma seule raison d'être, vous êtes tout, et sans vous ma vie n'a plus de sens.

— ...

— Je reprends le premier avion tout de suite, et

je ne quitterai plus jamais la maison qu'avec vous trois.

— Et Perseil ?

— Il peut crever et toute la boîte avec. Est-ce que tu m'aimes encore ?

— Devine ?

Une nouvelle vague de larmes, de bonheur celles-là, lui vidèrent le cœur de toute son angoisse.

*

En provenance de Macao et en partance pour Los Angeles, un jeune Belge du nom de David Moëns s'ennuyait à mourir pendant son interminable transit par Bangkok. Il ne comprenait même plus les raisons de ce départ aux antipodes, comme ça, du jour au lendemain. Il s'agissait à coup sûr de se prouver quelque chose à lui-même et à la face du monde, mais il avait totalement oublié quoi. Partir... Partir... L'Asie... L'horizon... Loin... Partir... L'autre... Là-bas... Tous les voyageurs sont des poètes... Après tout, lui aussi avait droit à son bout d'ailleurs. Du moins, il lui fallait en avoir le cœur net. Et pour ça, un seul moyen. Partir, loin, seul, et sans un sou en poche. La vie, le hasard, le destin se chargeraient de la suite.

Bilan de l'opération : en moins d'une semaine, il avait perdu au jeu sans passion le peu qui lui restait, il avait fait des rencontres anecdotiques et déjà oubliées, il n'avait pas vécu le moindre moment fiévreux, et il lui tardait de quitter l'Asie pour l'Amérique, qui lui semblait moins obscure. De fait, il tentait sa dernière chance en Californie, où était censé l'héberger un vague couple rencontré à Bruxelles en août dernier — serments d'amitié après plusieurs Kriek, adresses échangées dans l'euphorie, le truc habituel. Une voix intérieure lui prédisait que personne ne l'attendrait à Los Angeles.

En outre, David aurait été incapable de déceler à quel point le dépit amoureux avait sa part dans ce départ précipité. Il avait quitté Bruxelles non pas à cause d'une femme, mais de toutes. Ses trois dernières années sans vie affective ni sexuelle avaient créé chez lui un réflexe de méfiance qui le poussait à considérer les femmes comme le clan adverse. Il les voyait toutes dans une, une dans toutes, dotées des mêmes travers et mues par les mêmes desseins, si contraires aux siens. Quitte à tomber dans les pires clichés misogynes, fussent-ils enrobés de littérature, il reprenait à son compte les sentences qui épinglaient la gent féminine et prétendaient pouvoir la définir en quelques adjectifs. Inconsciemment, en prenant ce billet d'avion, il avait voulu vérifier si les femmes du bout du monde obéissaient à la même logique. Il parvint à s'en persuader avant même d'en avoir croisé une.

Renseignement pris auprès de la seule représentante de sa compagnie sur le sol thaïlandais, son avion décollerait avec trois ou quatre heures de retard. Exaspéré, il retourna s'allonger dans un recoin de la zone de transit, la tête contre son sac. Si seulement il avait eu de quoi lire... Un roman, un magazine, un prospectus écrit en français, n'importe quoi susceptible de lui occuper l'esprit. En préparant son sac de globe-trotter, l'idée même de la lecture lui avait paru hors sujet. Pas question de lire mais de tenir un journal de voyage à raison d'un ou deux feuillets par jour, de quoi donner une forme à des souvenirs à peine vécus. Hélas, à mesure que s'effilochait sa quête d'exotisme, le jeu l'avait lassé. Quatre jours consignés, dont le dernier, mardi 17 juin, bradé en un paragraphe.

Réveil fatigué. Une énorme blatte court sur le sol, où je suis allongé, enveloppé dans un drap. On m'a conseillé de ne pas tuer les insectes, sinon je n'en finirais plus. Les ignorer, semble-t-il. Je ne laisse plus le ventilateur tourner, j'ai peur d'attraper froid, ce serait un comble par cette chaleur. La fille du linge passe dans le couloir, comme tous les mardis, paraît-il. Où serai-je mardi prochain ? Je devrais visiter la ville, sinon personne ne croira, là-bas, que je suis allé si loin.

Tout à coup, sous une rangée de sièges, il aperçut un bloc de feuilles froissées d'où émergeait un fragment de mosaïque noire et blanche qu'il reconnut au premier coup d'œil comme une grille de mots croisés. Il s'agissait d'une publication étrange, *La*

Gazette de Jules-Vallès, abandonnée à terre on ne sait comment. Mais la question n'était plus là pour David Moëns, il s'agissait d'un journal écrit en français ! Une occasion de se réapproprier la langue et remettre en marche les rouages de son cortex laissés en souffrance. Des textes, des rébus, des dessins, plein de petites choses finalement dépaysantes, le morceau de choix étant ces mots croisés auxquels il s'attaqua sur-le-champ.

*

Au-dessus d'un océan dont il ne verrait jamais la couleur à cause de la nuit et d'un hublot inaccessible, David, rassuré sur son sort, se sentait bercé par la carlingue, en paix avec l'humanité. Tout lui semblait luxueux, le sourire des hôtesses, les boissons fraîches, les échantillons de vétiver, le système de ventilation, les bonbons acidulés. Enfin sécurisé, il pouvait rester concentré sur ces mots croisés qui ne lui posaient aucune difficulté.

Les jeunes créateurs de la grille n'avaient pas cherché à limiter le nombre de cases noires ni à sophistiquer les définitions, et pourtant ils s'étaient lancés dans un format de dix horizontales sur dix verticales, bizarrement complexe pour des amateurs. David se débarrassa facilement de tous les mots de trois et quatre lettres qui s'emboîtaient sans heurt : *boa* croisait *pôle*, *pôle* croisait *clone*, et *clone*, *cure*. Il dut réfléchir un bon moment avant de trouver un mot de sept lettres dont le *u* de *cure* arrivait en cinquième position. La plupart de ses voisins dormaient déjà, l'avion traversait la nuit dans un silence quasi parfait, il sirotait sa canette de Coca tiède à la paille. « Accusés de réceptions », en sept lettres ? Les petits morveux de ce lycée français commençaient à lui mettre des bâtons dans les roues. David dut le reconnaître, il était de ces cruciverbistes occasionnels qui n'apprécient rien tant que la facilité et se sentent vite humiliés par une définition à tiroirs. Ses victoires faciles de début de grille l'avaient mis en confiance, et sans doute un peu vite. En trouvant *Noé*, le second mot de la quatrième verticale (définition : « Abrita bien des couples ») qui croisait impeccablement le *o* de *pôle*, le mot *noceurs* lui sauta aux yeux pour « Accusés de réceptions ». Dans sa lancée, il dénicha un redoutable *adultère* qui répondait à : « Une moitié plus un tiers ». Décidément, ces gosses de Cholong-sur-Avre, un bled perdu Dieu sait où, avaient plus de ressources qu'il ne l'avait imaginé. David avait écrit mécaniquement le mot *adultère* sans s'interroger sur le sens qu'un enfant de douze ans pouvait lui donner. Que connaissait-on de l'adultère à cet âge-là, quand lui, David, du haut de ses vingt-quatre ans, s'apitoyait sur sa triste libido ? Un adultère ? Son rêve de jeune homme ! Se vivre comme l'amant d'une femme mariée était pour lui le sommet de l'esthétique en amour. Il imagina des après-midi de feu dans un petit hôtel pas très net du côté de la gare Bruxelles-Midi, une bouteille de vin blanc posée sur la table de chevet, et la belle bourgeoise de cinquante ans descendue des beaux quartiers de la chaussée d'Ixelles, les pommettes rosies par la honte et l'excitation de se retrouver nue dans un coin malfamé face à un voyou qui la ferait jouir en la traitant de pute : voilà le film qui se déclencha instantanément dans la pupille de David à l'évocation du mot *adultère*. Soit les gosses du lycée Jules-Vallès avaient emprunté une définition classique à un Favalelli ou un Scipion, soit un de leurs professeurs, amateur éclairé, s'était amusé à placer, à la barbe de ses collègues, des directeurs et des parents d'élèves, ses trouvailles un peu lestes. En aucun cas un élève de cet âge ne pouvait en être l'auteur. Pire encore, cet *adultère* lui paraissait si extravagant qu'il finissait par se demander s'il avait vraiment sa place dans cette grille, s'il n'était pas en fait une création pure de son esprit perturbé par les doubles lectures à tendance forcément sexuelle. Pour chasser le doute de son esprit il s'attaqua à la définition suivante, « Transports en commun », en cinq lettres, qui devait logiquement se terminer par un *e* pour coïncider avec le dernier *e* de *adultère*.

— *Orgie*, dit une voix fluette, dans son dos.

— ... ?

— Transports en commun : *orgie*, répéta-t-elle.

Debout, le menton posé sur l'appui-tête de David, une jeune femme de son âge lui souriait, mutine.

— C'est quoi, ce journal ? Ça a l'air épatant.

Ce choix du « épatant », surgi d'une autre époque, laissa David sans voix. Tout à sa surprise, il ne sut apprécier le sourire si délicat de la jeune femme, à peine esquissé, mais qui donnait au visage sa lumière, nuancée par le bleu de ses yeux, le léger rose de ses joues, le carmin de ses lèvres. En fait, David ne réalisait pas à quel point elle correspondait à son type de femme, menue, la peau mate, les cheveux mi-longs et lisses, d'un blond cendré. Une silhouette à l'épreuve du temps et des aléas de l'existence.

— Je ne sais pas, je l'ai trouvé dans l'aéroport, répondit-il par un réflexe de défense.

— *Orgie*, répéta-t-elle, ça nous donne un *r* en deuxième lettre de « Premier jet », en neuf lettres.

— ... Ça fait longtemps que vous lisez par-dessus mon épaule ?

*

Deux heures plus tard, ils avaient beau être assis sur des fauteuils mitoyens, se tutoyer, s'envoyer des piques, ils ne parvenaient pas à mettre de l'ordre dans cette grille.

— On s'est peut-être trompés sur « Premier jet ». Et si ça n'était pas *brouillon*, dit-il.

— Tu proposes quoi d'autre ?

— *Caravelle*.

— Pardon ?

— C'était un peu l'ancêtre du jet, qu'il faut prononcer djette, comme l'avion, précisa-t-il. C'est le piège que nous tendent ces petits cons. J'y pense depuis qu'on traverse des trous d'air.

— N'oublie pas que cette grille a été conçue par des petits cons, mais des petits cons pervers. Ce jet n'est sûrement pas un avion. D'ailleurs, vu leur âge, ça doit précisément les travailler, ces premiers jets...

— Ils ne seraient pas allés jusqu'à...

— En neuf lettres, « Premier jet », toi qu'es un garçon...

— ... *Pollution* ?

— Mais oui. « Premier jet » : *pollution*. On garde le *o* d'*orgie* mais ça nous prive du *b* de *brouillon*, qui nous donnait *basaltes* pour « Corps en fusion ».

— Avec le *p* de *pollution*, on aurait quoi, pour « Corps en fusion » ?

— En huit lettres, on avait l'embarras du choix : *alliages*, *minerais*, et même *éruption*.

— Qui commence par un *p*, on te dit.

— En huit lettres... « Corps en fusion », ça pourrait pas être...

— ... Quoi ?

— ...

— Vas-y, dis-le, au point où on en est.

— *Partouze* ? proposa-t-elle à mi-voix.

— Il y aurait *orgie* ET *partouze* ?

— Bien sûr, ça ne peut être que *partouze*. J'aime

mieux ça, parce que ta *caravelle* foutait en l'air mon *câlin* pour « Régime sensuel » en cinq lettres.

— « Régime sensuel » en cinq lettres, ça pourrait être n'importe quoi : ... *désir*... *baise*... Et même *amour* !

— ...

— ...

— Admettons *amour*, mais ça élimine *émotion* pour « Touche au cœur » en sept lettres. Et tout le reste s'effondre...

— On ne va pas éliminer *émotion* comme ça. Remarque, *passion* aussi fait sept lettres.

— Impossible, ça remettrait en question le *d*, le *r* et le second *s* de *détresse* pour « Demande un bon coup de main » en huit lettres. Au lieu de ça, on aurait un *o* en initiale.

— ... *O* en initiale de « Demande un bon coup de main », en huit lettres... Tu sais à quoi je pense ?

— J'en ai peur...

— C'est triste à dire, mais *onanisme* débloque ce « Tout feu tout flamme » en huit lettres, qui n'est plus *brûlante* mais *embrasés*.

— Pourquoi pas *amoureux* ?

— Oui, pourquoi pas ?

Leur avion allait bientôt atterrir à Los Angeles. David n'appellerait pas ce couple d'Américains qui, de toute façon, avait oublié son existence, et proposa à Delphine d'aller visiter la ville. Vingt minutes plus tard, le service de nettoyage de l'aéroport passa dans les allées de la classe économique et jeta en vrac dans des sacs-poubelle tout ce qu'avaient laissé les voyageurs, dont *La Gazette de Jules-Vallès*.

*

À l'aile nord de l'aérogare étaient entreposés de gigantesques containers où les services de voirie stockaient, brassaient et brûlaient plusieurs tonnes de déchets quotidiens provenant des neuf terminaux de l'aéroport international de Los Angeles. Certains containers destinés au recyclage attendaient, au lever du jour, d'être acheminés par des semi-remorques vers l'usine de retraitement de San Diego. Dans quatre d'entre eux, gros de six mètres cubes, étaient entassés des milliers de magazines, de journaux et de listings d'ordinateurs dont les compagnies aériennes se débarrassaient par palettes entières. Comme un insecte piégé dans une boîte d'allumettes, Donny crapahutait dans le moins rempli des quatre.

Orphelin de mère, Donny Ray passait le plus clair de son temps hors de chez lui afin d'éviter à un père dans la mouise un souci supplémentaire. À quinze ans, il ne demandait déjà plus à être nourri, ni vêtu, ni même conseillé sur la vie et les multiples pièges dans lesquels son père était déjà tombé. Il allait peu au cinéma, ne regardait jamais la télévision, et personne, dans son quartier, n'aurait pu servir de modèle masculin assez décent pour le guider

210

vers l'âge d'homme. À moins que son père ne fût à sa façon un modèle absolu de ratage, le parfait exemple à ne pas suivre, une référence indiscutable en matière d'échec. Donny se débrouillait seul, et plutôt bien, piochant çà et là des règles de vie au rythme d'un parcours empirique, et cette adolescence en valait bien d'autres, plus préservées, et sûrement moins riches en événements. Il se sentait l'âme légère du poète qui sait regarder le monde en perspective, le vivre sans réelle gravité, s'amuser de ses beautés inattendues. Mais avant de se lancer à la découverte de ce monde, Donny avait eu besoin, dès ses treize ans, de gagner son autonomie financière pour s'affranchir des diktats de son père, voire l'aider à boucler les fins de mois. Après plusieurs jobs, dont la plupart frôlaient l'illégalité, il s'était spécialisé dans la récupération de vieux journaux comme d'autres dans la boîte de soda. Trois fois par semaine, il visitait les containers de l'aéroport et refourguait son butin à des soldeurs qui eux-mêmes prospectaient pour les collectionneurs de bandes dessinées, de magazines, de quotidiens, on trouvait preneurs pour tout. Donny maîtrisait désormais son art : fouille, redistribution aux contacts, recherche de nouvelles filières, et tant qu'il agissait seul et en toute discrétion, les services de voirie fermaient les yeux sur son business. Il n'avait pas son pareil pour plonger en immersion totale dans le container, s'enfoncer par paliers, brasser le moindre recoin, s'ouvrir une trouée, feuilleter, trier, tasser, puis remonter

211

à la surface, la besace pleine d'une pêche souvent miraculeuse. L'aéroport de LAX était devenu son territoire exclusif, il s'y promenait comme une silhouette familière à laquelle plus personne ne prêtait attention.

Pourtant, ce matin-là, Donny regrettait de s'être déplacé pour si peu : une série de *Vogue* trop récente, des magazines de fitness sans intérêt, à peine de quoi tirer dix dollars, peut-être cinq de plus avec un *Playboy* de 1972 qu'un bouquiniste de Catilina lui prendrait à coup sûr. On trouvait toujours amateurs pour ces vieilleries, et pas seulement des pervers un peu nostalgiques, mais des gens bien sous tous rapports, et même des chercheurs, des types qui faisaient des études et des thèses sur cette presse d'un autre âge. Les titres les plus impensables faisaient parfois l'objet de collections, à commencer par *Playboy*, un mythe américain, le charme à la papa, fallait-il avoir de l'argent à perdre. Un journal avec des filles nues de 1972, quel intérêt ?

En 1972, son père et sa mère ne s'étaient pas encore rencontrés et rien n'annonçait l'existence d'un Donny Ray. Il ne naîtrait que quinze ans plus tard, quand le sens du caché aurait cédé à la toute-puissante marchandise, quand celui du profit aurait dynamité les derniers tabous. Pour lui qui n'en avait jamais encore touché un seul de ses mains, le corps des femmes était une sorte de matière première intarissable, à portée de regard, et dont les moindres

212

recoins ne sauraient être cachés. Leur nudité était un fait acquis depuis la nuit des temps, comme l'eau courante ou le métro, un dû, un Droit de l'Homme. Sans avoir jamais ouvert les jambes d'une fille, il semblait tout connaître de leur intimité. Lors de ses fouilles, il laissait glisser son regard à la limite du blasé sur les pin-up des *Hustler* et autres *Penthouse*, où chaque silhouette en valait une autre et ne suscitait plus aucune curiosité. Donny Ray ne pouvait imaginer qu'en 1972 de très jolies femmes se déshabillaient déjà dans les magazines pour devenir reines d'un jour, et qu'un garçon de son âge aurait tué pour avoir entre les mains ce numéro de *Playboy*. Il se contenta de le feuilleter pour en vérifier le bon état, déplia la page centrale et découvrit la playmate du mois étalée sur trois volets. Miss Mai 1972 s'appelait Linda Mae Barker et posait dans un bain moussant, saisie de face et dans son entier par un plan aérien.

Accroupi dans son container, Donny resta un long moment, le journal en main, songeur. La photo centrale ne donnait pas beaucoup à voir, pas *tout* en tout cas. Pour la première fois de sa courte existence, on lui cachait des choses. Et cette fille ne ressemblait en rien à celles qui posaient dans les magazines d'aujourd'hui. À l'époque, le corps des femmes était-il si différent ? Intrigué par les photos de la jeune demoiselle Barker, désuètes, hors d'âge, délicieusement datées, à la limite du kitsch, Donny sortit de l'aérogare sans quitter le magazine des yeux. Avant de descendre du container, il avait agrippé une sorte de fanzine froissé en y jetant à peine un coup d'œil — *La Gazette de Jules-Vallès*, d'où venait cette connerie ? —, d'un format juste assez grand pour y cacher son *Playboy* sans éveiller la curiosité des passants. Un geste qui trahissait ses quinze ans.

Il prit le métro aérien à la station Aviation et se vautra sur une banquette au fond d'une rame déserte. Il se mit à détailler le corps de Linda Mae Barker des pieds à la tête en s'étonnant de tout, à commencer par ses cheveux châtain foncé aux racines bien noires qui tombaient sur ses épaules, reliés par un discret ruban rouge de collégienne. Une brune toute simple, comme on en rencontrait au coin de la rue, pas plus sophistiquée que la moyenne, un modèle courant, il en avait croisé mille dans la vraie vie, comme la prothésiste dentaire qui ne lève jamais le nez de son ouvrage dans sa petite échoppe de Placid Square, ou même cette assistante sociale qui le supplie de se rendre au rendez-vous du psychologue. Des playmates d'aujourd'hui, Donny ne connaissait que les longues crinières blondes dont elles pouvaient se vêtir tout entières. Au milieu d'elles, Linda Mae Barker aurait ressemblé à une biche perdue parmi les lionnes. Avec une patience infinie Donny détaillait chacun de ses traits tout en candeur, ses taches de rousseur qu'on devinait à peine, son sourire généreux, son adorable frimousse. Il se sentait attendri par tant d'innocence, sa façon de dire si peu en montrant beaucoup, d'avouer sa timidité en posant nue, une ombre de vulnérabilité dans les yeux, une ombre qu'il fallait deviner, invisible à celui qui ne sait pas regarder. Il connaissait cette ombre-là, celle des femmes de tous les jours, dépourvues d'arrogance, curieuses de tout, capables de s'étonner d'un rien. En toisant l'objectif comme elles le faisaient, les pin-up de l'ère moderne avaient tué le plus petit atome de naïveté au fond de leur rétine, et cherchaient, bien au-delà de celui du photographe, le regard de millions d'hommes qui, en fins connaisseurs, allaient estimer le potentiel de charme que pouvait dégager tant de chair nue. Sur le visage de Linda Mae Barker se lisait le défi qu'elle s'était lancé à elle-même et qu'elle allait relever, poser nue devant l'Amérique entière, et cette victoire apparaissait dans une lueur au fond de ses yeux.

Et le plus incroyable était que le reste du corps, à partir des épaules, reflétait cette modestie qui décidément provoquait chez Donny un trouble inédit. Ah, les seins de Linda Mae Barker ! Hauts sur le torse mais si peu insolents, presque fragiles malgré leur grâce, il chercha un mot pour les qualifier, et faute de mieux s'arrêta sur « imparfaits ». Oui, ils étaient imparfaits, leur forme n'évoquait rien de connu, un fruit entre pomme et poire, très éloigné du melon. Avant de découvrir ceux de Linda Mae, Donny s'était toujours imaginé que les seins ressemblaient à des sphères à géométrie pure et de taille unique, gonflés à quelque chose d'assez puissant pour sauter au visage du lecteur. Imparfaits, les seins de Linda Mae Barker donnaient envie de les remodeler de longues heures avec les mains jusqu'à les voir reprendre leur forme naturelle, finalement la plus émouvante. La poitrine de Linda Mae datait d'avant le bistouri et le silicone, une époque où le souci de perfection passait après la grâce. Comble de l'innocence, la blancheur des seins de Linda Mae tranchait avec le reste de sa peau bronzée et laissait apparaître clairement la marque du bikini. Donny n'en revenait pas. Des seins blancs ? Inimaginable ! À la limite de l'indécent. Pas d'UV, en 1972 ? Pas d'autobronzant, de gélules ? Pas de topless sur les plages ? Linda Mae Barker n'avait-elle donc jamais offert sa nudité à personne ? Il descendit à la station Long Beach, les mains toujours crispées sur *La Gazette de Jules-Vallès* qui cachait le corps de Linda Mae Barker. Plus il la mangeait des yeux, plus il avait besoin d'éviter les regards. Il grimpa dans un bus en direction de Lynwood, où vivait Stu, son copain d'enfance devenu recouvreur de dettes. Stu avait maintes fois essayé de l'initier à l'art de casser les pouces des mauvais payeurs, mais Donny, rebuté par la plupart des formes de violence, avait préféré se spécialiser dans le vieux papier ; il y voyait une variation moderne sur le thème de la chasse au trésor. Une preuve parmi tant d'autres ? Il avait découvert Linda Mae au fin fond d'un container. Une jeune fille qui s'était donnée au journal *Playboy* comme on se donne à un tout premier amant. Avec d'infinies précautions, il ouvrit le rabat inférieur du dépliant central pour voir ce qui se tramait sous ses hanches. Un bloc de mousse recouvrait presque entièrement son pubis et ne laissait apparaître que le liseré d'une toison à peine retaillée, qu'on devinait de la couleur exacte des cheveux ; une touche animale dans ce corps de nymphe. Donny allait de surprise en surprise. Des pubis, il en avait vu plusieurs milliers, de toutes les formes, cœur, carreau, pique, trèfle, teints en bleu et rose, ou, le plus banal, entièrement rasés ; il en savait plus sur la forme des lèvres que son propre père. Linda Mae Barker, la jambe gauche légèrement repliée vers l'intérieur, préservait le cœur de son intimité et cachait à jamais son entrejambe ; les hommes, et surtout Donny, n'avaient qu'à se faire une raison. Il prit cette pose pour une sentence à la fois injuste et parfaitement légitime. Hypnotisé, Donny descendit du bus et parcourut une centaine de mètres sur Josephine Street. Il entra dans un bâtiment de brique noire, fit un signe de tête au vieux Portoricain assis dans le hall, une sorte de concierge bénévole qu'il avait toujours connu là, et sonna chez Stu, au rez-de-chaussée. Le temps de le laisser arriver, il jeta un dernier coup d'œil à cette étonnante jeune femme âgée de vingt et un ans en 1972, à l'époque où plusieurs centaines de millions d'Américains avaient vu en elle un sommet de l'érotisme. Donny s'inquiéta de cet agacement qui agitait tout son être. Était-ce cela qu'on appelait l'excitation ?

— Tu tombes bien, Donny, j'ai besoin d'aide...

Dans l'appartement régnait un curieux contraste de pénombre et d'éclairage halogène. Pour des raisons toutes personnelles, Stu avait décidé d'obstruer par des volets opaques le peu de lumière qui parvenait jusqu'au rez-de-chaussée, réglant du même coup les risques de cambriolage. Donny y avait dormi maintes fois, devant la télé, le corps moulé dans les coussins du sofa. Comme par réflexe, il se dirigea vers le réfrigérateur, l'inspecta un instant sans rien y prendre. Stu retourna à son ouvrage, une affaire délicate qui, vue de loin, rappelait une époque que ces gosses n'avaient jamais connue : la prohibition.

— On peut savoir ce que tu fous ?

— Un colis pour mon oncle Erwan.

Une dizaine de grandes tasses de café noir, un paquet de sucre en poudre et six bouteilles d'alcool blanc recouvraient la table où Stu opérait.

— De l'alcool de café, c'est sa drogue, ça l'aide à digérer, il dit, ce con. Faut vraiment que je l'aime. Rien que pour me faire chier, il veut pas d'irish coffee, comme n'importe quel Irlandais, du tout fait dans le commerce, non, il veut un truc fait maison, ça doit être à force de fréquenter ces putains de Ritals que ça lui est venu. C'est d'un chiant, t'imagines pas. Faut de l'alcool éthylique à 90° que tu mélanges avec du sucre et du café, mais attention,

218

pas celui que je fais moi, de café, faut de l'expresso, du vrai, cette espèce de boue que je vais faire faire chez Martino, en face. Pendant que je m'occupe du mélange dans les bouteilles, tu vas faire la navette, j'ai encore besoin d'une dizaine de tasses pleines comme ça, il a l'habitude, Martino. T'as pigé ?

— Je suis amoureux, Stu.

— Qu'est-ce que ça peut me foutre ? Toi, amoureux ? De qui ?

— Linda Mae Barker.

— Connais pas.

— C'est une playmate.

— ... ? Montre.

Donny tendit son magazine et regretta aussitôt son geste. Jalousie. Le regard d'un autre.

— Celle-là, là ? Tu te fous de ma gueule ? On dirait ma mère du temps de ses études. Prends le plateau avec six tasses, fais pas trop refroidir, vaut mieux mélanger quand c'est encore tiède.

— Je veux savoir comment elle s'en est sortie dans la vie.

— ... ?

— ...

— Elle doit être morte, c'est quelle année ?

— 72.

— ... 72 ! T'es pas dingue ? On parle d'une vieille, là, c'est dégueulasse.

— C'est quoi, sa vie ? Qu'est-ce qu'elle est devenue, après ? Elle est mariée, elle a des mômes ?

219

Est-ce qu'on continue à lui dire : « Je vous ai vue à poil dans *Playboy*, ça date pas d'hier » ? Est-ce que ces photos ont changé sa vie ? En mieux ? En pire ? Est-ce qu'elle regrette ? Est-ce qu'elle pense que c'était sa chance ? À quoi elle ressemble aujourd'hui ? Une femme qui, pendant un mois entier, a rendu fous la moitié des mecs de la planète vieillit-elle comme les autres ?

Stu cessa de s'agiter devant ses bouteilles, le regard inquiet.

— Tu dois traverser une période, c'est peut-être pas grave, faut en parler à quelqu'un. À ton âge, moi aussi, j'ai eu des lubies, mais là t'avoueras que c'est spécial.

— Je vais écrire à Hugh Hefner, lui il saura ce qu'elle est devenue.

— C'est qui ?

— L'homme qui a fondé *Playboy* et inventé la Bunny.

— Si j'étais toi, je ferais gaffe, avec tous ces dingues qui écrivent. C'est un coup à avoir les flics chez toi.

— Je peux essayer sur le Net, un site du genre « Que sont-elles devenues ? ».

— Au lieu, tu pourrais pas essayer de tomber amoureux de quelqu'un de ton âge ? Tiens, la petite chanteuse de Senz qu'on a vue à la fête du Studio A.

— Linda Mae a peut-être besoin de moi, à l'heure qu'il est.

220

— À l'heure qu'il est, c'est moi qui ai besoin de toi, alors va me chercher ces putains d'expressos, que je puisse expédier ce putain de colis, et on s'occupe de tes histoires après, ça va ?

Ainsi fut fait, et bientôt Stu pressa la capsule de la dernière bouteille puis sortit la caisse en bois dans laquelle son alcool de café allait traverser une quinzaine d'États d'ouest en est.

— Ton oncle Erwan, c'est bien le garagiste ?

— T'es pas un peu con, toi ? L'oncle Dylan pourrait toujours aller se brosser s'il me demandait quoi que ce soit. Erwan, il est à Rykers, chez les longues peines, le con, il risque pas d'en sortir ! Et il a pas de famille, ce con-là, juste moi, et moi je suis assez con pour lui faire sa liqueur de merde.

La préférence de Stu allait au plus vilain de ses deux oncles, l'aîné des frères Dougherty, qui avait quitté Los Angeles vers la fin des années soixante pour suivre la pasionaria d'un mouvement révolutionnaire qui avait fait long feu. Seul bras armé du mouvement, Erwan avait écopé d'une peine à perpétuité à Rykers Island, la prison de l'État de New York, pour avoir attenté à la vie du Président en personne, rien de moins. Sans l'avoir jamais vu que derrière des barreaux, Stu estimait son oncle, moins pour ses convictions politiques que pour cette peine exceptionnelle qui lui permettait de jouer les petits caïds dans son quartier.

— Je pensais que l'alcool était interdit en taule.

— Là où il est, la seule chose interdite, c'est

payer à crédit. Et puis, il fait partie des murs, c'est tout juste si on le laisse pas sortir acheter son paquet de tabac. Il tape le carton avec les matons, il joue les médiateurs dans les grosses embrouilles, il a gardé une âme de porte-parole. Il me dit qu'il est pas un exemple à suivre.

Tout en parlant, Stu disposait les bouteilles dans la caisse en entourant chacune d'un cylindre en carton ondulé afin qu'elles ne s'entrechoquent pas. Faute de mieux, un magazine roulé autour de la bouteille faisait l'affaire. Machinalement, Stu saisit le *Playboy* de 1972 pour emmailloter la dernière des six, et fut arrêté net par le cri d'horreur de Donny.

— Linda Mae !!!

En pressant sa bien-aimée sur son cœur, il prit une décision terrible :

— Que tu m'aides ou non, je la retrouverai, Stu. Et je lui dirai combien elle compte pour moi.

— Techniquement, elle pourrait être ta grand-mère.

Stu s'empara de l'autre journal égaré sur sa table et tenta d'en déchiffrer le titre.

— *La Gazette de...* de quoi... ? C'est écrit dans quelle langue, cette connerie ?

— Va savoir, on trouve de tout dans ces containers.

Stu ne chercha pas à en savoir plus et enroula autour de la liqueur d'un noir profond *La Gazette de Jules-Vallès*, qui cala parfaitement la bouteille au milieu des cinq autres. Il scotcha l'adresse sur la caisse, James Thomas Center, 14 Hazen Street, Rykers Island, NY 11370, et confectionna deux poignées en ficelle pour faciliter le transport. Longue habitude.

— Et si tu la retrouves un jour, qu'est-ce que tu lui dis, à ta Miss Mai 1972 ?

Donny se tut un long moment avant de répondre :

— Que je crois toujours en elle.

*

Rykers Island, la prison au large de Manhattan, New York, comptait dix-sept mille pensionnaires, hommes et femmes, répartis dans dix bâtiments bien distincts. L'île ressemblait à un petit État dans l'État, située à moins de dix kilomètres de l'Empire State Building, et considérée comme la plus grosse structure pénitentiaire du monde. Dans un bâtiment nommé le James Thomas Center en hommage au premier gardien afro-américain, on trouvait, bien à l'écart des autres, le très préservé quartier des seniors. Séjournaient dans cette olympe de la racaille quelques légendes vivantes du grand banditisme, des figures majeures de la pègre, et les derniers hors-la-loi mythiques dont les foules ne s'étaient jamais lassées. Chacun d'eux cumulait des peines allant parfois jusqu'à quatre cents ans de réclusion, de sorte qu'ils pouvaient mourir derrière leurs barreaux, renaître, mourir à nouveau et ainsi de suite durant plusieurs générations. Pour entrer dans le club ultra-privé des longues peines, il fallait totaliser au minimum deux cent cinquante années incompressibles.

Dès lors, dans le quartier des seniors, la perception du temps n'était plus tout à fait la même que n'importe où ailleurs.

Cette vingtaine de prisonniers bénéficiaient de conditions de détention exceptionnelles ; leur célébrité, leur fortune personnelle pour la plupart, leur assistance juridique digne des plus gros trusts, leurs bons rapports avec la hiérarchie pénitentiaire avaient transformé leur statut de détenus en celui de résidents permanents, et leurs cellules en appartements n'ayant rien à envier à certains immeubles cossus du centre de Manhattan. Tous y mourraient un jour, mais aucun d'entre eux n'avait hâte de le voir arriver.

Cet après-midi-là, deux des pensionnaires, amis depuis bientôt quatre ans (sur leur échelle personnelle, à peine le temps d'une poignée de main), bavardaient dans des fauteuils en fumant le rituel cigare d'après déjeuner. Le plus jeune, pourtant le plus ancien dans les murs, le terroriste Erwan Dougherty, avait invité son voisin d'en face, de vingt ans son aîné, Don Mimino, le parrain de tous les parrains de la mafia italienne, incarcéré depuis près de six ans. Erwan, très méfiant face à toute forme de compagnie — il avait su garder le silence total pendant presque huit ans —, appréciait Don

Mimino pour ses manières de vieil homme, sa philosophie d'une autre époque, la qualité de sa conversation qui égalait celle de son silence. Et, pour le vénérable Italien, le simple fait d'être le seul autre catholique du coin était la première qualité de l'Irlandais.

— J'ai décidé d'apprendre ma propre langue d'origine, dit Don Mimino.

— Comment ça ?

— Je parle une espèce de dialecte sicilien déjà incompréhensible pour le village voisin du mien. On ne le pratique plus que dans certains coins du New Jersey ! Ce que je veux apprendre, c'est la *lingua madre*, celle que l'on parle à Sienne. Je veux pouvoir lire tout Dante dans le texte. Il paraît que c'est costaud. J'ai calculé que si je suis une spécialité en italien médiéval, je peux venir à bout de la *Divina Commedia* d'ici cinq ou six ans.

Depuis toujours, dans le quartier des seniors, s'engager dans de longues études était souhaitable à plus d'un titre ; la plupart y voyaient un passe-temps plus intéressant que la musculation ou la télévision. Mais pas uniquement.

— Ensuite, je passerai à l'anglais, poursuivit-il. Avoir vécu soixante ans ici et finir par parler une espèce de langage bâtard entre le patois des émigrés et l'argot des voyous, je ne suis pas fier du résultat. L'objectif serait de pouvoir lire *Moby Dick* sans avoir à consulter un dictionnaire à toutes les pages.

Il ne s'agissait pas seulement de tuer le temps

mais de trouver un sens, et même plusieurs, à une peine qui défiait les lois de l'entendement. Comment imaginer les trois cents années à venir sans aucun but dans l'existence ?

— Je me suis mis à Melville sur le tard, dit Erwan. En arrivant ici, j'ai d'abord lu tout Conrad et tout Dickens, et puis tout Joyce, il était de Dublin, comme mes parents. Et puis, je me suis dirigé vers le droit pour un cursus qui a duré huit ans.

Le droit arrivait en premier choix, la psychologie en deuxième, la littérature bien après. Certains voulaient connaître les rouages du Code, en décrypter les sens cachés, les pièges, et comprendre le détail d'une procédure qui les avait contraints à finir sur cette île. Erwan, par exemple, avait passé son diplôme d'avocat afin de pouvoir rouvrir son dossier et se défendre lui-même. La psychologie et ses dérivés étaient fort prisés eux aussi, tout ce qui concernait les mécanismes de l'âme humaine, à commencer par la sienne — certains suivaient une psychanalyse en bonne et due forme — afin de se débarrasser au mieux des scories du passé pour envisager sereinement l'avenir. De plus, les études de psychologie servaient de tremplin à bien d'autres et permettaient de mieux comprendre les lois qui régissent les groupes et les rapports de hiérarchie. Dans le quartier des seniors, on pouvait s'attaquer à un domaine et espérer en faire le tour, l'épuiser jusqu'à ses plus invisibles subtilités, en veillant régulièrement à remettre à jour la somme des connaissances. Qui, au-dehors, pouvait prétendre à une telle exhaustivité ?

D'autres détenus étudiaient dans le seul but d'afficher leur bonne conduite et gagner ainsi une remise de peine pouvant aller jusqu'à dix ou quinze ans : les plus opiniâtres étaient ainsi passés de cent soixante à cent cinquante années de réclusion.

À l'inverse du reste de l'humanité, les seniors de Rykers ne voyaient pas en la mort l'échéance finale. L'échéance finale restait leur premier jour libérable. Il leur fallait se raccrocher à l'idée qu'un jour, dans les deux ou trois siècles à venir, ils se retrouveraient à l'air libre et partiraient à la découverte d'un monde nouveau. Alors, il serait bien temps de mourir.

— Et ensuite ? demanda Erwan en rallumant son Romeo y Julieta.

— Ensuite, je suis tenté par une ou deux langues asiatiques. J'ai passé tant d'années à combattre les mafias chinoise et japonaise que je me dis qu'il serait temps de comprendre comment ces gars-là fonctionnent, et parler leur langue donne déjà quelques clés.

— Après mon diplôme en médecine chinoise, j'ai suivi l'enseignement du tao et toutes ses techniques de longue vie, puis je suis allé naturellement vers le tai chi. Certaines légendes parlent de maîtres anciens qui auraient vécu entre neuf cents et mille ans.

— J'ai banni toute forme d'exercice physique dès le plus jeune âge.

— Vous y viendrez, Don Mimino. Pas tout de suite, mais vous y viendrez.

— On verra. Je vais d'abord étudier la médecine classique, puis me spécialiser en rhumatologie. Mes reins me tuent...

On frappa à la porte. À l'inverse de toutes les autres cellules, celles des seniors étaient isolées du couloir par porte et cloison, on ne trouvait de barreaux qu'aux fenêtres. « Chief » Morales, le chef d'équipe des gardiens de l'aile ouest, dont dépendait le quartier des seniors, entra, un paquet à la main.

— C'est le colis de mon crétin de neveu, fit Erwan en découpant l'emballage au couteau. Vous prendrez bien une petite goutte de liqueur avec nous, Chief.

— Pas le temps, ça chie dans le bloc B.

Pour la forme, le gardien jeta un œil à l'intérieur du paquet, soupesa quelques bouteilles et quitta la cellule. Chief Morales, malgré son jeune âge, était estimé par les détenus pour son sens des situations et sa bonne volonté à résoudre les problèmes.

— On le regrettera quand il partira à la retraite, dit Don Mimino.

Erwan décapsula une bouteille et sentit l'arôme encore intact du café.

— C'est un type originaire de Milan qui m'a fait découvrir ça lors de son séjour ici, dans les années soixante-dix. C'est moins crémeux que l'irish coffee, moins écœurant, et puis, je dois vous faire une confidence, je n'ai jamais aimé le whisky irlandais.

Don Mimino porta à sa bouche le petit verre noirâtre que son hôte venait de lui servir.

— *Buono.*

Erwan déballa les cinq autres bouteilles, les rangea dans son armoire et réunit les papiers d'emballage en un petit tas pour les jeter dans la corbeille. Son œil s'arrêta sur *La Gazette de Jules-Vallès*.

— C'est bien du français, ça, Don ?

Le vieil Italien mit ses lunettes et inspecta la couverture du journal.

— Je crois, oui.

— Je ne suis pas porté sur les langues, mais le français, ça m'aurait sûrement plu. Je vais y réfléchir.

— Beaucoup de verbes irréguliers, il paraît.

— Et si on s'y mettait ensemble, Don Mimino ? Voilà une idée ! En quatre ans, on parle la langue couramment, et je propose que nous instaurions le français comme langue officielle pendant l'heure du pousse-café. Ça peut être amusant !

— Vous êtes tous aussi dingues, vous, les Irlandais...

Ils trinquèrent et vidèrent leur verre cul sec. Par curiosité, Don Mimino emporta avec lui *La Gazette de Jules-Vallès* pour y jeter un œil au calme, dans sa cellule. L'idée d'apprendre le français le tentait pour une seule raison : voir les films diffusés sur la chaîne des classiques du cinéma sans avoir besoin de lire les sous-titres et, parmi eux, les films policiers des années cinquante, qu'il jugeait bien plus proches de la réalité que les modèles proposés par le cinéma américain de la même époque. Curieusement, il se sentait plus proche d'un Jean Gabin que d'un George Raft.

Il passa l'après-midi à apprendre par cœur l'accord du subjonctif des auxiliaires *essere* et *avere*. Puis il dîna seul dans sa cellule et s'assoupit devant une émission de variétés italienne de la RAI Due qui lui parvenait par satellite. Tard dans la nuit, il ouvrit l'œil et redouta trop l'insomnie pour qu'elle ne s'installât pas, puis saisit machinalement *La Gazette de Jules-Vallès*. Décidément, une langue bien trop compliquée... Mémoriser les idéogrammes chinois lui paraissait plus à sa portée. Mais dans cinquante ou soixante ans, qui sait ? Avant de refermer le journal pour tenter de plonger dans le sommeil, Don Mimino laissa ses yeux fatigués accrocher une petite ligne de texte d'une colonne de bas de page. Des mots, toujours des mots, mais dans une langue bien plus familière.

Boris Godounov ? If it's good enough for you, it's good enough for me !

Il se redressa sur son lit à en faire craquer ses vieilles vertèbres. L'article était signé d'un curieux Warren Blake.

If it's good enough for you...

Ce jeu de mots était de lui, Maurizio Gallone, dit Don Mimino à travers plus de quarante États.

... it's good enough for me !

Les rares fois où il avait croisé le fils de cette ordure de Manzoni, le gosse lui rappelait ce *good enough*, c'était devenu comme un rituel entre eux. Ils n'avaient d'ailleurs rien d'autre à se dire.

Ces trois cent quarante-cinq années qui lui restaient à passer sur cette île, il les devait à son père, Giovanni Manzoni.

Don n'avait aucun besoin d'apprendre le français pour comprendre d'où venait le journal : *Écrit et mis en page par les élèves du lycée Jules-Vallès de Cholong-sur-Avre, Normandie.*

Passer un coup de fil, toutes affaires cessantes.

Il hurla à travers le couloir afin de réveiller Chief Morales.

6

Aucun des quatre n'avait cherché à se faire aimer. Les Blake se souciaient peu d'attirer les faveurs. Et pourtant, chacun à sa manière avait vu grimper sa cote de popularité dans des cercles sans cesse grandissants, qui parfois communiquaient. Quiconque croisait le chemin de l'un d'eux ne tardait pas à entendre parler d'un autre Blake, voire d'un troisième, et par des biais imprévisibles. Il n'était question que d'eux, au lycée, au marché, et jusqu'à la mairie, si bien qu'une rumeur avait gagné la ville entière : cette famille-là était exceptionnelle.

Le bénévolat de Maggie au sein de diverses associations humanitaires avait fini par se savoir. On rendait hommage non seulement à son courage mais à sa discrétion, on admirait son énergie et son dévouement. Elle participait activement aux préparatifs de la kermesse du 21 juin et de la fête du lycée, prenait part à la campagne d'information sur le tri des déchets domestiques, assistait aux réunions des amicales de quartiers, consacrait deux demi-journées par semaine à l'inventaire de la bibliothèque municipale, et, quand son emploi du temps lui laissait une heure ou deux, elle jetait les bases de sa propre organisation caritative, qu'elle soumettrait bientôt au conseil municipal. Plus on lui en demandait, plus Maggie fournissait, et lorsqu'elle faiblissait, que l'idée même de charité commençait à s'émousser, le cruel rappel de ses années passées venait l'aiguillonner, et le remords la faisait avancer comme une pique dans les reins du condamné. Mais peu lui importait l'origine de son altruisme, seul comptait le résultat, pas plus qu'elle ne cherchait à connaître les raisons profondes qui poussaient les autres bénévoles à se mobiliser pour des inconnus. Au tout début de son exercice, elle avait été curieuse des motivations de chacun et avait repéré divers archétypes. Elle avait rencontré des angoissés qui se consacraient aux autres afin de se débarrasser d'eux-mêmes. Il y avait aussi des malheureux qui donnaient faute de n'avoir jamais reçu et, à l'inverse, des nantis mal assumés ou des oisifs fatigués de leur inertie. Il y avait les croyants qui, auréolés de leur sens du sacrifice, allaient au-devant des malheureux en se regardant de trois quarts dans le miroir de la béatification ; ceux-là avaient la gueule de l'emploi, le sourire bienveillant mais compassé, les bras ouverts comme des vallées de larmes, les yeux tristes d'avoir vu tant de misère. On trouvait aussi le progressiste à l'écoute d'autrui par souci de bonne conscience ; le simple fait de tendre la main vers les déshérités lui procurait un incomparable bien-être intellectuel. D'autres espéraient racheter, d'un coup, tous leurs torts. D'autres encore se contredisaient eux-mêmes et cessaient de justifier leur cynisme par la décadence généralisée. Sans oublier ceux qui, sans s'en rendre compte, passaient enfin à l'âge adulte.

Aujourd'hui, Maggie se foutait bien de savoir lequel ressentait une véritable empathie pour le malheur de l'autre, lequel voyait monter en lui un réel sentiment d'indignation face à l'injustice, lequel sentait vibrer dans son cœur le diapason de la solidarité, lequel saignait aux blessures du monde. Le geste primait l'intention, et la fraternité faisait feu de tout bois. À Cholong, l'apostolat devenait à la mode, de toutes nouvelles vocations s'étaient manifestées. On allait bientôt manquer de nécessiteux.

Warren vivait sa propre célébrité comme une juste reconnaissance. Ses services rendus à la jeune génération lui valaient un respect qui, à ses yeux, comptait plus que tout. Là où le père avait trahi, le fils se devait de reprendre son rôle et incarner la figure secrète de l'« autre » justice, celle qui répare les torts quand la loi se révèle impuissante. Du comportement mafieux, il oubliait la dimension criminelle pour ne garder que cet aspect-là, et se faisait fort de représenter, à lui seul, le bon droit de l'oublié, sa dernière chance d'obtenir réparation. Sa justice et sa protection coûtaient cher à celui qui les réclamait, mais qu'est-ce qui est donné, en ce bas monde ? Venir pleurer sur son épaule, c'était se rendre redevable pour longtemps, mais quoi de plus précieux que de voir celui qui vous a fait du tort implorer le pardon ? Le prix ne serait jamais trop élevé pour profiter de ce spectacle-là. Warren s'y entendait pour parvenir à ses fins et satisfaire toute requête qui paraissait fondée, les garçons de son âge y voyaient une vocation : *Warren va t'aider, Warren saura quoi faire, parles-en à Warren, Warren est juste, Warren est bon, Warren c'est Warren*. Sa force réelle consistait à ne jamais solliciter mais à laisser venir à lui, à ne jamais jouer les meneurs mais à accepter l'autorité qu'on lui conférait, à ne rien demander mais à attendre qu'on lui offre. Son idole, Alfonso Capone en personne, aurait été fier de lui. Warren payait la rançon d'un tel pouvoir en vivant dans le secret, comme tous ses pairs avant lui. Un vrai meneur obéissait à la loi du silence et laissait venir à lui tous ceux qui en crevaient de ne pouvoir s'épancher. *Donne-leur ce dont ils ont le plus besoin*. Et ce dont ils avaient tous besoin, c'était l'écoute. Avant d'aimer ou haïr, avant de donner tort ou raison, avant d'offrir sa justice ou la refuser, il tentait de se faire une idée la plus juste possible du drame du plaignant. C'était le fondement même de son pouvoir et la justification de son futur rôle de leader. Cet effort-là le construisait un peu plus chaque jour.

Si Warren n'avait jamais cherché à faire d'émules, la nouvelle génération de Cholong l'avait pris pour modèle et s'inspirait de cette faculté d'écoute qui semblait être la clé de bien des problèmes.

Warren n'avait jamais osé questionner son père sur sa décision de témoigner contre son camp. Un jour viendrait où cette conversation ne pourrait plus être évitée, mais il ne se sentait pas encore le courage de demander des comptes à celui qui n'avait rien perdu de son autorité, malgré sa pitoyable vie de rentier assigné à résidence.

La violence du procès et de ses retombées n'avait pas réussi à entamer la force intérieure de Fred qui, au gré d'une lumière changeante, le faisait passer tantôt pour un protecteur, tantôt pour une menace. À leur manière, les Cholongeois percevaient ce côté protecteur. On le décrivait comme un homme qui avait bourlingué à travers la planète et connu les grands de ce monde, de quoi inspirer des rayonnages de bouquins. On pressentait même chez l'*Américain* ou l'*écrivain* l'étoffe d'un meneur. Les femmes se retournaient sur son passage, les hommes le saluaient de loin, les enfants en avaient fait un héros. Si on l'admirait pour diverses raisons, tous lui reconnaissaient sans la nommer cette fameuse autorité naturelle. Frederick Blake était de ces rares individus dont on préfère se faire un ami sans même le connaître. Son apparition dans un groupe inquiétait et rassurait à la fois, et changeait radicalement la donne jusqu'à inverser les forces et les faiblesses ; d'un seul regard mauvais ou d'une simple poignée de main, il avait le pouvoir de faire d'un faible un fort et d'un fort un faible. Il devenait l'indiscutable chef de meute, et personne n'aurait osé lui disputer le rôle de mâle dominant, rôle dont il se serait bien passé la plupart du temps, mais il n'y pouvait rien, c'était comme ça depuis toujours : une décision à prendre, une réponse à apporter, tout le monde se retournait vers Fred sans même se demander pourquoi. Sa petite corpulence de brun tassé n'entrait pas en ligne de compte, des hommes de deux fois sa taille se voûtaient pour se mettre à sa hauteur et baissaient la voix d'une octave pour s'adresser à lui. Des hommes qu'il n'avait jamais vus auparavant. Qui saura jamais à quoi tient l'autorité ? Lui-même n'en avait aucune idée, un mélange de magnétisme et d'agressivité rentrée, le tout passant par le regard, une curieuse immobilité de tout le corps, et le potentiel de violence ressortait sans qu'il ait jamais besoin de se déclarer. En ville, Fred se déplaçait comme s'il était encore entouré de sa garde rapprochée, conscient de sa puissance de feu, une armée invisible autour de lui, prête à se sacrifier. On lui enviait sa manière de formuler tout ce qui ne lui convenait pas sans hausser la voix ni faire preuve d'une amabilité excessive. Un gosse frôlait une vieille dame avec sa mobylette ? Fred l'attrapait par le col et lui demandait de présenter des excuses. Un demi de bière un peu éventé ? Le bistrotier se faisait une joie de changer son fût. Un resquilleur lui passait sous le

238

nez ? Fred parvenait d'un simple geste du doigt à le remettre dans le rang. Il n'avait jamais craint les inconnus ni hésité à aller au-devant d'eux quand la situation l'exigeait. Il n'avait jamais éprouvé cette peur de l'autre, ni soupçonné, a priori, des intentions belliqueuses ; jamais il ne se sentait menacé avant que d'être menacé. À son insu, chaque fois qu'il intervenait pour clarifier une situation, il montrait l'exemple. Il ne comprenait pas comment, dans les rues, la peur de l'autre s'était sédimentée en lâcheté ordinaire, comment la paranoïa de l'agression avait poussé à la haine muette. Aujourd'hui, il sentait cette peur dans la rue, une peur au service de rien, qui ne rapportait pas un sou à personne. Quel gâchis.

Dans un monde exactement opposé, vivait Belle la pure. Sa seule existence donnait raison à ceux qui prétendent que les plus belles fleurs naissent sur les cactus, les marigots et les tas de fumier. La noirceur avait donné vie à la grâce et à l'innocence, et cette grâce et cette innocence profitaient au plus grand nombre. On croisait Belle sur sa route et déjà l'on devenait meilleur. Loin de la beauté hautaine, prête à mordre, elle avait inventé la beauté généreuse, dirigée vers tous, sans distinction ni choix. Chacun avait droit à un geste de sympathie, un mot aimable, un regard d'ange, et ceux qui ne se contentaient pas du cadeau en étaient pour leurs frais : Belle restait invulnérable, les malheureux qui avaient voulu pousser leur avantage le regrettaient aujourd'hui, et cette assurance ajoutait encore à sa beauté puisqu'elle l'autorisait à sourire à des inconnus et à répondre aux hommages sans baisser le front. Il suffisait d'un court moment en sa compagnie pour que le pessimiste le plus aigri se remette à croire. À sa façon, elle prouvait que l'humanité était capable du meilleur, c'était le rôle des êtres d'exception que de répondre au cynisme et à l'angoisse par la bienveillance et l'espoir. Les fées existaient bel et bien et donnaient à tous l'envie d'être meilleur.

Ce matin-là, elle longeait la place de la Libération sous les lazzis et les sifflements des forains qui installaient leurs attractions et, parmi elles, une grande roue identique à celle de la Foire du Trône de Paris. Belle s'arrêta un instant pour regarder les hommes, en équilibre, accrocher les nacelles aux montants de la roue, et se promit, dès l'ouverture des festivités, d'aller voir à quoi ressemblait la ville de là-haut.

Cholong avait déclenché un compte à rebours : plus que quatre jours avant la fête annuelle, sûrement l'une des plus flamboyantes de la région, vingt-quatre heures de réjouissances non stop, un hommage à l'été tant attendu. Outre un manège de chevaux de bois et une auto tamponneuse qu'on trouvait partout ailleurs, la roue de Cholong attirait les trois départements alentour et tournait sans désemplir. En plein jour, la ville prenait un air de Luna Park et, de nuit, on se serait cru à Las Vegas.

Fred avait décrété que les flonflons le déprimaient. Il passerait donc le week-end entier dans sa véranda. De toute façon, il avait mieux à faire : le chapitre cinq de son grand œuvre abordait des thèmes fondamentaux et répondait aux questions que le commun des mortels se posait sur les petits et gros commerces du crime.

Tout homme a son prix. Ce n'est pas de putes qu'on manque, c'est d'argent. Si vous ne les tenez pas par l'argent, vous les tiendrez par leur vice, si vous ne les tenez pas par leur vice, vous les tiendrez par leur ambition. Personne ne sait de quoi est capable un entrepreneur pour décrocher un marché, un acteur pour un rôle, un politicien pour une élection. J'ai même réussi à obtenir un faux, signé de la main d'un évêque, en échange de la construction d'un orphelinat qui allait porter son nom. Parfois on se trompe sur le bonhomme, on pensait avoir affaire à un cupide, c'est en fait un vicieux. L'ambitieux peut cacher un cupide, le vicieux un ambitieux, etc., il suffit d'étudier ce qui a foiré à la première tentative de corruption et de rectifier le tir. Combien j'en ai vu s'asseoir sur leurs beaux principes dès lors qu'on leur faisait miroiter la seule chose

qui leur manquait au monde. Personne
ne résiste à ça. Le désir... La plupart du temps, c'est plus efficace
que la menace. Une fois, j'ai eu
affaire à un type, plus précisément à
un couple, qui aurait fait n'importe
quoi pour avoir un gosse, et

La sonnerie du téléphone l'empêcha de terminer
sa phrase. L'insulte à la bouche, il se leva pour
décrocher. À l'autre bout du fil, Di Cicco trouvait à
peine ses mots.

— ... Vous n'avez pas fait ça, Manzoni ? Vous
n'avez pas osé !

— Qu'est-ce que j'ai fait, encore ?

Téléphone en main, le G-man donnait des coups
de pied dans un lit de camp pour réveiller son collègue. Par la fenêtre, il fixait une silhouette en ber-
muda beige et tee-shirt qui cherchait une adresse
dans la rue des Favorites.

— C'est votre neveu que je vois, dehors ?

— Ben est déjà là ? J'arrive !

D'un geste délicieux, il raccrocha au nez de Di
Cicco et se précipita dehors.

— Préviens le boss ! hurla Di Cicco à Caputo,
qui passait du rêve au cauchemar en voyant Fred se
jeter, au beau milieu de la rue, dans les bras de son
neveu.

Benedetto D. Manzoni, dit Ben pour ses proches,
ou « D » pour ses relations de travail, débarquait

pour la première fois en Europe, impatient de retrouver son oncle après tant d'années. Un simple coup de fil lui avait suffi pour répondre à son appel.

— Bon voyage ?

— Un peu long, j'ai pas l'habitude.

— T'aurais pas un peu pris des joues, Ben ?

— Si. Les filles disent que ça me va bien.

De taille moyenne, les cheveux noirs, les yeux très bruns et ronds comme des billes, éternellement mal rasé, les mains vissées dans les poches, Ben traînait sa carcasse d'adolescent mal dégrossi sur le chemin de la trentaine. De tout temps, il avait incarné la forme la plus achevée de la décontraction, et aucun sens esthétique ne l'avait jamais emporté sur sa priorité absolue au confort. Dans ses célèbres bermudas beiges aux multiples poches, il faisait tenir l'essentiel de sa vie (ses papiers, quelques souvenirs, une trousse de survie) et dans ses vestes de treillis il gardait de quoi tenir un siège dans l'agrément et l'élévation de l'âme (un ou deux livres, quelques joints, un téléphone et un jeu vidéo). Fred, sans rien trouver de plus original à dire, le serra à nouveau dans ses bras, ému de revoir son neveu préféré, un Manzoni, avec sa tête de Manzoni, ses attitudes de Manzoni. Fred s'était toujours interrogé sur ce qui liait les oncles et les neveux, cette étrange affection dénuée de gravité, légère et pourtant forte, sans obligation, sans devoir. Avec son neveu, il pouvait faire preuve

243

d'une fausse autorité qu'il admettait de voir chahutée ; Ben n'en avait jamais abusé.

Du coin de l'œil, l'oncle repéra les deux silhouettes penchées à la fenêtre du 9.

— On passe d'abord chez les Feds, on sera débarrassés.

Les voyant s'acheminer vers leur pavillon, Di Cicco et Caputo se laissèrent tomber dans des fauteuils, abasourdis, incapables de comprendre comment Blake avait réussi à les blouser.

— Si j'avais demandé la permission d'inviter mon neveu, vous me l'auriez donnée ?

— Jamais.

— Six ans qu'on ne s'était pas vus. C'est presque mon fils ! Il n'a plus de contact avec Cosa Nostra, vous le savez bien.

Après le procès qui avait décimé les rangs des cinq familles, tous ceux qui portaient le nom de Manzoni avaient été contraints de disparaître le plus loin possible sans prétendre au moindre dollar dans le plus petit secteur d'activité. Le repentir de son oncle avait coûté cher à Benedetto, il y avait perdu ses seuls amis, son honneur, son nom. Un mal pour un bien, lui avait-on dit, à l'époque, il allait désormais développer ses talents dans des affaires honnêtes. Le problème de Benedetto, hélas, était de n'avoir aucun talent qu'on puisse exercer dans une branche respectable.

— Manzoni, tout ça va mal finir, dit Caputo. Depuis qu'on est dans ce bled, on fait tout pour rattraper vos conneries. Déjà qu'on s'en sort plus avec vous quatre, il a fallu que vous en rameniez un cinquième.

— Il repart demain, je voulais juste le tenir dans mes bras. Vous devriez comprendre ça, Caputo, vous êtes italien.

Di Cicco arracha la page du fax qui venait de tomber : la fiche signalétique de Ben, qu'il lut à haute voix.

— *Benedetto D. Manzoni, trente ans, fils de Chiara Chiavone et Ottavio Manzoni, le frère aîné de Giovanni Manzoni, décédé en 1982.* Ce D., c'est pour Dario ? Delano ? Dante ? Daniel ? C'est quoi ?

Mille fois, on lui avait posé la question, mille fois il avait donné une réponse différente, jamais la bonne.

— *Disgraziato* ? essaya Caputo.

Devant les sarcasmes du FBI, Ben préféra retenir ses insultes.

— Après tout, on s'en fout, reprit Caputo. *Aujourd'hui domicilié à Green Bay, Michigan, il s'occupe d'une petite salle de jeux vidéo.*

— Une salle de jeux vidéo ? s'exclama Fred. Tu es le type qui donne des pièces pour les flippers ?

Ben se terra dans le silence de l'aveu. Si Giovanni Manzoni ne s'était pas mis à table, six ans plus tôt, son neveu aurait été aujourd'hui un des rois de la nuit new-yorkaise.

— Quand on vous dit que le crime ne paie pas, insista Caputo.

— Vous êtes venu pour quelle raison précise ? reprit Di Cicco. Et évitez-moi ces conneries de liens du sang, on n'est pas aussi cons que vous le pensez, Manzoni.

— Appelez-moi Blake, vous deux, c'est vous qui m'avez fait porter ce nom. Où est Quint ?

— À Paris. On vient de le prévenir de rentrer d'urgence.

— Je répondrai uniquement à ses questions.

D'un signe, il demanda à son neveu de le suivre dans l'escalier, et ils quittèrent le pavillon. Ben retourna un instant vers sa voiture de location, sortit du coffre un sac à dos, et rejoignit son oncle. Toujours aussi humiliés, ni Di Cicco ni Caputo ne se demandèrent ce que contenait le sac.

*

Travailler la polenta demandait une force musculaire peu commune. Dans un gigantesque fait-tout en cuivre, Ben tournait la farine de maïs à l'aide d'un rondin, jusqu'à ce que la pâte soit assez ferme pour qu'il puisse tenir debout de lui-même. Durant l'effort, il gardait un œil sur une casserole où crépitait un petit bouillon bien rouge mais pas encore assez épais. Maggie, un verre de vin à la main, accoudée au plan de travail, lui demandait des nouvelles du pays tout en le regardant cuisiner.

— Depuis que je vis à Green Bay, rares sont les

occasions de retourner à Newark. Tous les six mois, peut-être, mais je ne m'y attarde pas.

En fait, il voulait dire que si on croisait sa silhouette dans le New Jersey, les anciens compagnons d'armes y auraient vu une provocation à laver dans le sang. Maggie avait beau le savoir, elle ne pouvait s'empêcher de s'enquérir de ses amies de toujours, elles-mêmes victimes du repentir de Giovanni ; la bombe qu'avait été le procès avait fait des ravages dans toute la sphère Manzoni.

— Barbara, ma meilleure amie, celle qui tenait la boutique de pulls, qu'est-ce qu'elle est devenue ?

— Barbara ? La petite brune qui te mettait ses seins sous le nez que ça en devenait indécent ?

— Ça c'est Amy. Barbara c'était la longue et fine, qui rigolait tout le temps.

— Après le procès, elle a réussi à obtenir le divorce. La boutique a été revendue à un marchand de *donuts*. Aux dernières nouvelles, elle vit avec un négociant en bière qui la traite comme un clebs.

Cette boutique de pulls lui avait été offerte par un porte-flingue de Gianni que Maggie avait présenté à Barbara. Inséparables, les deux jeunes femmes avaient vécu ces années-là comme leur âge d'or, une douce décadence qui semblait ne jamais devoir prendre fin. Avant le remords, Maggie avait connu le vertige. L'épouse de Gianni Manzoni ? Autant dire la First Lady de toute la région, celle qui ne retenait aucune table nulle part, celle qui élevait le shopping au rang d'art majeur, celle qu'on raccompagnait partout, tout le temps, celle dont les caprices ressemblaient à des ordres. Paradoxe : les femmes entre elles passaient leur temps à critiquer leurs hommes tout en respectant leur hiérarchie et certains de leurs codes. Si un des membres du clan se trouvait en disgrâce, sa femme ou sa compagne prenait elle-même ses distances avec les copines en attendant la fin de la quarantaine. Mais comment supporter de vivre en dehors du clan ? Les soirées entre amis, les week-ends à Atlantic City, les vacances à Miami, inséparables, *parenti stretti*, parents proches, soudés. Du jour au lendemain, l'amour, l'amitié, le respect, s'étaient transformés en consternation, puis en haine pure envers Gianni et Livia.

Plutôt que de réagir au triste sort de son amie d'enfance, Maggie ponctua son silence d'une gorgée de chianti. De retour du lycée, les enfants créèrent une diversion au moment opportun.

— D ! hurla Warren en se jetant dans les bras de son cousin.

— Tu te souviens de moi ? T'étais plus petit que ce tabouret !

— Il a une mémoire qui parfois m'inquiète, dit Maggie. Il se rappelle même le jour où il faisait du trampoline sur une banquette et qu'il est tombé sur un plateau de verres vides, et que c'est son cousin Ben qui a enlevé les bouts de verre de son ventre, un par un, en attendant le Samu.

— Comment oublier ça ? dit Warren.

— Tu devais à peine avoir trois ans, ajouta Ben. C'était au mariage de Paulie et Linnet.

La noce avait été un de leurs plus beaux souvenirs, avant de devenir le pire, après le témoignage de Gianni, qui avait envoyé Paulie en prison pour dix-sept ans, sans sursis. Linnet s'était mise à boire depuis.

— Je me disais bien que ça sentait la polenta, dit Belle en entrant dans la cuisine. Je reconnaîtrais cette odeur entre mille.

— Belle ? C'est toi, Belle ? fit Ben, terrassé par l'apparition de sa cousine.

Il lui prit les mains, lui ouvrit les bras pour la contempler de pied en cap, et la serra contre lui avec une infinie délicatesse, comme s'il avait peur de l'abîmer.

— Les Français ne réalisent sans doute pas la chance qu'ils ont de t'avoir. Je me souviens quand ton père t'emmenait au restaurant de Beccegato. Tu entrais dans la grande salle et tout le monde se taisait, ça manquait jamais. Et nous, dix grands cons à table, on essayait de bien se tenir devant une môme de huit ans.

En bas, dans la buanderie, Fred posait un plein bol d'eau fraîche devant la chienne aux yeux encore voilés de sommeil.

— À quoi rêvent les chiens ? lui demanda-t-il en lui caressant les flancs.

Malavita émergea de sa couverture pour se désaltérer puis se coucha sur le dos, le ventre offert aux caresses de son maître. Pour dormir autant, il ne pouvait s'agir que du mal du pays, se dit Fred en la regardant, alanguie. La chienne devait se rêver sur sa terre d'origine, le bush australien, là où la raison d'être de sa race prenait tout son sens, là où les sols sont arides et les nuits glaciales, là où la mère de la mère de sa mère courait après les bêtes et protégeait le troupeau. Malavita avait gardé un physique taillé pour cette vie-là, tout en muscles et tendons, un poitrail en acier, un poil ras d'un noir cendré, de fines oreilles pointues et dressées, prêtes à capter le moindre signe de la nature. Comment ne pas se réfugier dans le sommeil quand on ne peut plus obéir à son instinct, quand on se sent étranger à tout ce qui nous entoure ? Fred connaissait bien cette douleur et ne la souhaitait à personne, pas même à un chien. Il était bien le seul à se représenter combien Malavita se sentait inutile et inhibée, déplacée dans un bocage normand qu'elle refusait même de connaître. Fred lui donnait raison sur toute la ligne, comment la blâmer ? Il s'agenouilla pour l'embrasser sur le museau, elle se laissa faire, immobile. Il éteignit la lumière et remonta vers les autres.

— Tout ce dont je me souviens, c'est de ta polenta aux écrevisses, dit Belle en trempant un bout de pain dans la sauce. D'ailleurs pourquoi faut-il que la polenta s'accompagne toujours de sauces compliquées ? Les crustacés, les saucisses au foie de porc, les moineaux...

— Des moineaux ? Qu'est-ce que c'est que cette histoire ? demanda Warren.

— Ta sœur a raison, fit Ben. La polenta n'a pas beaucoup de goût en soi, il faut la relever par une sauce qui en a, c'est l'occasion de faire des trouvailles. Il m'est arrivé de tuer les moineaux du jardin avec une carabine à plomb et de les cuisiner. Belle avait fini par le savoir et avait fondu en larmes.

— T'as fait pleurer ma fille, salaud ? dit Fred en déboulant dans la conversation. Quand est-ce qu'on passe à table ?

Ben entourait sa polenta d'un cérémonial auquel tenaient les anciens. On la partageait comme un plat réconciliateur, garant de l'unité familiale. On lui accordait cette solennité parce qu'on la dégustait dans la *scifa*, un long plat commun, en bois, rectangulaire, dans lequel chacun pouvait manger directement à la cuillère. Ben maîtrisait une succession de gestes rapides : verser la polenta le long de la *scifa* avant qu'elle ne durcisse, tracer des rigoles dans la pâte pour y verser la sauce, placer la viande au milieu, et la suite devenait ludique. Chaque convive, muni de sa cuillère, mangeait sa part en creusant un arc de cercle pour parvenir à la viande, le plus gourmand se servait donc en premier. Belle et Warren, peu curieux de la farine de maïs, ni même des écrevisses, adoraient le rite de la polenta, loin d'imaginer que pour les gangsters du comté de New York il avait pris une importance symbolique.

Quand une guerre des gangs se profilait, que le sang allait parler, on trouvait toujours le temps d'en discuter autour d'une *scifa* où chacun des participants creusait sa part en veillant bien à ne pas mordre sur celle du voisin. Une façon élégante de marquer son territoire en signant un pacte de non-ingérence. Tous faisaient en sorte d'arriver ni trop tôt ni trop tard à la viande, et de se la partager en bonne intelligence, comme s'il s'agissait d'un butin. Pas besoin d'échanger le moindre mot, encore moins de faire des mises au point, l'essentiel était dit et faisait office de parole donnée.

La tête pleine de toutes ces images du passé, Fred plongea comme les autres sa cuillère dans la pâte, mais sans le moindre appétit.

*

Excités par la présence du cousin américain, Belle et Warren tardaient à se coucher, si bien que Maggie dut intervenir, puis Fred, en dernier recours. Ils burent tous trois un *limoncello* fait maison qui entretint le feu de leur conversation jusqu'à une heure avancée. En évitant *le* sujet pénible — les retombées du procès, encore et toujours —, ils se racontèrent leur vie quotidienne dans le moindre détail, anecdotes à l'appui, sans sombrer dans une nostalgie qui aurait jeté une ombre sur leurs retrouvailles. Et puis, tout à coup, en regardant l'heure,

Fred proposa à Ben d'aller « écouter les crapauds partouzer ».

— ... Quoi ?

— Ton oncle, dit Maggie, a découvert à dix kilomètres d'ici un grand lac boueux où l'on entend, le soir, un incroyable concert de crapauds et de grenouilles, on ne sait pas si ce sont des plaintes, des râles, ça fait un raffut pas possible.

— C'est une partouze, je te dis, sinon quoi d'autre à une heure pareille ?

— Tu peux circuler comme tu veux ? demanda Ben en désignant par-dessus son épaule le pavillon des fédéraux.

— Penses-tu ! ils font du vingt-quatre heures par jour. La nuit, je vois leur veilleuse allumée, pendant que l'un dort, l'autre regarde la télé ou téléphone à sa femme en me traitant de tous les noms, comme si je les avais obligés à venir.

— Ce soir, ils ne vous laisseront pas sortir, ils sont furieux depuis l'arrivée de Ben.

C'était sans doute la phrase qu'attendait Fred pour s'approcher de sa femme et l'enlacer, lui faire des niches dans le cou, lui assurer qu'elle était la femme de sa vie.

— J'espère que tu ne crois pas que je vais accepter ce que tu penses me faire faire...

— S'il te plaît, Maggie...

— Va te faire foutre.

— J'ai besoin de rester seul avec mon neveu, supplia-t-il en français. Fais-leur le coup de la bonne cuisine à l'huile d'olive de la mamma, pour une fois que ça me rendrait service.

Ben s'éloigna pour les laisser seuls.

— Depuis qu'on est en France, je n'ai pu parler de mes anciennes affaires à personne. Ben va me raconter tout ce qui s'est passé après notre départ, ce que le FBI me cache. Devant toi, il ne dira rien, tu le sais, Livia.

— Allez bavarder dans la véranda, ou dans la buanderie.

— Ici, je sens la présence des deux crétins en face qui nous épient, ça m'obsède, parfois j'ai même l'impression qu'ils ont posé des micros et qu'ils nous écoutent.

Elle se laissa guider vers le réfrigérateur, que Fred ouvrit sans freiner sa logorrhée.

— Tu sais leur parler, toi, ils te mangent dans la main. Plus ils me trouvent mauvais, plus ils te trouvent bonne, tu es la seule femme qui s'occupe d'eux sur le continent.

Malgré la mauvaise foi de son mari, Maggie sentait peu à peu sa volonté vaciller en imaginant les deux G-men, seuls, isolés, par la faute des Manzoni.

— Profites-en pour nous débarrasser des restes, les aubergines au vinaigre balsamique qui sont là depuis trois jours, la croûte du parmesan, les sfogliatelle qui s'émiettent et, surtout, le reste de polenta, on n'en mange jamais deux fois dans la même semaine, c'est la règle.

— Quand j'avais vingt ans et que j'étais amou-

254

reuse de toi, tu pouvais m'avoir avec ce genre de conneries. Pourquoi je me laisserais faire aujourd'hui ?

— On sera partis juste une heure.

Si on lui avait posé la question, Maggie aurait répondu qu'elle n'aimait plus son mari depuis bien longtemps. Elle aurait cru bon d'ajouter qu'il lui arrivait souvent de s'imaginer revivre seule. Toutefois, elle ne s'expliquait pas comment il parvenait encore à l'amuser autant, pas plus qu'elle ne comprenait ce curieux phénomène de manque quand il s'éloignait de la maison.

Son panier à la main, elle traversa la rue en faisant un signe à Caputo, pendant que Fred et Ben faisaient le mur en montant sur le container de butane et en sautant dans le sentier de mauvaise herbe qui les séparait du pavillon voisin. Ils rejoignirent la voiture de Ben, que Fred poussa en roue libre jusqu'à l'intersection de la rue des Favorites et de l'avenue Jean-de-Saumur. Deux minutes plus tard, ils longeaient une forêt que la pleine lune éclairait.

Fred avait piaffé d'impatience à l'idée de se retrouver seul avec Ben afin de lui faire subir un interrogatoire en règle. Qu'étaient-ils devenus, tous, amis et parents, collègues, voisins, confrères, cousins et tous les autres ? Il prétendit à nouveau ne pas pouvoir se fier aux comptes rendus toujours orientés du FBI et demanda des nouvelles de ceux et celles qui lui manquaient le plus, y compris ses

maîtresses. Les réponses laissaient peu d'ambiguïté :
le temps n'avait rien cicatrisé. Au contraire, la
mafia était lente à panser ses plaies, et se sentir si
affaiblie la mettait dans l'état de rage d'un animal
blessé. En faisant comparaître un ponte comme
Giovanni Manzoni, le gouvernement avait réussi à
fissurer l'autorité suprême de la Cosa Nostra et à
encourager tous ceux qui le désiraient à balancer à
leur tour et s'offrir une seconde vie. Or, tant que
Giovanni Manzoni vivait, la tentation serait
grande. Encore un ou deux procès de l'envergure de
celui-là et la gangrène venue de Sicile mourrait
elle-même de la gangrène.

— Arrête-toi là, on fait le reste à pied.

Ben gara la voiture près d'un fossé, sortit du
coffre son sac à dos, et suivit son oncle qui coupait
à travers champs jusqu'à l'usine Carteix, dont on
devinait les contours dans la nuit bleutée. Avec une
infinie prudence, Ben vida le contenu du sac à dos à
l'entrée du parking des livraisons ; une trentaine de
bâtons de dynamite tombèrent au sol comme un jeu
de mikado.

— T'as vu un peu grand, fit Fred.

— C'est ta description. À t'entendre, on aurait
dit la General Motors.

Ben avait tâté de tout, du TNT, du plastic, du
Selpex, tous dérivés de la nitroglycérine, mais rien
ne valait ce qu'il considérait comme sa forme la
plus aboutie : la dynamite.

— On devrait décerner un prix au type qui a inventé un truc pareil.

Il avait beau vanter ses qualités de maniabilité et de stabilité à grand renfort de théorèmes de chimie, on retrouvait, derrière son sérieux et son recueillement, la nostalgie de l'enfant qui ne s'était jamais lassé de jouer aux pétards. Le matin même, à peine avait-il posé le pied sur un continent inconnu, Ben avait loué une voiture à l'aéroport de Roissy et rejoint Paris pour y faire ses courses dans des magasins de bricolage et de fournitures automobiles. L'après-midi durant, avant de s'atteler à la polenta, il avait, sous les yeux de son oncle, « cuisiné », selon son propre terme, une pâte de nitroglycérine dans la buanderie du pavillon des Blake. Dans trois récipients posés sur de la glace, il avait fait ses mélanges d'acide sulfurique et nitrique, puis de bicarbonate de sodium, en surveillant du coin de l'œil un thermomètre plongé dans la préparation.

— Il fait un peu chaud dans ta pièce, Tonton.

— C'est gênant ?

— Si on passe les 25°, il ne restera plus rien, ni de nous, ni de la maison, ni des Feds, ni du quartier.

Sans se départir de son ricanement d'affranchi, Fred avait senti monter en lui une bouffée de chaleur assez intense pour rayer la rue des Favorites de la carte de Cholong. Au compte-gouttes, Ben avait ajouté la glycérine et avait attendu que la matière remonte à la surface pour la transvaser dans un autre bac. Puis il avait vérifié au papier pH, qui avait gardé sa belle couleur bleu roi. Ensuite il avait solidifié la pâte en la mélangeant, entre autres, à de la sciure de bois, l'avait enroulée dans des feuilles de carton et avait planté une mèche dans chaque bâton. Sur les coups de 17 heures, un peu avant l'arrivée des trois autres Blake, Ben avait placé dans une vieille boîte à biscuits une quantité de dynamite suffisante pour creuser un second tunnel sous la Manche. À la suite de quoi il avait pu se défouler sur la préparation de la polenta, la faire bouillir, en mettre plein les murs et la battre comme plâtre jusqu'à épuisement des bras.

Au pied du pilier nord de l'usine, il grimpa sur la gigantesque bouche d'évacuation qui s'enfonçait droit dans l'Avre et sautilla une ou deux fois sur place pour en éprouver la solidité. Il alla ensuite rejoindre son oncle, qui venait de forcer la porte de communication entre le local de réception des matériaux et le bâtiment principal. Après une visite à la lampe torche afin de s'assurer qu'aucun individu ne s'y était attardé, ils firent, pour obéir à un vieux réflexe, un tour d'inspection des installations et ne trouvèrent que des containers pleins d'on ne sait trop quoi, des cuves de toutes formes, des appareillages en fonte, rien que de l'intransportable, de l'invendable, du décourageant. Ils ressortirent pour se mettre à l'ouvrage et Ben passa à une phase non moins intéressante de sa tâche : déterminer les emplacements stratégiques où placer sa camelote. Son sixième sens s'exprimait là, dans cette intuition qui lui garantissait un travail rapide et efficace, de façon à obtenir tantôt un affaissement tantôt une explosion.

— Dis, Tonton, tu aurais envie de quoi ? Le genre château de cartes qui s'écroule ou le big bang ?

Fred se demanda si ce soir, en rase campagne et en pleine nuit, il avait vraiment besoin de discrétion.

— Fais-nous quelque chose de beau comme le bouquet final du feu d'artifice de Coney Island.

Le neveu ne put s'empêcher de ricaner mais prit le souhait de Fred très au sérieux. S'il n'avait pas choisi le gangstérisme, Ben serait sans doute devenu un de ces artistes démolisseurs qui font disparaître des buildings dans un fin nuage de poussière. Le dernier bâtiment qu'il avait réduit en miettes, sur ordre et en présence de son oncle, avait été le chantier presque terminé d'un parking extérieur de huit cents places sur trois étages. La nuit avait été longue et pénible mais ceux qui étaient présents en avaient gardé, avec le temps, un bon souvenir. Aujourd'hui, à l'endroit précis du sinistre, se dressait un petit building en verre qui abritait les activités de la firme Parker, Sampiero & Rosati, Import/Export.

Prêt à suivre les consignes de son neveu, Fred le regardait faire avec l'admiration qu'il portait aux spécialistes en tout genre. À l'époque, en vue de former une équipe encore plus performante que ses concurrents, il avait réussi à s'entourer d'orfèvres inégalés dans leur partie. Il fallait faire avouer un type jusqu'à ce qu'il dénonce père et mère ? Kowalski s'en chargeait. On l'avait vu écraser des orteils à coups de marteau, un par un, sans toucher le suivant — un artiste. On avait besoin d'un tireur d'élite ? d'un *hitman* ? Sniper décoré lors d'une guerre qu'il n'évoquait jamais, Franck Rosello répondait présent. Son titre de gloire restait ce fameux tir qui fit exploser la tête d'un repenti dans le fourgon qui le conduisait au palais de justice. Et même si Rosello ne produisait jamais deux tirs identiques, Fred, le jour de son procès, avait fait tout le parcours à plat ventre à même le plancher du fourgon. Pour entrer dans la *Dream Team* de Manzoni, il fallait exceller dans un domaine spécialisé : dépistage de micros, conduite en état d'urgence, défouraillage de masse, etc. Aujourd'hui, Fred avait fait appel à son cher neveu pour un maniement de la dynamite qui lui avait valu sa place dans l'équipe et, par la même occasion, ce D désormais indissociable de son nom.

— Maintenant que nous sommes seuls, dis-moi, Ben...

— Te dire quoi ?

— Que, faute de me pardonner, les nôtres ont compris pourquoi j'avais parlé.

Ben redoutait cette conversation, et par-dessus tout il redoutait d'avoir à se charger d'une cruelle mise au point. Il ne s'expliquait pas une question aussi naïve, comme chargée d'espoir. Gianni

Manzoni, son héros, avait prononcé le mot « pardonner ». Pardonner ! Dieu, qu'il était loin du compte. Il fallait lui faire comprendre une bonne fois pour toutes que, quoi qu'il arrive, le retour des Manzoni au pays demeurerait hors de question.

— Je ne veux pas te faire de peine, Zio Giova, mais tu es tranquille, ici. Les enfants grandissent, la maison est jolie, et t'es même devenu écrivain.

Ben, lui-même exilé, pouvait imaginer la terrible nostalgie qui étreignait le cœur de son oncle.

— Tu ne rentreras jamais au pays, fais-toi à cette idée. Il faudra attendre trois ou quatre générations après la mort de Don Mimino pour que soit oublié le nom de Manzoni. Mais d'ici là, tant qu'il restera un seul sbire à qui il a donné un job, rendu un service, fourni un toit, dont il a gâté les enfants, ce type-là videra son chargeur sur ta tempe sans la plus petite hésitation. Tu es devenu un fantasme, Zio, plus encore que la récompense, c'est le titre honorifique qui fait crever les jeunes d'envie de te buter. Tu imagines le trophée ? *L'homme qui a eu la peau de Giovanni Manzoni, ennemi public n° 1 de tous les affranchis d'Amérique.* Le reste de sa vie, il sera devenu une légende, et la génération à venir lui baisera les mains.

Tout en parlant, il scotcha un lot de cinq bâtons autour d'un pylône extérieur et s'aventura à nouveau dans le bâtiment pour s'occuper d'une série de poutres en aluminium.

— Te refroidir, Zio, ce serait comme capturer le

Loch Ness, tuer la baleine blanche, terrasser le dragon. Ce serait gagner sa place dans l'Olympe, boire dans le Graal, et laver dans ton sang l'honneur de l'honneur.

Des paroles qui arrachaient la langue de Ben mais qu'il jugeait nécessaires pour faire perdre à son oncle tout espoir de retour. Son dernier lot posé, il prit Fred par l'épaule et le dirigea vers la sortie. Au cœur de la nuit, ils restèrent un bon moment dans la contemplation de l'usine encore intacte, jusqu'à la trouver belle, comme Fred trouvait beaux les taureaux qui entrent dans l'arène, les bateaux en perdition, les soldats qui partent à la mort. Pour la première fois, il imagina que derrière tant de laideur, il y avait la main de l'homme.

— À toi l'honneur, Zio.

Ben déroula une longue mèche puis alluma son briquet zippo, qu'il tendit à son oncle. Fred, la flamme en main, hésita un instant, le temps de se demander une toute dernière fois si la réponse qu'il allait apporter à son problème d'eau était bien la seule possible.

Il avait fait preuve de bonne volonté, de civisme, il avait respecté les voies hiérarchiques. Il avait voulu obéir aux règles et utiliser les seuls outils légaux à sa portée. Il avait honnêtement cherché à apprendre de l'honnêteté et avait parcouru le chemin de croix qui va de la brute au citoyen modèle. En s'alliant à d'autres victimes, il avait laissé s'exprimer un instinct grégaire contraire à sa nature. L'ensemble de ces phénomènes avait suscité une réelle prise de conscience, jusqu'à se demander si sa vie de repenti ne l'avait pas changé pour de bon, si elle avait éveillé en lui le respect de la collectivité. Il avait voulu y croire.

Maintenant, il regardait la flamme du zippo danser entre ses mains et retenait son geste, conscient de son aberration. Il se sentait déçu par cette société qui, contrairement à ce qu'elle prétendait, n'était pas régie par le sens commun mais par la priorité absolue au profit, comme toutes les autres sociétés, parallèles et occultes, à commencer par celle qui avait si longtemps été la sienne. C'était comme s'il avait voulu donner à la légalité une chance de le surprendre. Mais elle n'avait fait que confirmer, par défaut, ce qu'il prônait depuis toujours.

Allumer cette mèche, c'était avouer son impuissance face à une énormité qui le dépassait. Comment lutter quand l'ennemi est partout et nulle part ? Que chacun a une bonne raison de ne rien écouter de vos malheurs ? Que ceux qui en profitent n'ont ni visage ni adresse ? Que des particuliers dépendent d'élus qui dépendent de lobbies dont les enjeux échappent au pauvre hère qui confie son sort à des procédures administratives longues comme un jour sans pain ? À cette absurdité qui en arrangeait plus d'un, Fred allait en opposer une autre, la sienne, celle de la surenchère, jusqu'à l'estocade. Sa vie aurait sans doute été plus simple s'il avait su renoncer quand l'ennemi était trop fort ou trop lointain, mais jamais il n'avait su se faire une raison. Sa réponse, il allait la donner par une belle nuit de printemps, sous la voûte infinie, dans une paisible atmosphère d'avant le monde. Le geste que l'homme de la rue s'interdisait de rêver, Fred allait l'accomplir au nom de tous.

Il attrapa la mèche dans sa main gauche et approcha la flamme, la retenant un dernier instant.

La veille encore, il aurait pu renoncer à commettre un tel acte et rentrer chez lui pour éviter de subir les jérémiades de sa femme et les sanctions de Tom Quintiliani. Mais ce soir n'était pas un soir comme les autres, il était même le premier de tous ceux qui lui resteraient à vivre. Fred venait de réaliser que plus jamais il ne retournerait sur sa terre natale, qu'il crèverait ici ou là, dans un lieu dénué de sens, sous un ciel inconnu, et que sa tombe resterait à jamais prisonnière d'un sol sans racines. Si ce soir il laissait s'installer cette angoisse pour de bon, elle allait le ronger chaque jour un peu plus et finir par avoir sa peau. Il lui fallait réagir séance tenante et faire un grand feu de son passé, le voir partir en beauté, une bonne fois pour toutes, dans une préfiguration de l'enfer qu'on lui promettait depuis le plus jeune âge.

Il alluma la mèche puis recula d'une centaine de mètres et attendit, les yeux grands ouverts.

Le baraquement entier explosa en une gerbe de flammes qui monta haut dans le ciel. Le choc plombé de la déflagration le réveilla tout à coup et le souffle de l'explosion le gifla assez fort pour balayer son vague à l'âme. Le geyser de lumière qui jaillit devant lui éclaira son horizon. Un ouragan de tôle retomba en pluie à un bon kilomètre à la ronde, Fred y vit les vestiges d'une autre époque s'éparpiller dans la nature avant de disparaître à jamais. À sa grande surprise, il se sentit soulagé d'un poids qu'il gardait depuis des années sur le cœur. L'apocalypse se termina par un brasier qui vint mourir sur le bitume des parkings alentour. Il poussa un soupir de soulagement.

Fred raccompagna Ben jusqu'à sa voiture et lui indiqua comment retrouver la nationale qui le conduirait jusqu'à Deauville, où il prendrait un ferry pour rejoindre Londres, puis un vol de retour aux États-Unis.

— Le temps qu'ils réagissent, tu verras déjà les côtes anglaises. Quint va donner ton signalement dans les aéroports, mais en fait ça l'arrangera bien de ne pas te retrouver. En te faisant venir ici, je les ai entubés comme des apprentis, il n'a pas envie que ça remonte plus haut. Mais ils ne commettront plus l'erreur.

Ben n'eut pas besoin de traduire : ils se voyaient pour la dernière fois, là, sur ce petit chemin de campagne, dans un pays inconnu, par une nuit de feu. À toute forme de solennité, Ben préféra l'ironie.

— Le propriétaire de ma salle de jeux est un vieux croûton qui régulièrement me saoule avec son débarquement de 44. Je vais enfin pouvoir lui dire que, moi aussi, j'ai débarqué en Normandie.

L'oncle serra le neveu dans ses bras, une accolade qui les ramena bien des années en arrière. Puis il s'éloigna du sentier pour le laisser manœuvrer, lui fit un signe de la main et le laissa disparaître à jamais. Sur le chemin du retour, Fred entendit la sirène des pompiers et se cacha dans les fourrés.

*

Les enfants dormaient toujours. Fred trouva sa femme assise dans le canapé du salon, immobile, près du poste de radio allumé.

— Espèce de salaud de Rital.

Il se servit un verre de bourbon sur le billot de la cuisine et en but une gorgée. Maggie n'allait pas retenir sa fureur longtemps, il attendait la seconde explosion de la soirée. En fait de quoi, il entendit l'expression d'une rage contenue dans sa voix blanche, presque douce.

— Je me fous que tu fasses sauter la terre entière. Je n'ai plus la force de t'en empêcher. Ce que tu n'aurais pas dû faire, c'était me mentir et me manipuler pour que je participe à ton plan. Ça m'a rappelé des choses que j'aurais préféré oublier, l'époque où tu faisais de moi ta complice, trop jeune, trop sotte, je passais mon temps à mentir aux flics, à nos amis, à notre famille, à mes parents, et

266

puis, plus tard, à nos propres enfants. Je pensais en avoir fini.

Au mot près, l'argumentaire ne le surprit pas. Il attendit néanmoins le verdict avec une certaine curiosité.

— Maintenant, écoute-moi bien. Je ne vais pas te faire le sermon que Quintiliani est en train de préparer, ça n'est pas mon rôle. Je veux juste te rappeler que notre fils va bientôt se débrouiller seul, et que Belle serait bien mieux ailleurs qu'à nos côtés. Bientôt, nous ne serons plus que toi et moi. Depuis que je suis en France, j'ai trouvé ma voie, je peux continuer comme ça jusqu'à la fin de mes jours, et je ne suis pas sûre d'avoir à les vivre avec toi. Dans quelques années, je pourrai même rentrer au pays, seule, après notre divorce, et retrouver ma famille. Toi, tu crèveras ici. Moi pas. Je ne te demande pas de changer d'attitude, seulement de te préparer à cette idée, Giovanni.

Sans lui laisser le temps de réagir, elle quitta le salon et monta se coucher. Sous le choc de ce qu'il venait d'entendre, il se versa un second verre, qu'il but d'un trait. Fred s'attendait à tout sauf à cette incroyable menace, la pire de toutes : rentrer au pays sans lui. C'était la toute première fois que Maggie envisageait cette hypothèse, somme toute crédible. Une radio régionale fit état de l'incendie, probablement d'origine criminelle, de l'usine Carteix. Il coupa le son et jeta un œil dehors : la rue en effervescence, des voisins en robe de chambre, des sirènes au loin. Lassé de cette trop longue journée, Fred retourna dans sa véranda pour laisser ses doigts le surprendre par quelques phrases. Désormais, seuls ses Mémoires feraient le lien entre Fred Blake et Gianni Manzoni.

Une silhouette qui arrivait par le jardin vint troubler son recueillement. Quintiliani avait fait le tour par-derrière pour éviter d'avoir à sonner. Après celui de Ben et celui de Maggie, Fred se prépara au troisième sermon de la soirée.

— Manzoni, on aurait pu imaginer que ce procès, cette honte, cet exil vous auraient fait réfléchir. Oh, je ne parle même pas de prise de conscience, ni d'un véritable repentir, on n'en demandait pas tant. Savez-vous pourquoi vous êtes encore capable de commettre des actes comme celui de ce soir ? C'est tout simplement parce que vous n'avez pas payé. Vingt ou trente années dans une cellule de six mètres carrés vous auraient laissé le temps de réfléchir à une seule question : tout cela en valait-il la peine ?

— Vous croyez encore à ça ? Payer sa dette envers la société ?

— À part trois ou quatre politiciens bien-pensants, une poignée de sociologues et quelques assistantes sociales au grand cœur, tout le monde se fout bien de savoir si la prison rend pire ou meilleur un type comme vous, Manzoni. L'humanité entière a besoin de vous savoir derrière des barreaux, parce que si des ordures de votre espèce s'en sortent, à quoi bon se faire chier à obéir à des lois contraignantes qui vous bouffent des parts de liberté et de désir ?

— Moi, en taule ? J'y aurais fait des émules, des tas de petits gars qui me prennent pour une légende, à qui j'aurais donné une master class. J'aurais fait bien plus de ravages dedans que dehors.

— À partir d'aujourd'hui, vous êtes consigné dans cette maison. Aucun de vous quatre n'aura le droit de sortir jusqu'à nouvel ordre.

— Les gosses ?

— Débrouillez-vous avec eux. Après votre exploit de ce soir, notre arrangement risque de ne plus fonctionner. Vous étiez prévenu.

— Mais... Quint !

L'agent du FBI sortit soulagé mais le plus gros du travail restait à faire : détourner toutes les pistes de l'enquête sur le sabotage de l'usine Carteix. Pour ce faire, il avait désormais besoin qu'on lui laisse le champ libre.

Fred décida de monter se coucher et trouva la porte de la chambre fermée. Sans insister, il redescendit dans la tanière de Malavita qui, elle, lui épargnerait toute récrimination. La chienne se réveilla, étonnée de cette visite tardive et de l'agitation de la rue qui lui parvenait par le soupirail.

Pour remplir son bol d'eau fraîche, Fred ouvrit un robinet et vit couler une eau pure comme le cristal, qu'il ne put s'empêcher de goûter.

Il ne se doutait pas qu'au même moment, dans

Cholong, des dizaines d'individus faisaient exactement le même geste, émerveillés par la limpidité de leur eau. Certains se mirent à croire aux miracles.

7

Au moment précis où l'avion de Benedetto D. Manzoni quittait l'aéroport d'Heathrow en direction des États-Unis, un autre traversait le ciel dans le sens opposé et préparait déjà son plan d'atterrissage à Roissy. Parmi les passagers, la plupart américains, dix hommes, domiciliés dans l'État de New York, n'avaient enregistré aucun bagage. Tous se connaissaient sans pourtant s'adresser la parole ni même se saluer d'un hochement de tête. Six étaient originaires d'Italie, deux d'Irlande, les deux Portoricains étaient nés à Miami, et aucun d'eux n'avait jamais mis les pieds en Europe. Au premier abord, on aurait pu les prendre pour un bataillon d'avocats venus traiter une affaire de droit international et défendre les intérêts d'un trust prêt à conquérir le reste du monde. En fait, il s'agissait de dix soldats qui préféraient le luxe de la classe affaires aux hélicoptères des interventions spéciales, et le costume Armani au treillis de combat. Un escadron de la mort, choisi comme on choisit des mercenaires ; c'en était.

L'assignation à résidence fut accueillie par les Blake, soit comme une bénédiction, soit comme la plus injuste des punitions. Fred avait déjà décidé de ne pas sortir de tout le week-end du 21 juin pour échapper aux festivités et poursuivre son grand œuvre. Il mettait un point d'honneur à ne jamais se montrer affecté par les sanctions ; de fait, la menace du châtiment produisait rarement l'effet escompté auprès des gangsters, et, loin de leur faire peur, leur donnait l'occasion de braver les autorités, de les tourner en ridicule. Insulter un juge dans le prétoire, cracher à la figure des fédéraux durant les interrogatoires, traiter de minables les gardiens de prison, ils ne s'épargnaient aucune provocation et rien ne parvenait à leur faire baisser les yeux. Quint avait consigné Fred dans ses quartiers ? Une aubaine. Il allait pouvoir se consacrer entièrement à son sixième chapitre, qui commençait par :

```
Dans les films, si on aime que la
force soit mise au service du juste,
c'est parce qu'on aime la force, pas
le juste. Pourquoi préfère-t-on les
histoires de vengeance aux histoires
de pardon ? Parce que les hommes ont
une passion pour le châtiment. Voir
le juste frapper, et frapper fort,
```

est un spectacle dont on ne se lassera jamais et qui ne crée aucune
culpabilité. Voilà bien la seule violence qui m'ait jamais fait peur.

À l'étage du dessus, Belle restait cloîtrée pour se
soustraire à la vue de sa propre famille. On lui avait
interdit de jouer un rôle dans le spectacle de fin
d'année, on lui interdisait aujourd'hui de se promener en ville et de s'amuser avec les gens de son âge,
il ne lui restait plus qu'à se morfondre dans sa
chambre pour donner un sens à son sacrifice. Faute
de ne pouvoir apparaître, elle allait disparaître, et
pour de bon. Une décision irrévocable venait d'être
prise.

De son côté, Warren fut scandalisé de payer
encore et toujours pour les agissements de son père.
L'approche des réjouissances avait réveillé l'enfant
en lui, et la sanction lui avait fait regretter un peu
plus de ne pas être adulte. Puisqu'il subissait
comme un adulte, il avait droit au statut d'adulte,
quoi de plus légitime ? Il s'enferma dans sa
chambre et se planta de longues heures devant son
écran où, via Internet, il recueillit quantité d'informations sur l'avenir qu'il se préparait. Son plan ?
Remonter le temps, rejouer l'Histoire, opérer une
révolution complète, tout reprendre à zéro.

Des quatre, Maggie fut la plus touchée par l'interdiction de sortir. Elle s'était engagée auprès de
mille personnes à monter, gérer, surveiller divers

stands, et à participer à la bonne marche de la kermesse ; apporter sa contribution à tant de liesse populaire l'aurait gratifiée plus que tout. Découragée, elle restait affalée dans le canapé du salon, devant une télévision qu'elle ne regardait pas, murée dans le silence du doute. Elle avait beau se dévouer corps et âme à autrui, Fred la tirait en arrière, la ramenait vers son rôle de femme de mafieux, qui plus est de mafieux discrédité, désavoué par tous. Si elle avançait d'un pas, Fred la faisait reculer de dix, et tant qu'elle vivrait avec ce diable, et malgré ce qu'elle éprouvait encore pour lui, elle ne quitterait jamais cette spirale. Elle devait en parler séance tenante à celui qui, somme toute, veillait sur elle bien mieux que son mari.

*

En ce jour tant attendu de la Saint-Jean, la ville de Cholong-sur-Avre affichait ses couleurs. Dès 10 heures du matin, la salle des fêtes avait reçu les parents d'élèves pour la fête de l'école, le spectacle s'était déroulé sans la moindre fausse note, un beau moment pour petits et grands, une réussite. À 14 heures, les forains, prêts à faire rouler la jeunesse, accueillaient les premiers visiteurs sur la place de la Libération. La nuit la plus courte de l'année allait défiler à toute vitesse, les jeunes ne se coucheraient pas, et les moins jeunes s'endormiraient au son des flonflons ; l'été commençait en fanfare.

À soixante kilomètres de là, au rond-point dit la Madeleine de Nonancourt, un minibus Volkswagen gris s'arrêtait pour vérifier l'itinéraire. Le conducteur, échaudé par une mauvaise bifurcation à la sortie de Dreux, exhortait son pilote à se concentrer. À l'arrière, dix types s'ennuyaient ferme en regardant défiler, depuis Paris, un paysage bien moins exotique qu'ils ne l'imaginaient. L'herbe y était verte comme partout ailleurs, les arbres produisaient moins d'ombre que les platanes de New York, et le ciel semblait morne et crasseux comparé à celui de Miami. Tous avaient entendu parler de la Normandie à travers les films de guerre, sans éprouver la moindre curiosité pour l'endroit et son histoire. En fait, ils n'étaient curieux de rien depuis leur arrivée à Roissy, pas plus du climat que de la cuisine, ils se foutaient même de l'inconfort et du dépaysement, ils ne se posaient qu'une seule question : comment dépenser leurs deux millions de dollars dès la fin de leur mission.

Six d'entre eux se voyaient déjà retirés des affaires ; à trente ou quarante ans, ils vivaient sans doute leur dernière journée de travail et allaient pouvoir s'offrir une ferme, une villa avec piscine, une chambre à l'année à Vegas, tous les rêves devenaient possibles. Les quatre autres ne crachaient pas sur la prime mais leurs motivations se situaient ailleurs. Pour avoir perdu un frère ou un père lors

275

du témoignage de Manzoni, lui faire la peau était devenu une obsession. Le plus motivé de tous s'appelait Matt Gallone, petit-fils et héritier direct de Don Mimino. Six ans après le procès, Matt se consacrait exclusivement à la vengeance de son grand-père. Manzoni l'avait dépossédé de son royaume, de son futur titre de Parrain, et donc de son statut de demi-dieu. Derrière chaque moment de la vie de Matt, derrière chacun de ses gestes, il y avait la mort de Manzoni. Derrière les rires entre amis, il y avait la mort de Manzoni, derrière chaque baiser sur le front de ses enfants, il y avait la mort de Manzoni. Matt en avait fait son chemin de croix, son désir de délivrance, et la promesse de sa renaissance.

— Direction Rouen, dit le pilote, le nez sur la carte.

Toute l'opération avait été préparée de New York par Matt et les *capi* des cinq familles qui, pour l'occasion, n'en faisaient qu'une. Faute de contacts directs avec la France pour préparer l'arrivée de cet escadron de la mort, ils avaient dû passer par la Sicile. Les ordres avaient été donnés de Catane, où un dirigeant local de LCN avait fait appel à une de leurs sociétés, basée à Paris, chargée de faire transiter des capitaux via la France, la Suisse, l'Italie et les États-Unis. L'organisation comprenait l'accueil des dix à Roissy, leurs déplacements, et la fourniture de l'arsenal, à savoir : quinze pistolets automatiques et dix revolvers, six fusils-mitrailleurs, vingt grenades et un lance-roquette. On leur avait alloué, en outre, un chauffeur et un interprète anglais/français ayant déjà participé à une opération de commando. Ensuite, à Matt et à ses hommes de jouer. Pour préserver l'esprit d'équipe lors de la mission et éviter une malsaine émulation, la fameuse récompense de vingt millions de dollars serait divisée en parts égales ; celui qui donnerait la mort à Gianni Manzoni n'en tirerait qu'un bénéfice honorifique. D'ici quelques heures, il deviendrait à la fois un millionnaire et une légende vivante. Le monde admirerait son geste parce que le monde méprise les repentis. Quoi de pire que de vendre son frère ? Au coupable d'un tel crime, Dante réservait le dernier cercle de l'enfer. Aujourd'hui, 21 juin, un seul de ces dix hommes serait l'élu et gagnerait sa place au paradis des mauvais garçons. Bien après sa mort, on parlerait de lui dans les livres.

*

La beauté condamnée à elle-même. Belle n'imaginait pas plus grand malheur que le sien. Comment empêcher une étoile de briller ? Comment ne pas mettre ce don du ciel au service d'autrui ? Le secret était de plus en plus lourd à porter à mesure qu'elle devenait femme. Elle finissait par penser que sa beauté n'avait d'égale que les moyens employés pour lui interdire d'en jouir. Comme si Dieu lui-même avait façonné tant d'harmonie dans le seul but d'en priver ses créatures. Se montrer aussi inhumain ressemblait fort à Dieu : exiger le sacrifice de ce que l'on possède de plus cher. Créer la tentation, et dans la foulée, la faute. Pardonner aux pires, meurtrir les meilleurs. Belle se sentait victime de Ses desseins obscurs sans comprendre où Il voulait en venir.

Assise sur le sol de sa chambre, un mouchoir au coin des yeux, elle repensait à tous les lèche-bottes qu'elle avait vu défiler dans la maison de Newark pour demander une faveur à son père, promouvoir un parent ou intimider un concurrent. Comble de l'ironie, Belle Manzoni, sa propre fille, n'aurait jamais eu besoin du moindre coup de pouce. Il aurait suffi qu'on la laisse libre de parcourir seule son chemin pour qu'elle atteigne des sommets. Elle aurait beau pleurer et pleurer encore, toutes les larmes de son corps ne suffiraient pas à conjurer son triste sort de vestale. Autant se résigner à sa condition de vierge emmurée vive. Pour la toute première fois, elle se prit à maudire père et mère d'avoir mis au monde une fille de criminel.

Et puis, non ! se révolta-t-elle, le visage bouffi par les larmes, à quoi bon prendre un engagement qu'elle ne respecterait pas ? L'issue la plus élégante et, en fin de compte, la plus raisonnable était d'en finir le plus vite possible. Elle se précipita à la fenêtre qui ouvrait sur le jardin, regarda à l'aplomb, et comprit qu'en se jetant du haut du toit elle se condamnait à survivre, infirme. En finir, soit, mais en finir à coup sûr, donner à son geste de l'envergure, convier le plus grand nombre au sacrifice de sa vie, s'offrir enfin un public qui plus jamais n'oublierait la silhouette de cette créature qui s'était élancée dans les airs pour se donner la mort.

Tout bien réfléchi, elle avait choisi le jour rêvé pour mourir, le premier jour de l'été : toute la ville à ses pieds sur la place de la Libération, quelle revanche ! Apparaître au sommet de la tourelle de l'église et se jeter dans le vide. Le saut de l'ange. On retrouverait son corps disloqué devant le portail, quelques gouttes de sang lui glisseraient de la bouche pour maculer sa robe — vision sublime. Mais pourquoi l'église, après tout ? À quoi bon mêler Dieu à ça ? Qu'avait-Il fait pour mériter un tel sacrifice ? Mourir dans Sa maison eût été Lui faire trop d'honneur. D'ailleurs, Dieu n'existait pas, il fallait se rendre à l'évidence. Ou bien, victime Lui aussi de la loi de Peter, avait-Il atteint Son seuil d'incompétence face au destin de Belle. Elle ferma les yeux pour visualiser la place de la Libération et ses bâtiments mais rien ne lui sembla à la hauteur. Rien, sinon... la grande roue ?

Mais oui, la grande roue ! Il était là, son *grand finale*. Et quel symbole, cette roue qui tournerait sans elle désormais, ça avait bien plus de gueule qu'une église. Soulagée, elle ouvrit son armoire pour passer sa robe de Diane en biseau, son foulard écru et ses escarpins blancs. Elle resterait dans les mémoires comme une madone païenne, trop belle pour un monde si laid. On verrait sa photo dans les journaux, et des millions de gens, à force d'imaginer sa mort et d'en inventer les détails, tisseraient la légende de Belle. Comme toutes les héroïnes romantiques, elle inspirerait les poètes qui écriraient sur elle des chansons que d'autres jeunes filles chanteraient au fil des générations. Qui sait, un jour peut-être tirerait-on un film de la vie de Belle Blake, un grand film hollywoodien qui ferait pleurer sur les cinq continents. En se passant un peu de fond de teint et un trait d'ombre sous les yeux, elle se plut à imaginer les objets cultes après la sortie du film, les posters et les poupées à son effigie, telle une icône des temps futurs.

Elle contempla son visage dans le miroir pour la toute dernière fois. Son seul regret, en se donnant la mort, serait de ne pas voir, au fil des ans, son corps défier les lois du vieillissement. À trente ans, sa beauté aurait gagné en élégance, à quarante en noblesse, à cinquante elle aurait rayonné de maturité, à soixante de sagesse, Belle aurait su déjouer tous les outrages. Quel dommage de ne pas avoir le temps d'en faire la démonstration aux yeux du monde. Elle griffonna un bristol, qu'elle laissa sur un coin de bureau et qui disait : *Continuez sans moi*.

Dans la chambre voisine, Warren préparait, lui aussi, son grand départ. L'interdiction de sortie infligée par Quintiliani avait précipité ses plans. Dans son scénario d'origine, il se serait levé un matin d'août et aurait pris son petit déjeuner sans rien changer à ses habitudes, puis il aurait inventé un prétexte pour partir tôt et rentrer tard dans la soirée, une randonnée à vélo avec des copains aurait fait l'affaire. Au lieu de quoi, à la gare de Cholong, il aurait pris l'express de 10 h 10 pour Paris. Avec deux bons mois d'avance, il allait s'évader séance tenante de cette prison gardée par le FBI, et son escapade durerait plusieurs années avant qu'il revienne vers sa famille, ou qu'il la fasse revenir à lui, comme le Parrain qu'il allait devenir.

Il reprit son carnet de notes pour pointer les différentes étapes qui allaient le mener jusque-là. Dans quelques minutes, il rejoindrait la gare et prendrait le train supplémentaire de 14 h 51 pour Paris Montparnasse. De là, il se rendrait Gare de Lyon et attendrait le Naples Express, un train couchettes qui passait sans difficultés la frontière italienne à Domodossola. À Naples, il se rendrait directement dans le quartier de San Gregorio, où il citerait le nom de Ciro Lucchesi, patron d'une branche de la Camorra implantée à New York. Sans qu'il ait à le demander, on lui ferait rencontrer Gennaro Esposito, le *capo* de toute la région, celui qu'on ne voit jamais mais dont l'ombre plane partout à Naples. Et là, il se présenterait comme le fils de Giovanni Manzoni, le traître.

Gennaro, ébahi, lui demanderait pourquoi le fils

du plus célèbre repenti du monde était venu se jeter dans la gueule du loup... Warren lui rappellerait alors l'énorme dette que Ciro Lucchesi avait envers son père, qui avait fait capoter une enquête du FBI censée mettre Ciro à l'ombre pendant cent ans. Aujourd'hui, le fils du traître donnait à Lucchesi une occasion de se défaire de cette dette maudite en arrangeant, via Naples, son départ clandestin pour les États-Unis. Lucchesi serait forcé de s'exécuter et de bien faire les choses, et Warren se verrait débarquer quelques jours plus tard dans le port de New York, comme jadis son arrière-grand-père au même âge. Et là, tout recommencerait. Il lui faudrait conquérir sa place, reconstruire un empire, et laver le nom des Manzoni. À quoi servent les fils, sinon à réparer les fautes des pères ?

Lors de son périple jusqu'à sa terre natale, il allait devoir rester le plus discret possible, agir comme s'il se déplaçait sur de très courtes distances, parler en anglais à certains moments, en français à d'autres, ressembler à un jeune touriste sur le point de retrouver ses parents, apprendre par cœur les noms des villes qu'il traverserait et celles des alentours, et pouvoir justifier d'un parcours si d'aventure on lui posait des questions. Dans son blouson, il glissa plusieurs cartes et toute une documentation touristique trouvée sur Internet, de quoi scénariser quelques histoires face aux autorités. Puis il rangea dans une pochette plastique son nécessaire de toilette : s'il ne voulait pas passer pour un vagabond, il devait faire de la propreté une priorité. Se laver, et dormir le plus souvent possible pour garder une allure fraîche et reposée. L'argent ? Il en avait à volonté, fruit des services rendus aux camarades d'école qui l'avaient sollicité pour une raison ou pour une autre, car tout se paie toujours, en retour d'ascenseur ou, le plus couramment, en monnaie sonnante. L'argent servirait à graisser des pattes, changer de vêtements, dormir à l'hôtel le cas échéant, se nourrir convenablement, offrir des verres à ceux qui pourraient lui être utiles, donner des pourboires. Il éteignit son ordinateur, le tapota de la main comme pour saluer un vieil ami, et quitta sa chambre. La première étape s'annonçait délicate : se diriger discrètement vers le jardin, contourner la véranda, arrivé à la baraque à outils se glisser entre deux feuilles de tôle, arracher un bout de grillage et passer par-dessous, se retrouver chez le voisin, escalader sa palissade et prendre la route de la gare. À partir de là, il pourrait se considérer comme hors-la-loi. Il allait vite savoir s'il en avait la carrure.

Dans le couloir, il tomba nez à nez avec sa sœur qui, comme lui, rejoignait en douce le rez-de-chaussée. Le plan de Belle, non moins acrobatique, consistait à atteindre le jardin par le velux de la buanderie, grimper sur le tas de bois coupé contre le mur mitoyen et passer directement chez le voisin, puis sortir de chez lui comme si de rien n'était. Bien trop troublée, elle ne remarqua rien des allures de conspirateur de Warren, pas plus qu'il ne sut déceler cette étrange solennité sur le visage de sa sœur.

— Où tu vas ? demanda-t-il le premier.

— Nulle part, et toi ?

Warren ne reverrait plus Belle pendant des années entières. Un jour, il reviendrait la chercher, il lui offrirait Hollywood sur un plateau et mettrait le monde à ses pieds. Il serra les mâchoires. Belle le prit dans ses bras pour lui laisser une dernière image de sœur aimante. Le cœur battant, il l'embrassa avec une tendresse qu'il n'avait encore jamais éprouvée pour personne.

— Je t'aime vraiment, Belle.

— Il faut que tu saches que je serai toujours fière de toi, où que je sois, ne l'oublie pas.

Et ils s'embrassèrent à nouveau.

Au rez-de-chaussée, Fred, cloîtré dans sa véranda, était à mille lieues d'imaginer ce déferlement d'affection fraternelle. À cause d'un trou de mémoire, il calait au milieu d'un chapitre sur le descriptif des rites d'intronisation dans l'*onorevole società*. Avant de devenir un affranchi reconnu et certifié par la confrérie, l'impétrant se voyait convoqué à une cérémonie présidée par les anciens, dont le déroulement n'avait pas changé d'un iota depuis des siècles. On lui piquait l'index avec une aiguille pour qu'il verse une goutte de sang, on déposait dans ses mains une image pieuse qu'on enflammait, et on lui demandait de répéter, en italien : *Je jure que si je viole ce serment, je brûlerai comme cette image et...* Fred ne se souvenait plus de la suite, et pourtant, combien de fois l'avait-il entendu, ce serment, après l'avoir prononcé lui-même, trente ans plus tôt ? Comment était-ce, déjà ?... *je brûlerai comme cette image et...* et quoi, nom de Dieu ? Il y avait une suite... Rien ne pouvait expliquer cette absence, si malvenue, en pleine effervescence littéraire. Rien, sinon cette vision de lui-même en train de brûler comme une image pieuse.

Il hurla plusieurs fois le prénom de sa femme et se mit à la chercher dans toute la maisonnée. En ne la voyant pas dans le canapé qu'elle ne quittait plus depuis des jours, il eut un étrange pressentiment et fouilla chaque pièce une par une, y compris celles de l'étage, où il croisa ses enfants, sans même s'apercevoir qu'ils se tenaient enlacés, les larmes aux yeux.

— Quelqu'un a vu votre mère ?

Ils secouèrent la tête et le virent descendre dans la buanderie, où il contourna la chienne endormie, avant de remonter au salon.

— MAAAGIIIIE ! ! ! ! !

Avait-elle transgressé l'ordre de Quintiliani ? Impensable. Elle aurait préféré mourir que de risquer de nouvelles sanctions. Alors quoi ?

Il y avait bien une explication, peut-être la pire de toutes.

*

À moins de deux kilomètres de Cholong, le minibus s'engagea dans la forêt de Beaufort et se gara au bord de l'Avre. Les hommes s'étirèrent et se dégourdirent les jambes, silencieux comme à la première heure, concentrés. Le chauffeur poussa un bruyant soupir de fatigue et se planta au bord de la rivière pour pisser. Son pilote, interprète pour l'occasion, sortit de larges sacs en plastique remplis de vêtements neufs, qu'il posa à même le sol pour laisser les membres de l'équipe faire leur choix. Matt avait donné des consignes très strictes sur les tenues vestimentaires, il leur fallait ressembler à ces Américains qui visitaient la région par milliers depuis 1945. Chose facile pour certains, ressembler à un Américain se révélait plus complexe pour ceux qui, depuis toujours, avaient conformé leur allure à celle des gangsters de cinéma.

Les plus jeunes étaient capables de revoir dix fois le même film pour repérer une marque de veste ou de chaussures. Et si, après leur intronisation, la plupart laissaient tomber la panoplie, d'autres s'y attachaient comme à une seconde peau. Sans la remettre en question, les hommes ne savaient comment interpréter la consigne « ressembler à des Américains ». Qu'est-ce que cela voulait dire exactement ? S'efforcer d'avoir l'air d'un plouc ? Se rapprocher le plus possible du n'importe quoi ? Attirer l'attention ? Ne pas l'attirer ? Fallait-il s'habiller comme des adolescents, des bouseux texans ou des *homeless* new-yorkais ? De quel mauvais goût s'agissait-il ? Il y en avait tant.

Vestes de marque, pantalons coupés sur mesure et chemises en soie tombèrent petit à petit pour se voir remplacés par des tee-shirts, des bermudas, des chemises à manches courtes non boutonnées, au col mou, des choses informes, décontractées, des étoffes synthétiques, des tissus à motifs, des casquettes. Qu'à cela ne tienne, ils auraient bientôt de quoi se consoler avec leurs deux millions de dollars et dépenser sans compter dans les magasins de Madison Avenue et de la Cinquième. Pour donner l'exemple, Matt se servit le premier et passa un pantalon à pinces de couleur claire, un tee-shirt rouge, un gilet beige. Greg Sanfelice porta son choix sur un jean délavé et un tee-shirt imprimé au blason d'une université du Colorado. Guy Barber enfila un jean noir serré aux hanches, tenta d'y ranger son entrejambe, et choisit une chemise en toile bleu marine largement entrouverte sur le poitrail. Le reste de la troupe se pressa devant les sacs. Julio Guzman se fendit d'un petit commentaire pour chacun des collègues :

— Jerry, c'est dingue ce que t'as l'air d'un Américain !

— Et toi, tu sais à quoi tu ressembles, enfoiré de Portoricain ? À un putain d'Américain !

Peu à peu les hommes se déridèrent et se laissèrent aller à la surenchère : « Enfoiré d'Américain, va... »,

« Ta gueule, l'Américain... », « Qu'est-ce que vous pouvez être chiants, vous les Américains... »

Matt sortit deux des quatre valises qui contenaient l'arsenal. Les hommes, redevenus silencieux, un peu empruntés dans leurs vêtements, se partagèrent les armes de poing ; on leur donnait le choix entre un pistolet semi-automatique Magnum 44 Research, et un revolver Smith Wesson Ultra Lite 38 special. Le premier laissait une très faible marge d'erreur dans un tir de loin sur cible mouvante, l'autre se montrait parfait en cas d'exécution rapprochée, tout dépendait de la manière de travailler de chacun, de ses habitudes, de ses compétences, car tous n'avaient pas été recrutés pour leurs qualités de tueur. Si certains éprouvaient un réel plaisir devant du matériel vierge, son toucher sans la moindre aspérité, son odeur non corrompue par la cordite, sa couleur bleu acier encore luisante, d'autres éprouvaient de la gêne en pensant à leur arme de toujours, compagne de route qui les avait maintenus en vie jusque-là, laissée au pays. Il était temps de procéder à quelques gestes rituels, remplir les barillets, enclencher les chargeurs, viser, sortir et rentrer l'arme dans la ceinture, dans un holster, sur le ventre, dans le dos, sous l'aisselle, etc. Puis Matt les dirigea vers le bord de l'Avre pour qu'ils passent au test définitif : balles d'échauffement, tir à volonté, défouraillage à gogo. Nicholas Bongusto tira le premier sur des cibles imaginaires en direction de l'autre rive, puis avisa, à quelques mètres en amont, une cabane de pêcheur prolongée d'une jetée sur pilotis, et y dirigea son tir. Bientôt, les dix hommes, en ligne, pointèrent leur arme sur le petit édifice et vidèrent chacun plusieurs chargeurs. Après cinq bonnes minutes de feu nourri, la tôle du toit avait glissé dans l'eau, et les parois de bois, criblées de part en part, s'affaissèrent. Le jeu consistait maintenant à s'acharner sur les pilotis pour voir s'effondrer toute la baraque dans la rivière, ce qui ne manqua pas d'arriver. Les armes étaient dans un état de marche impeccable et chaque membre de l'équipe venait de dépuceler la sienne avec un certain bonheur.

Matt leur distribua de l'argent de poche et des téléphones portables puis s'entretint quelques minutes avec l'interprète, tantôt copilote, tantôt éclaireur, qui proposa de remonter l'Avre à pied pour entrer dans la ville. Après ses dernières recommandations à la troupe, Matt ouvrit la marche sur Cholong.

À mesure qu'ils approchaient, des sons étranges et pourtant caractéristiques leur parvenaient, un brouhaha connu, de la musique de foire, des cris stridents : le bruit universel de la fête. L'escouade de la mort imagina les hypothèses les plus absurdes.

— Un comité d'accueil ? hasarda Julio pour tenter de détendre l'atmosphère.

— Moi, ça m'étonnerait pas, dit Nick, j'ai vu des reportages en noir et blanc là-dessus. En Normandie, dès qu'on voit arriver une troupe d'Américains, on sort la fanfare, les filles et les pétards à mèche, c'est une tradition.

Matt leur fit signe de s'arrêter au moment de passer le pont qui marquait l'entrée dans Cholong.

— Qu'est-ce que c'est que cette connerie ? demanda-t-il à l'éclaireur.

Celui-ci s'approcha d'une affichette placardée sur un arbre, qui lui fournit illico la réponse. Autant que faire se peut, il leur expliqua ce qu'était la fête de la Saint-Jean.

— La chance est peut-être avec nous, dit Matt.

*

— Demandez-moi ce que vous voulez, mais séparez-moi de ce monstre, Quint. Ce qui est arrivé jeudi se reproduira, il trouvera d'autres Carteix, que vous soyez vigilant ou pas. Il mettra la ville à feu et à sang, il rackettera les commerces, il montera un tripot clandestin, il terrorisera le conseil municipal à coups de batte de base-ball. Giovanni est né avec la destruction dans l'âme, et quand il mourra, sa dernière pensée sera une horreur, ou bien il se repentira, il se repentira de n'avoir pas assez détruit.

Assis sous la fenêtre de la cuisine du pavillon des fédéraux, Fred pleurait. Son intuition avait été bonne : Maggie était passée à l'ennemi. Il dut fournir un effort surhumain pour retourner contre lui-même le geyser de rage qu'il sentait monter dans sa gorge. Sa vie, livrée aux chiens, et par sa compagne de toujours. Il se retint de cogner son front contre la pierre de peur de faire vibrer les murs et dévoiler sa présence. Quint était devenu l'homme fort de la famille Manzoni, peut-être son sauveur.

— Belle et Warren sont condamnés tant qu'ils côtoieront ce fils de pute, reprit-elle. C'est sa peau que veut Don Mimino, pas la nôtre.

Fred se mordit la main et ne desserra les mâchoires que quand ses incisives eurent entaillé l'épiderme, mais la douleur ne fut pas assez forte pour détourner celle que lui infligeait Maggie. Quintiliani allait se faire une joie de le séparer des siens, par sadisme, jusqu'à ce que Fred perde de sa superbe, qu'il soit prêt à toutes les bassesses pour entendre leur voix au téléphone. Le roi des G-men, lui-même éloigné de ses enfants depuis si longtemps, n'en demandait pas tant ; Maggie venait de lui servir la plus douce des vengeances. Fred chercha comment faire cesser ce déchirement et fut tenté à nouveau de s'étourdir d'un coup de tête contre le sol. Lui qui se croyait si résistant appelait maintenant la délivrance. Qui sur terre était capable d'encaisser une telle douleur ? Fred était sans doute le seul homme au monde à ne pas connaître la réponse : les victimes.

*

La ville à l'envers : de quoi passer inaperçu. Dans la confusion générale, personne ne ferait attention à eux. Matt envoya deux équipes de deux hommes patrouiller en ville et proposa aux cinq derniers de se fondre dans la fête foraine à la recherche de renseignements sur les Blake. D'abord méfiants, ces derniers se sentirent projetés au cœur d'une action à laquelle ils ne s'attendaient pas. La plupart s'en amusèrent.

Le gardien du lycée Jules-Vallès ayant déserté son poste pour se rendre à la kermesse avec sa famille, Joey Wine et Nick Bongusto investirent l'établissement sans difficulté. Ils n'eurent qu'à poser le pied sur le boîtier de la serrure électronique et enjamber le portail, puis ils s'arrêtèrent devant des panneaux indicateurs qu'ils tentèrent de déchiffrer. Joey suivit la direction qu'indiquaient les flèches Accueil, Administration et Salle de réunion, invitant ainsi son collègue à se diriger vers Demi-pension, Médecine scolaire et Gymnase.

Le premier fracassa un carreau et accéda à un couloir qui le mena jusqu'aux locaux administratifs. Prêt à jouer les terreurs pour obtenir l'adresse du petit Warren Blake, Joey fut déçu de se retrouver seul dans le silence de ce long bâtiment en crépi gris. Au lieu de casser un ou deux bras, il allait devoir ouvrir lui-même des armoires métalliques remplies de dossiers et fouiller au petit bonheur. Lassé dès le premier tiroir, il renversa tous les autres puis jeta les armoires au sol. Sur quoi, il entra dans le bureau du directeur et s'assit dans son fauteuil afin d'inspecter d'autres tiroirs, dont un, fermé à clé, qu'il força avec un coupe-papier — il y trouva quelques billets qu'il mit machinalement dans sa poche. Il poursuivit son chemin jusqu'à une salle de classe, où il ne put s'empêcher d'entrer.

Joey était-il jamais allé à l'école ? À la réflexion, peut-être avait-il raté de bons moments, sur les bancs de l'école publique de Cherry Hill, New Jersey, qu'il contournait chaque matin pour aller rejoindre sa bande sur Ranoldo Terrace. Jamais il n'avait vu un tableau noir de si près, l'odeur de la craie ne lui évoqua rien. Il en fit crisser une sur l'ardoise, un bruit inconnu, qui déclencha une réaction épidermique. C'était donc ce bâtonnet blanc qui faisait toute la différence ? Ce bâtonnet blanc qui concentrait tout le savoir du monde ? Capable de toutes les démonstrations, de prouver que Dieu existe ou pas, que les parallèles se rejoignent à l'infini, que les poètes ont raison ? Ne sachant quoi laisser, un mot, un chiffre, un dessin, il hésita un moment et écrivit en grosses lettres JOEY WAS HERE, comme il l'avait souvent fait dans les toilettes de bars.

Après avoir traversé la cour, Bongusto pénétra dans le gymnase et hurla quelques injures qui se prolongèrent en écho. Tout en roulant sa cigarette, il fit le tour des installations, s'accrocha à des espaliers, à une corde à nœuds haute de cinq mètres, inspecta les étagères remplies de maillots, puis saisit un ballon de basket et l'observa sous toutes les coutures : aucun objet au monde ne ressemblait autant à un globe terrestre. Le plus incroyable était que Nick n'en avait jamais tenu entre ses mains.

Des matchs, il en avait vu, tant et tant, et à tout âge. Il avait attendu les jeunes joueurs à la sortie des *playgrounds*, leur avait proposé tout un tas de produits en tubes et en sachets, mais jamais il ne s'était mêlé à eux pour tenter un dribble. Plus tard, dans les stades, il avait organisé des paris et vu les stars jouer, il en avait même approché certaines, pour les corrompre ou leur flanquer une trouille noire, ça dépendait des ordres. Les règles, les joueurs, il connaissait mieux que personne, et sur le terrain, question silhouette, il aurait pu donner le change, avec son mètre quatre-vingts, ses mains larges comme des battoirs, ses cheveux rasés, et pourtant il n'avait jamais senti sous ses doigts le caoutchouc rugueux du ballon rouge. Il le garda en main, rejoignit le terrain de basket dans la cour, se plaça dans la raquette et inhala profondément la dernière bouffée de son mégot. Il se trouvait devant un choix délicat : marquer le tout premier panier de sa vie, ou lâcher le ballon et rester le seul Américain à n'en avoir jamais marqué un seul. Par la fenêtre, Joey, craie en main, le regarda prendre des poses de joueur et siffla pour l'encourager.

De leur côté, Paul Gizzi et Julio Guzman, à force de patrouiller dans des rues vides et de passer devant des commerces fermés, se perdirent dans une ville fantôme. Des rues comme ils n'en avaient jamais vu, étroites et légèrement en pente, bordées de chiendent et de lierre, parfois de branches de pommiers qui dépassaient des murs, des rues odorantes

et ombragées qui portaient toutes des noms insoup-
çonnables. Ils s'arrêtèrent devant la seule boutique
dont ils comprirent l'enseigne. SOUVENIRS.

À quarante ans, Gizzi avait gardé sa tête de sale
gosse, des cheveux châtain très clair, raides et
courts, plantés d'un épi au milieu du front, des yeux
noisette, une fossette au menton. Il sortit de la
poche intérieure d'un blouson vert émeraude un
petit appareil photo qui ne le quittait jamais, fit le
point sur un bibelot, une sorte de puits en céra-
mique blanche, et le prit sous différents angles.

— Qu'est-ce que tu fous ? demanda Guzman.

— Ça se voit pas ? Je veux garder un souvenir
du souvenir. Je connais quelqu'un que ça va amuser.

Guzman, petit tassé au regard de dogue, impatient de naissance, saisit la crosse de son arme, en
martela la vitrine et la fracassa en moins d'une
dizaine de coups.

— Vas-y, prends.

— ... Guzman, t'es un malade.

— C'est moi, le malade ?

Paul avait pris la photo pour sa sœur, Alma, de
quinze ans son aînée, restée vieille fille à cause
d'un promis qui avait quitté la ville en apprenant
que les Gizzi entretenaient des liens très étroits
avec la famille qui régnait sur Staten Island. Un peu
à contrecœur, il saisit le bibelot au milieu des bri-
sures de verre et souffla dessus pour le dépoussié-
rer. Il devinait déjà le sourire d'Alma.

Sur la place de la Libération, Franck Rosello, taciturne comme à son habitude, se promenait au milieu des stands, peu coutumier de tant d'agitation. Il s'arrêta un moment devant un présentoir garni de poteries et de sculptures en pâte à sel qui représentaient des scènes religieuses ou bucoliques. Puis, à force de voir des gosses s'empiffrer de choses sucrées, il eut envie d'une de ces pommes rouges ruisselant de caramel. Sans oublier l'éventualité de voir surgir son ex-patron, Manzoni en personne, il s'assura qu'aucun de ses collègues ne le voyait s'approcher de la camionnette du confiseur. Ami d'enfance de Matt, adopté par la famille de Don Mimino et élevé comme un Gallone, Franco avait exercé ses talents de *sharp shooter* dans l'équipe de Giovanni. Spécialisé dans la suppression de témoins, il avait évité quelques procès qui avaient mis en cause de hauts dignitaires de LCN ; la confrérie lui en était redevable et le bichonnait comme un champion. Franck se faisait payer des ponts d'or pour chaque contrat, n'avait jamais connu un seul jour de détention, et son casier restait vierge malgré ces vingt années de loyaux services. Il comptait à son tableau de chasse divers repentis célèbres, dont Cesare Tortaglia et Pippo l'Abbruzzese, et n'avait échoué qu'une seule fois, en la personne de Giovanni Manzoni. Si les circonstances s'y prêtaient et que Matt envisageait un tir à très longue distance, Franck aurait droit à sa seconde chance. Une pomme d'amour plein la bouche, il s'arrêta devant le stand de tir qui lui rappela celui de la fête foraine d'Atlantic City, où il était né.

— Trois euros pour cinq balles réelles, dit le forain. Vous pouvez gagner de dix à quarante points à chaque tir, cinquante si vous mettez dans le rouge, et cent dans le mille. À quatre cents points, vous avez une peluche. Américain ?

Franck ne comprit que le dernier mot et posa un billet de cinq euros sur le comptoir puis saisit la carabine et la mit en joue. Sans chercher à ajuster son tir, il pressa la détente cinq fois de suite. Le forain lui tendit son carton et montra de l'index quatre impacts très excentrés, la cinquième balle s'étant perdue dans le décor. Dans la série suivante, Franck put rectifier la parallaxe que faussait une légère courbure du canon, et totalisa quatre cent cinquante points.

Avant d'admettre l'évidence, le forain marqua un temps d'hésitation. Quatre cent cinquante ? Dès la seconde série ? Personne n'avait réussi un tel score. Pas même lui, son propre matériel en main, n'en aurait été capable. Et pourtant, en exposant le carton à la lumière du jour, il comptait bien quatre impacts dans le mille et un dans le rouge. Franck allait quitter le stand sans son lot quand il vit, à ses genoux, une petite fille seule qui le fixait avec un incroyable aplomb. Saisi par le regard de la gamine, Franck lut dans ses grands yeux immobiles un message d'indignation qui ne laissait aucun doute. Il souleva la petite, face aux peluches accrochées en pagaille au-dessus du stand. Sans hésiter, elle désigna la plus grosse de toutes, un gorille de cinq fois sa taille.

— Celle-là, c'est huit cents points, dit le forain, exaspéré.

Franck aligna quelques pièces et totalisa cinq cents points en cinq balles ; les impacts mêlés évoquaient, dans le mille, les pétales d'une même fleur. À nouveau, le forain sortit le carton de son logement, étudia les tirs sans y croire et ne vit que trois impacts — où étaient passés les deux autres ? L'Américain avait un pot de cocu, mais ça ne suffisait pas à décrocher une peluche de démonstration, ce serait bien la première fois. Franck lui montra comment deux balles s'étaient superposées sur les précédentes, un peu de concentration et de bonne foi suffisait pour les voir, la cible en témoignait, à quoi bon se mettre dans des états pareils ? Des badauds s'arrêtèrent et Franck ne comprit pas pourquoi le ton avait monté si vite. Sa mission et son souci de discrétion le rappelèrent à l'ordre, mais il était désormais trop tard pour priver la petite de son trophée. Il s'assura qu'elle ne pouvait assister à ce qui allait suivre, attrapa discrètement le bras du forain, lui fit une clé dans le dos tout en le sommant de souffrir en silence, et fit pénétrer le canon d'une carabine dans sa bouche. L'homme leva le bras, tétanisé, le signe universel de la reddition. Un instant plus tard, la gosse attrapait son singe à bras-le-corps et consentait enfin à sourire. Avant de la laisser partir, Franck ne put s'empêcher de passer les doigts dans ses cheveux longs, si fins et pailletés d'or. Quelque chose lui dit qu'elle ne l'oublierait jamais.

Rosello n'était plus le seul à exercer ses talents au hasard des attractions ; Hector Sosa, dit Chi-Chi, le plus vieux des deux Portoricains, s'arrêta devant un punching-ball sur lequel s'acharnait une bande de jeunes. Hector avait été capable d'assommer des types trois fois plus corpulents que lui, il s'était même fait une spécialité de foncer tête baissée vers les plus gros et les plus forts, un courage qui frôlait l'inconscience. Il s'était rendu célèbre dix ans plus tôt, lors d'un championnat du monde de boxe mi-lourd à Santa Fe : employé comme garde du corps du tenant du titre, Chi-Chi s'était retourné contre lui pendant une algarade et l'avait mis hors d'état de combattre. Durant les deux mois de détention qu'il avait fait derrière les barreaux de San Quentin, les prisonniers les plus aguerris et les plus cruels lui avaient montré un respect sans égal. Aujourd'hui, en détraquant l'appareil au premier coup de poing, il devenait le héros des adolescents de Cholong.

À quelques mètres de là, le frère aîné de Joey, Jerry Wine, l'as du volant, celui que toutes les équipes voulaient pour convoyer les hommes lors des gros coups, ne put s'empêcher de faire un tour d'auto tamponneuse et s'en donna à cœur joie. Le jeu consistait à en percuter le plus grand nombre possible, bing, bang, à tout fracasser sur son passage, à foncer tête baissée dans les embouteillages sans épargner personne. Quoi de plus amusant pour un type capable de trouver le chemin de la fuite au milieu de dix voitures de police, ou de conduire à soixante à l'heure dans un parking sans frôler le moindre pylône. Il avisa une bande de turbulents agacés par sa conduite et se mit en tête de les provoquer avec sa petite voiture rouge.

De son côté, Guy Barber, de son vrai nom Guido Barbagallo, vissé au stand de loterie, cherchait à rendre fou le bonimenteur en lui imposant diverses martingales éprouvées dans les casinos de Vegas. Il s'en fallait d'un rien pour que le démon du jeu ne vienne lui faire perdre notion du temps et principe de réalité. Guy savait inventer de nouveaux jeux d'argent et proposait à chaque instant de miser sur à peu près tout : les numéros de série des billets de banque, les plaques d'immatriculation, les panneaux d'affichage. Le plus étonnant était qu'il finissait toujours par trouver une logique dans les séquences de chiffres les plus irrationnelles. À ce degré d'acharnement, plus personne ne cherchait à savoir si son don servait son vice ou l'inverse.

Le seul, hormis Matt, à rester concentré sur l'objet de la mission était Gregorio Sanfelice. Spécialisé dans l'arme lourde, Greg avait été choisi par Don Mimino en personne pour sa fiabilité absolue. Greg, c'était l'anti-Manzoni, le contraire même du repenti, l'homme qui avait préféré en prendre pour cinq ans ferme quand le FBI lui promettait la liberté contre trois ou quatre noms, et ce dans la plus grande discrétion, sans procès, aucun membre de LCN n'aurait soupçonné un mouchardage. En attendant les ordres, accoudé à une table de la buvette, il terminait une barquette de frites et une bière. Coiffé d'une casquette, habillé entièrement en jeans, il regardait le public aller et venir dans les stands alentour sans cesser de penser à l'homme nouveau qu'il allait devenir grâce à ses deux millions de dollars. À cinquante ans, Greg estimait pouvoir se ranger des voitures et revenir vers la femme de sa vie, mère de ses enfants, en lui jurant de ne plus jamais prendre le risque de se faire descendre ou même de retourner en prison. Il allait pouvoir rattraper le temps perdu, leur offrir une maison vers Mountain Bear, au milieu des arbres, et il passerait le reste de ses jours à les rassurer, à veiller sur eux, ils n'auraient plus rien à craindre. Une fois Manzoni rectifié, il reprendrait l'avion avec ses collègues et empocherait son dû dès l'atterrissage à JFK, et là, il tirerait sa révérence, leur serrerait une dernière fois la main, et prendrait un taxi pour filer vers le Zeke's, à l'angle de la Cinquante-deuxième et de la Onzième, un bar où Michelle était serveuse, et il lui demanderait de donner sa démission sur-le-champ, et ils iraient chercher les enfants à l'école, et tout recommencerait pour eux, ailleurs. Tout en rêvant à son très proche avenir, il essuya une trace de moutarde collée à sa large moustache de pistolero, prit une der-

301

nière goulée de bière. Il se levait de table quand, tout à coup, il se retrouva nez à nez avec un spectre.

Sans manifester sa surprise, Greg baissa la visière de sa casquette et laissa quelques pièces sur le comptoir avant de rejoindre un stand de machines à sous. En glissant une pièce dans un flipper, il garda les yeux rivés sur le spectre, qui portait une chemise hawaïenne ouverte sur un tee-shirt blanc et se promenait dans la fête foraine, les mains dans les poches. Greg n'eut pas un grand effort de mémoire à fournir, il s'agissait bien là de ce fils de pute d'agent fédéral qui avait bien failli le mettre à l'ombre pour vingt ans. Le salopard, qui portait un nom comme Di Morro ou Di Cicco, avait réussi, dix ans plus tôt, à infiltrer une équipe de braqueurs qui préparait le casse d'une banque de Seattle. Une incroyable performance d'acteur, du jamais-vu pour un agent *undercover*, ce pourri avait réussi, à force de boire des coups et de traîner en compagnie d'hôtesses complaisantes, à gagner la confiance de Greg ; un début d'amitié était né. Sur cette affaire, Di Cicco avait été bien meilleur acteur que flic ; s'il n'avait commis aucune erreur en se faisant passer pour un truand auprès de vrais truands, il avait fait capoter le flagrant délit par manque de coordination avec ses collègues, et Greg s'en était sorti in extremis. Aujourd'hui, la présence de Di Cicco dans ce trou perdu attestait celle des Manzoni. Sans quitter des yeux l'agent du FBI, flanqué d'un autre pourri dans son genre, Greg fit signe à Franck Rosello de prévenir Matt, lequel fut secoué d'une poussée d'adrénaline à l'annonce de la nouvelle. Et le ballet autour de Di Cicco et Caputo s'organisa sans qu'ils puissent s'apercevoir de quoi que ce soit.

Pendant que Jerry conduisait le minibus vers le centre-ville, Greg et Chi-Chi attendaient le moment précis où les deux G-men quitteraient la place de la Libération. Soucieux d'éviter les risques, Matt préférait les neutraliser séance tenante pour les travailler au corps. Caputo, qui emboîtait le pas à son acolyte, eut un pressentiment alors qu'il tournait le coin de la rue du Pont-Fort, lui-même n'aurait su dire quelle sorte de message avait réveillé sa vigilance étourdie par les flon-flons, la bière et le soleil. Dans ces cas-là, il s'en remettait à son instinct de survie qu'il sollicitait bien plus que ses contemporains, un instinct aiguisé par l'éternelle peur de mourir et, qui plus est, de mourir bêtement, d'une faute d'inattention. Mourir au feu, pourquoi pas, mais mourir dans une embuscade était une mort de rat, pas une mort d'aigle. Message ou pas, il était trop tard pour pré-venir Richard ou porter la main à son arme : ils se retrouvèrent chacun avec un calibre dans la nuque, les bras en l'air. Greg, en tenant Di Cicco en joue, assouvissait une vengeance personnelle inespérée. Chi-Chi fouilla Caputo, le débarrassa de son arme et l'exhorta à se taire d'un coup de crosse dans la nuque. Matt, Guy et Franck les rejoignirent au coin de l'allée des Madriers, et le minibus fila en silence dans les rues vides de Cholong, avec à son bord six membres de la Cosa Nostra et deux agents fédéraux qui ne voyaient aucun mystère quant à l'objet de leur visite. Matt arma le percuteur de son revolver :

— Lequel de vous deux est prêt à mourir pour Giovanni Manzoni ?

*

Cinq minutes plus tard, Jerry garait le minibus à l'angle de la rue des Favorites, avec le pavillon Blake à cinquante mètres en ligne de mire.

Frapper fort et sans sommation. Ne rater aucune chance de détruire Manzoni d'entrée, profiter au maximum de l'effet de surprise, limiter la stratégie au profit de l'impact. Sanfelice sortit du coffre l'étui en bois du Viper AT-4, et prépara le viseur puis le chargeur du lance-roquette.

— Puissance de pénétration 30,48 centimètres, vitesse de 300 mètres/seconde, légèreté, maniabilité, fiabilité, nos GI l'adorent, dit-il, avant de le poser sur son épaule. Reculez-vous, derrière, si vous ne voulez pas ressembler à une pizza pour le restant de votre vie.

À ses côtés, Matt Gallone, Franck Rosello, Guy Barber et Jerry Wine le regardaient faire. Hector Sosa, dans le minibus, gardait un œil sur les G-men qui n'avaient pas même cherché à résister. Matt avait raison : tout fédéraux qu'ils étaient, ni Caputo ni Di Cicco n'avaient envie de mourir pour un Manzoni. Tôt ou tard, les hommes de Don Mimino auraient trouvé la rue des Favorites, et rien n'aurait pu empêcher ce qui allait suivre. Y laisser sa peau pour retarder la manœuvre aurait été une faute professionnelle. Durant leur formation, on leur avait appris à ne pas mourir inutilement.

Hector ne put s'empêcher de les quitter des yeux pour assister au spectacle. La roquette s'envola, rectiligne, traversa mollement le mur de façade pour exploser à l'intérieur du pavillon, dont les murs furent projetés vers l'extérieur, ouvrant le bâtiment en corolle, avant de laisser le toit et le premier étage s'écrouler, d'un bloc, au sol. Des gerbes de briques s'envolèrent pour retomber dans un rayon de cent mètres autour du point d'impact. Un nuage de poussière épais comme un mauvais brouillard resta en suspension de longues secondes avant de se dissoudre et de laisser passer à nouveau la lumière du jour dans la rue des Favorites.

— Ne vous approchez pas tout de suite, la température est montée à deux mille degrés dans la baraque.

Greg connaissait le Viper AT-4 pour l'avoir utilisé lors d'une attaque de convoi de fonds qui avait fait fondre la carlingue du transporteur comme dans un dessin animé. Pour ce seul coup tiré avec une précision diabolique, il s'était entraîné des jours durant dans un cimetière de bus en plein désert du Nevada. Considérant sa prestation terminée, il rangea l'arme dans son étui et n'attendit plus qu'une confirmation, celle d'avoir fait tomber Giovanni Manzoni.

Une seconde avant la déflagration, prostré à terre, les yeux secs d'avoir trop pleuré, Fred avait pris la terrible décision de quitter Cholong sur-le-champ et de rompre son plan Witsec, de ne plus demander la protection du gouvernement américain. Après le désaveu de Maggie, il ne lui restait plus qu'à fuir, laisser sa famille libre de vivre au grand jour, sans cette terrible sensation d'un troisième œil qui l'épiait en permanence. En faisant cavalier seul, il ne mettrait plus les siens en danger, il leur rendrait leur vie. Il lui suffisait de passer chez lui réunir quelques affaires avant de s'évaporer dans la nature. Mais l'explosion fut si soudaine, si intense, qu'elle le figea sur place et le coupa dans son élan. Comme en apesanteur, il longea le QG de Quint pour jeter un œil vers la rue et constater qu'à l'endroit même où il avait passé ces derniers mois il ne restait plus qu'une béance poussiéreuse, un trou comblé par des décombres. Tout à coup, il perçut un cri étranglé dont il comprit le sens et se précipita dans le pavillon des fédéraux, où il vit Maggie, hystérique, essayant de se dégager de l'étreinte de Quintiliani qui la maintenait plaquée au sol, une main sur la bouche. Fred se jeta à terre pour l'aider à neutraliser sa femme et l'empêcher de hurler à la mort. Quint put dégager sa main droite pour étourdir Maggie d'un coup derrière la nuque et posa délicatement sa tête sur un coin de tapis. Il quitta un instant la pièce et revint muni d'une trousse de premiers secours, d'où il sortit une boîte métallique qui contenait une seringue. Le temps de faire face, il fallait mettre Maggie à l'abri d'elle-même.

— Elle va dormir au moins six heures.

En rampant quelques mètres, ils s'approchèrent de la fenêtre et se hissèrent juste assez pour apercevoir, en diagonale, un minibus entouré d'une poignée d'hommes armés qui s'approchaient des décombres.

— Hormis Matt Gallone et Franck Rosello, je ne connais pas les autres, murmura Fred.

— Le petit brun, c'est Jerry Wine, et celui qui range le RPG, c'est Greg Sanfelice.

Quint se demanda comment ces pourris avaient pu remonter jusqu'aux Manzoni. Six ans d'efforts venaient d'être anéantis sous ses yeux. Il refusa d'imaginer qu'à Washington ou à Quantico quelqu'un avait parlé et repoussa la question à plus tard. Combien étaient-ils ? Cinq ? Dix ? Vingt ? Plus encore ? Quel que soit leur nombre, il savait qu'il s'agissait là de l'élite, et que les hommes de Don Mimino obéiraient aveuglément aux ordres. Si, à New York, on avait établi que le rat Manzoni vivait dans une petite ville de Normandie, France, on allait commencer par raser la petite ville de Normandie, France, et ensuite on aviserait. Thomas Quintiliani avait beau haïr les mafieux, il respectait les hommes qui se donnaient les moyens de leur détermination. Don Mimino suivait sa propre logique, rien à redire à ça.

Le nuage de poussière dissipé, Matt se précipita vers les décombres, un Smith Wesson à la main. Greg était formel : tout ce que contenait la maison avait été réduit en miettes, et si quoi que ce soit de vivant était présent au moment de la déflagration, le quoi que ce soit était mort pour de bon et déjà enterré, de quoi se plaignait-on ? Mais Matt restait bien déterminé à respecter les consignes de son grand-père et à ne quitter les lieux qu'après avoir craché sur le corps de son ennemi. Mis à part les problèmes de douane, Don Mimino n'aurait pas été contre un petit souvenir, le cœur de Manzoni dans un flacon de formol par exemple, histoire de l'exhiber devant ceux qui s'aviseraient de suivre son exemple, puis d'en faire un élément de décoration sur une étagère de sa cellule. Matt exhorta ses hommes à venir déblayer pour en avoir le cœur net. Jerry sortit pelles et pioches du coffre.

Quintiliani, toujours accroupi au sol, tentait de prévenir son équipe par téléphone, mais ni Di Cicco ni Caputo ne répondaient, il en tira les conclusions qui s'imposaient. Fred restait hypnotisé par le spectacle de ces hommes qu'il avait connus, aimés comme des frères, et qui aujourd'hui fouillaient les décombres de sa maison, espérant en sortir son cadavre.

— Je vais essayer d'obtenir du renfort mais, à

partir de maintenant, nous ne pouvons plus compter que sur nous, dit Quint avec un sang-froid étonnant.

Une pioche en main, penché sur un amas de pierres qui, dix minutes plus tôt, avait été une cuisine, Jerry entendit des gémissements d'outre-tombe et alerta Matt.

— On dirait un gosse qui chiale.

Du fond du gouffre, une voix n'avait plus la force de hurler mais refusait de s'éteindre. Greg, qui avait provoqué toutes sortes de cris dans sa carrière, n'avait jamais entendu de plainte si déchirante. Guy voulut la faire cesser avant même d'en connaître l'origine. Ils déblayèrent quelques pans de murs réduits en miettes, arrachèrent un évier en métal, soulevèrent des appareils ménagers et piochèrent dans les lattes du parquet. Ils dégageaient des rangées de parpaings quand, brusquuement, le sol s'affaissa d'un étage : ils furent ensevelis jusqu'à la taille. Jerry les aida à sortir de l'ornière, l'insupportable râlc quant à lui ne cessait pas, au contraire, on aurait dit que la créature reprenait espoir et devinait une présence venue la secourir.

Malavita, à couvert dans sa tanière, avait survécu à l'explosion. Une forme de vie qui jadis ressemblait à un chien jaillit des entrailles de la terre. Anéantie, les flancs en sang, portée par sa seule force de survie, elle retrouvait enfin l'air libre. Le corps brisé, taillardé de part en part, le poil ruisselant de sang, elle cessa tout à coup de geindre en

309

apercevant ces hommes immobiles, les identifia comme ses bourreaux, et les implora du regard.

Matt reprocha à Sanfelice sa belle assurance : un « quoi que ce soit de vivant » avait réchappé au cataclysme. Et pourquoi pas Manzoni en personne, cette indestructible charogne qui les narguait depuis des années ? Furieux, il s'en prit à la chienne, tous ces efforts pour ce putain de clebs ! Il saisit une barre de fer et la frappa avec une telle rage que ses hommes durent intervenir. Confrontée à tant de barbarie, Malavita regrettait d'avoir été épargnée par le tremblement de terre.

Quint détourna le regard, dégoûté, se dirigea vers la malle en métal et en ouvrit le cadenas.

— Servez-vous, Manzoni, dit-il en remplissant le barillet d'un revolver.

Mais Fred n'en avait pas la force. Agenouillé devant la fenêtre, il se laissa tomber à terre et éclata en sanglots.

Maggie avait réagi dans l'instant, un cri d'effroi, ses enfants, sa chair, le monde qui s'effondre. Fred en passait par là maintenant.

Tom se sentait responsable de cette tragédie pour avoir consigné les Blake dans leur quartier jusqu'à nouvel ordre. Lui qui savait trouver les mots en toutes circonstances restait muet devant la détresse d'un homme qui imaginait ses enfants enterrés sous des décombres.

Fred, en effet, refusait l'inacceptable : il venait

de perdre à tout jamais le manuscrit de ses Mémoires.

*

Les poches pleines de son barda, Warren attendait, seul sur le quai, l'express pour Paris. Le plus dur était fait. Désormais il était dans l'action, et ce train ne s'arrêterait plus avant qu'il ait retrouvé sa place d'héritier.

La première étape, pour bâtir une nouvelle mafia américaine, consisterait à recréer une commission à la manière de Luciano, organisée sur le modèle de l'ONU, qui veillerait sur la défense de la territorialité ; quiconque ne respecterait plus le pacte de non-ingérence se verrait pris en main par des soldats indépendants, les casques bleus de la mafia, qui prendraient leurs ordres de cette seule commission. Ensuite, il imposerait dans chaque famille un système de droit filial où les femmes auraient un rôle bien plus important à jouer. Plus la structure familiale serait forte, plus on profiterait de la mixité, moins on verrait de repentis — il est plus difficile de livrer sa mère et sa sœur aux autorités. Féminiser l'organisation avait encore bien des vertus et renforçait le sens commun. Le modèle méditerranéen, rétrograde, sclérosant, avait connu ses limites. Trouver une véritable parité et donner aux femmes le pouvoir qui leur revenait, c'était quitter une bonne fois pour toutes le Moyen Âge. L'étape sui-

311

vante, sans doute la plus délicate, consisterait à s'orienter vers une mafia « œcuménique », le mot revenait souvent dans ses pensées. Grâce à la diplomatie, il réussirait peut-être là où toute autre tentative d'unification avait échoué ; races et religions seraient acceptées sans distinction et intégrées selon des quotas très stricts. La guerre contre les Chinois ou les Portoricains avait décimé en vain les rangs de LCN, ce temps-là ne devait plus jamais revenir. Hormis tous ces bouleversements, les bases de l'organisation resteraient les mêmes : un chef pour trois lieutenants, chaque lieutenant ayant environ dix hommes sous ses ordres. Le nombre de chefs variait en fonction de la région, et l'ensemble des chefs formaient une famille, chaque famille avait son parrain, et l'ensemble des parrains formaient la coupole, que présidait le *capo di tutti capi*. Warren s'y voyait volontiers, simple question de temps.

Sur les voies réservées au fret, à une centaine de mètres, son regard fut attiré par deux silhouettes qui surgissaient entre deux wagons de céréales d'un interminable train qui semblait abandonné là. Des hommes, la quarantaine, habillés sport, manifestement égarés mais pressés de retrouver leur route, s'approchaient à grands pas. Warren décela quelque chose de familier dans leur allure, un ensemble de petits signes, la tête légèrement rentrée dans les épaules, une dégaine voûtée, une étonnante rapidité pourtant, une prestance inexplicable. Quand ils furent assez proches pour qu'il puisse identifier leurs traits, Warren, le cœur battant, reconnut ceux de sa race. L'un était italien, il en aurait mis sa main à couper, et l'autre ne pouvait être qu'un Irlandais de pure souche, un *fucking mick,* un *paddy,* un *harp,* un *black Irish.* Warren éprouva la même joie que celui qui croise ses semblables en terre étrangère, ce sentiment de fraternité instinctive, ce lien communautaire qui réunit par-delà les frontières ; ces deux-là étaient des *homeboys.* Il se revit, tout petit, jouant à terre, entre les pieds de ces grands types en costumes sombres qui lui donnaient une tape paternelle sur le crâne. Il les avait pris pour modèles, et aucun autre rêve ne serait plus fort que celui-là. Un jour, il serait l'un des leurs.

Mais le doute coupa court à tant d'enthousiasme : pourquoi ces fantômes du passé ressurgissaient-ils au moment précis où il projetait le film de son avenir ? Pourquoi le New Jersey était-il revenu jusqu'à lui et non l'inverse ? Warren baissa les yeux en réalisant tout à coup que ces types n'avaient pu s'égarer à Cholong-sur-Avre que pour une raison précise qui n'annonçait rien de bon pour les Manzoni.

Nick Bongusto et Joey Wine sortaient de l'école et la récréation était terminée : par téléphone, Matt venait de leur annoncer le fiasco au domicile des Manzoni et de leur donner l'ordre de gagner le minibus, garé en bordure de la place de la Libération. L'affaire s'annonçait plus compliquée que prévu, il allait falloir travailler pour de bon, mériter ses deux millions de dollars. Ils rejoignirent le quai direction Paris, et aperçurent enfin un individu à qui demander leur route, un jeune homme immobile dont le regard rasait le sol. Le jeune Blake avait eu le temps de faire remonter à sa mémoire l'atroce histoire de ce fils de repenti pris en otage par LCN pour empêcher son père de témoigner, lequel avait pourtant fini par parler. Quelques jours plus tard, le FBI avait retrouvé le peu qui restait du gosse au fond d'un bac d'acide. En voyant ces deux types avancer vers lui, Warren ressentit une brûlure au fond des tripes, celle d'une intolérable menace dont il avait entendu parler depuis l'enfance. Celle-là était la base de tout, l'émotion fondatrice, la pierre de touche de tout l'édifice mafieux : la terreur. Il sentit ses tempes prises dans un étau, sa cage thoracique se bloquer, sa nuque se raidir jusqu'à la douleur. Dans ses entrailles en feu, une lame glacée lui perforait le nombril, le vidait de ses forces et lui interdisait tout mouvement ; il ne put retenir un filet d'urine le long de sa jambe. Lui qui, un instant plus tôt, s'imaginait en chef suprême du crime organisé était maintenant prêt à supplier à genoux pour que son père déboule sur le quai et vienne le sauver.

— ... *Downtown* ? lui demanda Joey.

Crispé à l'idée de se trahir, Warren se demanda s'il s'agissait d'un piège. Joey cherchait-il réellement le centre-ville ou attendait-il une confirmation à son intuition ? En cas d'erreur, Warren se voyait déjà projeté sur la voie et réduit en bouillie par le premier train. Il hésita un moment puis répondit d'un signe du bras qui indiquait la bonne direction. Un haut-parleur annonça l'express qui entra en gare, quelques voyageurs en descendirent. Les fantômes avaient disparu.

La peur de la mort venait de marquer son empreinte en lui, plus rien ne serait comme avant. Il se trouva confronté au premier vrai choix de sa vie d'homme : conquérir le Nouveau Monde ou rester près des siens à l'heure de vérité. Le train quitta Cholong en laissant Warren à quai.

*

Sur la place de la Libération, au beau milieu d'une foule en liesse, Belle s'accordait un dernier moment d'errance. Elle enviait toutes ces familles qui faisaient valoir leur droit au bonheur. Si seulement elle avait eu la chance de naître chez des déshérités, meurtris par la vie, ou même des fous, hors de toute logique, ou encore des demeurés, privés de la plus petite réflexion sur ce monde. Le sort en avait décidé autrement, elle avait hérité pour père d'un homme capable de coincer les doigts d'un type dans une porte et de réussir à la fermer. Si brillant dans ce genre d'activités, ce même père avait grimpé dans sa hiérarchie au point de diriger tout un territoire, au même titre qu'un maire ou un député, en bien plus redouté encore puisqu'il s'octroyait le droit de vie et de mort sur quiconque se mettait en travers de sa route. Il avait choisi d'obéir aux lois d'un monde parallèle où la stupidité le disputait à l'inhumain. En outre, il avait dénoncé ce même monde parallèle et les avait condamnés, lui et sa descendance, à vivre traqués. À la fois exilée et bannie, Belle n'avait plus sa place sur terre.

Elle répondit à la gaieté ambiante par ses rires, puis se dirigea vers la grande roue dont les trente-six nacelles, pleines, allaient bientôt se vider pour laisser place à d'autres amateurs. Sans se soucier de la partie vraiment concrète de son geste (comment se glisser sous la barre de sûreté ? à quel moment grimper sur le rebord pour sauter du plus haut ? quel sera le point d'impact ?), elle se sentait gagnée par une étrange exaltation. Elle n'aurait droit qu'à un seul passage mais elle réussirait son suicide comme elle réussissait tout. Pour se venger de ce monde cynique, elle allait lui offrir une image suprême de romantisme. Elle s'approcha du guichet, prit son billet, et attendit que la roue s'arrête.

*

Furieux de n'avoir pas retrouvé le corps de Giovanni, Matt et son détachement rejoignirent, place de la Libération, les quatre derniers membres de l'équipe. Conseil de guerre. Pour instaurer rapidement un climat de terreur en milieu citadin et sur une population restreinte, Jerry préconisa la technique dite brésilienne, qui consistait à ouvrir le feu sur un bâtiment public, si possible un commissariat ou une mairie, et, comme ils l'avaient fait avec la cabane de pêcheur, d'en cribler les murs jusqu'à voir l'édifice s'effondrer de lui-même. Greg proposa même de tirer une seconde salve de Viper AT-4 pour gagner du temps. Franck et Hector préféraient éviter d'en arriver là, on pouvait encore procéder *mano a mano*, lancer un appel général à la bonne volonté au lieu de paniquer la foule. Cette satanée fête allait leur faciliter la tâche : on avait croisé le député, le maire, le capitaine de gendarmerie et ses six hommes en tenue, il suffisait maintenant de les neutraliser et de se servir d'eux. Pour le reste de la population, Franck suggéra de s'en tenir à la formule habituelle : deux tiers d'intimidation pour un tiers de corruption afin d'encourager la délation.

Durant cette phase de l'opération, les hommes purent s'exprimer vraiment et atteindre le sommet de leur art. Dans le restaurant Le Daufin, qui donnait sur la place, le maire de Cholong, le député de l'Eure et le capitaine de gendarmerie durent interrompre leur apéritif sur l'injonction de cinq revolvers. Ils crurent d'abord à une sorte de canular jusqu'à ce que Matt leur montre, à travers la devanture, à quoi se réduisaient désormais les forces de l'ordre : six gendarmes assez mal en point qui, sous le joug d'un fusil-mitrailleur MP5 9 mm, avaient déjà accepté leur statut d'otage. À la question « Où va-t-on les stocker ? » Jerry avança en ricanant une idée que Matt, contre toute attente, trouva lumineuse. Sans que nul ne puisse réagir à une situation aussi extravagante, les Cholongeois virent un étrange équipage traverser la fête foraine : les élus et les gendarmes, encadrés *manu militari* par une poignée de touristes débraillés. Comment imaginer que ces touristes-là étaient capables de vider des cités à coups de batte de base-ball, de prendre possession de quartiers entiers comme le ferait un bataillon de GI, ou encore de contrôler, pour des raisons de sécurité, les allées et venues autour de plusieurs buildings lors d'une réunion au sommet ? Matt demanda qu'on colle le canon d'un 38 Special sur la tempe du propriétaire de la grande roue afin de s'assurer sa coopération. On fit descendre les clients précédents, à peine remis de leurs émotions. Hector et Jerry, hilares, poussèrent chacun des otages dans une nacelle.

Son billet à la main, Belle et tous ceux qui attendaient leur tour se virent éjectés de la plate-forme. Comme son frère avant elle, elle reconnut immédiatement cette violence-là. Et comme son frère avant elle, elle se sentit cernée par les fantômes. Certains de ces types l'avaient traitée comme une princesse et l'avaient escortée partout où elle allait. À tout juste dix ans, leur aurait-elle demandé la lune qu'ils la lui auraient décrochée et le soleil avec. Aujourd'hui, ces mêmes hommes lui sabotaient son suicide ? L'enfer, voué à l'éternité ? Dieu était-il dans leur camp pour faire preuve de tant d'acharnement ?

318

Matt attendit que la roue tourne pour demander à son interprète d'intervenir, lequel se pencha vers le micro du haut-parleur. Sa voix retentit sur la place entière. Avis à la population : personne n'en voulait aux habitants de Cholong, tout se passerait bien tant qu'on ne ferait pas obstruction aux agissements de cette poignée d'Américains — ne sachant comment les appeler, le mot « délégation » lui vint à l'esprit. De plus, une somme de deux cent mille euros, en liquide, reviendrait à celui qui aiderait à la capture de l'écrivain américain Frederick Blake, mort ou vif. Durant l'annonce, Chi-Chi et Guy firent circuler le fameux article du *Times* sur le procès Manzoni, photocopié et distribué tel un tract. Pour finir, Matt demanda à l'interprète de patrouiller dans toute la ville pour diffuser le même message au volant de la camionnette du confiseur.

Quelques-uns pourtant voulurent s'interposer et demander des explications quant à cet « état de siège ». Matt proposa à Hector et Greg de montrer l'étendue de leur détermination ; munis de leur MP5 9 mm, ils invitèrent les visiteurs à s'éloigner au plus vite, à la suite de quoi ils vidèrent les chargeurs sur le stand des artistes locaux. On vit voler en éclats des vases et des pots en terre cuite, des sculptures en glaise, des abat-jour en verre. On vit des marines et des portraits perforés de part en part sous le regard impuissant des artistes. On vit le stand des associations, dont Maggie était responsable, réduit en poussière. La place se vida dans la

rage et les piétinements, les manèges et les flon-
flons se turent pour laisser s'élever des cris de
panique qui mirent de longues minutes à s'estom-
per. Bientôt, on n'entendit plus que le grincement
métallique des nacelles de la grande roue.

*

Jamais, même aux temps les plus cruels de la
guerre des gangs, Giovanni Manzoni n'avait subi
un tel préjudice.

Son œuvre assassinée avant que de naître, son
livre mort-né.

Toutes ces heures de travail, à soupeser chaque
virgule, à méditer chaque verbe avant de le choisir.
Il était même allé jusqu'à ouvrir un dictionnaire.
Tout cet amour, ce don total, le fruit de ses
entrailles, le miroir de son âme, le chant de son
cœur. Cet acharnement à traquer sa propre vérité,
sans rien cacher, ce cadeau qu'il destinait à ses lecteurs. Rien moins que sa vie entière. Réduite en
miettes en quelques secondes. Poussières et décombres.

Pire encore que de voir la mort en face, Fred
éprouva l'effrayante sensation de n'avoir jamais
existé.

Tout à l'heure, en écoutant sa femme le condamner, il avait cru toucher le fond. Il venait de comprendre que toute douleur est relative : celui qui
pense avoir tout perdu a encore tant à perdre. En

moins d'une heure, Fred avait fait le deuil de son avenir et, l'instant suivant, celui de son passé.

À mesure que ses forces l'abandonnaient, il se sentit gagné par d'étranges hallucinations.

Une cohorte de morts-vivants défilait maintenant dans la pièce, des hommes de tous âges, le crâne défoncé, le corps criblé d'impacts suintants, des noyés aux yeux exorbités, la grande farandole des victimes, directes et indirectes, de Giovanni Manzoni et de sa bande. Penchés vers Fred, prostré à terre, les spectres le gratifiaient d'une petite tape sur l'épaule, savourant le divin moment de leur vengeance. Ils avaient attendu tant d'années en silence, qui dans les limbes, qui sous la terre, prêts à ressurgir au pire moment. Ils étaient venus dire à Fred qu'en s'en prenant à des innocents, Gianni Manzoni avait bousculé un ordre universel qui demandait aujourd'hui à être rétabli. Si rien ne se crée, si tout se transforme, il en était de même pour la haine et l'injustice qui se changeaient en destin et en coups du sort. L'harmonie a horreur du vide.

Quintiliani, qui depuis toujours entretenait des rapports flous avec la loi du talion, n'avait pas le cœur à accabler Fred : *Ce que vous ressentez n'est rien en comparaison de ce que vous avez tant de fois fait subir à des inconnus qui n'obéissaient pas à votre tyrannie. Alors, qu'est-ce que ça fait, au fond du ventre, Don Manzoni ?*

— Dites-moi quelque chose, Fred. Un mot, juste un mot.

— Vendetta.

— Qu'est-ce que vous voulez dire ?

— On y va, Quint, vous et moi.

— ... ?

— On se les fait, tous les deux. Ils ne doivent pas être plus de dix.

— Vous êtes fou, Manzoni ?

— Ne comptez pas sur des renforts. Si nous ne les trouvons pas ce sont eux qui nous trouveront. Et d'ici là, ils vont en faire, des dégâts.

— ...

— Ne réfléchissez pas, c'est une occasion qui ne se reproduira plus. Pas de procès, pas de preuves à établir des années durant pour les faire tomber, et pas d'avocats pour faire tomber vos preuves. C'est le moment ou jamais de vous débarrasser de la fine fleur du crime organisé. Vous allez vous en donner à cœur joie, et au bout du compte vous prendrez du galon. Cas de force majeure, ça arrangera tout le monde.

— Ils sont nombreux, Fred, et très équipés.

— Vous avez passé vingt ans à étudier le fonctionnement de ces types, et moi à les former et à les diriger, qui les connaît mieux que nous ?

Quintiliani fit mine de réfléchir, de s'indigner, pour la forme, mais sa décision était prise depuis sa demande de renfort au téléphone : on lui avait clairement laissé entendre que les forces spéciales n'interviendraient pas tant que les otages tourneraient dans les airs avec un canon pointé sur la tempe. En

322

tant qu'officier du FBI, on l'avait même incité à opérer selon sa marge de manœuvre.

En toute impunité, le G-man allait pouvoir se comporter comme un de ces salauds de mafieux : comment rater pareille occasion ? Lui, Tomaso Quintiliani, allait saisir cette chance d'agir selon ses propres règles, d'être à la fois le jury et le bourreau, de presser sur la détente sans se poser la plus petite question éthique. Adolescent, comme tous les fils d'Italiens qui traînaient sur Mulberry, grande avait été sa tentation de faire partie d'un gang. Là étaient les héros, et pas ces types en bleu qui patrouillaient dans la rue, une matraque à la main. Et même si, devenu adulte, il avait fini par choisir son camp, jamais il n'oubliait la fascination que les affranchis avaient exercée sur lui. Aujourd'hui, le sort lui offrait une occasion unique de se débarrasser d'un démon qui réapparaissait parfois dans ses rêves les plus honteux.

De son côté, en reprenant du service, Fred allait assouvir un vieux fantasme : dégainer dans la bonne conscience, du côté de la loi, sous la bénédiction de l'Oncle Sam. Avec un peu de chance, on le décorerait peut-être. Tout vient à point à qui sait attendre.

*

Certains avaient fui pour demander de l'aide dans les bourgs environnants, d'autres s'étaient réunis en ville pour réagir à cet état de siège, mais la plupart des habitants étaient tout bonnement rentrés chez eux pour y allumer télés et radios, et téléphoner tous azimuts. Bien vite, quand il fut clairement établi que, malgré les structures et les moyens de communication, les Cholongeois n'avaient plus grand-chose à attendre des autorités, ils se sentirent, et sans doute pour la première fois, livrés à eux-mêmes.

Dans un café du quartier de la Chapelle, une trentaine d'individus tentaient de faire le point sur la situation et de trouver les moyens de réagir à la menace. Certains essayaient de comprendre, d'autres prônaient la réaction immédiate avant que la situation n'atteigne un point de non-retour.

Dans la salle des fêtes, une centaine d'autres écoutaient la traduction à haute voix de l'article du *Times* qui relatait le passé de Blake/Manzoni, et tous se sentaient trahis. Un mafieux ! Ils avaient accueilli des truands dans leur communauté, ouvert leur école à des graines de vermine. L'État français devait être complice, ainsi que la CIA et le FBI, Interpol, le Pentagone, l'ONU, et tous ceux-là avaient choisi Cholong-sur-Avre ! Pour couronner le tout, on avait gâché leur fête et mis leurs vies en danger à cause de cette famille maudite. Pendant que le sentiment d'indignation gagnait, une poignée d'hommes formèrent une milice pour débusquer ce salaud-là et le livrer au plus vite à ceux qui le réclamaient.

Quelques cas isolés préférèrent agir seuls, avec le secret espoir de décrocher une prime qui les mettrait à l'abri pour longtemps.

On assista çà et là à quelques dérapages individuels apparemment sans importance. Certains virent dans ce climat de révolution comme une faille temporelle et trouvèrent rapidement un moyen de profiter de la situation. L'urgence, la menace et le danger venaient de cristalliser les vieilles rancœurs ; c'était le moment ou jamais d'assouvir une vengeance personnelle.

Cette terrible sensation d'impuissance face à la violence d'un occupant réveilla les plus sombres souvenirs chez les anciens. Certains prononcèrent le mot « guerre ».

Une guerre que personne n'aurait pu prévoir, quand, dans la petite bourgade de Cholong-sur-Avre, la veille encore, on se faisait une certaine idée de la douceur de vivre. Une ville de sept mille habitants, semblable en tout point à la ville voisine, touchée au hasard de l'histoire mais jamais trop fort, évoluant à travers les âges mais jamais trop vite. Ni meilleurs ni pires que d'autres, ses habitants avaient à la fois l'esprit de clocher et le rêve d'un ailleurs. À en croire les statistiques, ils respectaient tous les quotas démographiques, les normes saisonnières, l'ensemble des moyennes nationales, et un sociologue, au risque de périr d'ennui, aurait pu utiliser Cholong comme base de données pour créer l'archétype même de la ville de province. Et tout aurait pu se dérouler ainsi jusqu'à la fin des temps si les Cholongeois ne s'étaient retrouvés mêlés à une guerre qu'ils n'avaient pas déclenchée.

Avoir vécu ce que je vais raconter ne m'aidera pas.

Mais si je ne l'avais pas vécu, je n'aurais pas su l'imaginer.

Il y a sûrement des choses qu'on ne peut pas inventer et d'autres qu'on ne peut pas décrire si on n'était pas présent. Si on n'a pas ressenti dans les tripes ce qui s'est passé. Quint est obligé de la boucler, à cause du secret professionnel. La version qu'il a fourguée à tout le monde, je suis bien le seul à savoir ce qu'elle a de vrai et de faux, d'arrangé. Hormis lui, il n'y a pas d'autre témoin que moi.

Ça a été plus fort que moi. Il a fallu que je me remette devant une page blanche et que je dise ce qui s'est réellement passé, même si personne ne lit jamais ces lignes. Avant de me prendre pour un fou, toi lecteur, laisse-moi te raconter comment Quint et moi, on a essayé de remettre de l'ordre dans cette ville.

D'abord, imagine-toi pactiser avec ton pire ennemi pour venir à bout de ton propre frère. Moi, Giovanni Manzoni, faire équipe avec l'homme que j'ai vu tant de fois crever dans mes rêves ? Quand j'y repense, bien après les événements, ça me lève encore le cœur. Je vais essayer de me débarrasser de toutes les insultes qui me viennent quand je dois mentionner ce putain de flic (la tentation est grande mais il faut éviter les répétitions). Je vais juste l'appeler par son nom, Tom Quint, Tomaso Quintiliani dans sa version originale. Un jour on me donnera l'ordre de changer tous les noms de cette histoire, mais d'ici là...

Si encore ce type avait été un produit de mon imagination. Un personnage de fiction. Je lui aurais fait faire et dire tout ce que je voulais. Ça m'aurait vengé de ce qu'il m'a fait subir depuis le temps. Mais Tom est bien réel. On ne peut pas prévoir ses réactions, on ne peut pas savoir ce qui le fait avancer. Tom est un jus-

ticier. Vous imaginez ? Pas le brave
flic qui participe à la vie de quartier, humain, faillible (je le sais,
j'en ai fait tomber plus d'un). Lui
est d'une autre race. Ça paraît dingue
mais de nos jours on trouve encore
des redresseurs de torts. Tom est le
pire des flics, parce qu'il est le
meilleur. Quatre ans, il avait mis,
pas un jour de moins avant de m'en-
christer pour de bon, mais il avait
fini par y arriver. Ces gars du
Bureau ne peuvent pas avoir une vie
comme tout le monde. S'amuser avec
quelques dollars en poche. Emmener
leurs mômes au cinéma. S'occuper de
leur femme, qui s'emmerde quelque
part. Au lieu de ça, dès le réveil,
leur première pensée est pour le type
qu'ils traquent. Durant la journée
ils prononcent cent fois son nom. Le
voir entre quatre murs serait comme
le couronnement de leur vie. Comme si
des buts dans la vie, y en avait pas
de plus remarquables. À se demander
s'ils sont vraiment humains, avec
leurs lunettes noires pour qu'on ne
sache jamais où ils regardent. Et
leur oreillette ? Je me suis toujours
demandé ce qu'ils entendaient dans ce

truc-là. Une conscience supérieure
que nous autres on n'entendrait pas ?

Non, personne ne sait comment fonctionne un Quint. Mais lui prétend
savoir comment fonctionne un Manzoni.
J'ai l'air transparent face à Tom
Quint. Pour me coincer il avait dû
anticiper mes gestes comme s'il avait
lu dans mes pensées. À en croire les
fédéraux, un type comme moi, c'est
prévisible, c'est limité, et des mots
bien plus ricanants.

Je préfère qu'il garde ses lunettes
quand il me parle. Les rares moments
où il les enlève, je ne supporte pas
de me voir à travers ses yeux. J'y
vois de ces trucs... comment
dire ?... dans les meilleurs jours,
je suis un psychopathe. Mais la plupart du temps, je suis un animal. Il
me regarde comme on regarde un animal. Un saurien, une espèce disparue,
une créature qu'on ne verrait plus
que dans les crises de delirium. Au
lieu de m'en foutre, ça me met en
colère. Je ne sais pas d'où vient
cette colère et je ne sais pas comment la faire passer. Alors je la
garde en moi. Elle me fait peur comme
seule la vérité fait peur.

La tête qu'il a fait quand je lui

ai annoncé que j'écrivais ! Entre
mépris et moquerie, le mot doit exister. " Vous, Fred... ? " Il m'aurait
craché à la figure, j'aurais préféré.
Moi, écrire ? Giovanni Manzoni ?
Comment j'avais pu ? Raconter ma vie ?
C'était un projet ignoble ! Tout le
monde semblait d'accord, même ma
famille. Pourquoi ça les mettait dans
un état pareil, tous ? Je ne deman-
dais rien à personne. Je ne faisais
pas de mal. Je disparaissais dans ma
véranda. Ils n'avaient plus à redou-
ter les conneries dont je suis
capable. Au lieu de me foutre la
paix, si vous aviez vu... Mes gosses
se moquaient de moi et Livia, ça la
rendait nerveuse, elle m'engueulait
comme jamais avant. Quint avait vendu
la mèche à ses chefs. J'en ai provoqué, des angoisses. Mais j'ai conti-
nué, malgré toute cette mauvaise foi.
Vous savez quand j'ai vraiment compris que je commettais une horreur en
voulant raconter mes souvenirs ?
C'est quand on leur a tiré dessus au
bazooka.

Traumatisé, j'étais. Si je ne
l'avais pas vu de mes yeux, je n'aurais jamais cru une catastrophe
pareille. Et même quand on le voit,

qu'on a la scène sous ses yeux, qu'on entend tout, on refuse d'y croire. Les yeux voient, mais la tête n'accepte pas. L'histoire de ma vie qui part en fumée. Quand un truc comme ça vous arrive, vous vous mettez à gamberger. Vous cherchez des signes. Vous cherchez à vous raccrocher à un sens. Il le faut, sinon on devient dingue. En écrivant ma vie, j'avais déclenché des puissances occultes. J'avais irrité les dieux, comme à l'époque des Grecs et des Romains. Mon histoire ne devait pas être racontée ? C'est peut-être ça. Mes Mémoires devaient rester suspendus au-dessus de ma tête. Une manière de me dire : Giovanni, ça intéressait qui, ta vérité ? Qui s'en fout bien, de ta vie ? Ce que tu racontais, c'était des mœurs d'une autre époque, ça ne parlait pas aux gens. Tu es une espèce en voie de disparition, et après toi s'éteindra ta race. De toute façon, qui aurait été assez bête pour croire à une seule de tes journées passée dans le New Jersey ? Même Livia ne se doute pas. Seul Quint pourrait attester, et encore. Personne d'autre m'aurait cru. Fallait que ça passe à la trappe, tout

332

ça. Finalement, c'était peut-être une chance.

Un jour, peut-être, quand tout sera tassé, on me laissera le droit de publier ces pages, avec le mot " roman " sur un coin de couverture, et le tour sera joué. Je changerai tout, les lieux, les noms, les époques, tout sauf la vérité. Personne ne s'apercevra de rien, on ne doutera de rien, ça ne déclenchera pas de catastrophes, le lecteur se dira " C'est du roman ", et il oubliera l'histoire à peine il aura refermé le bouquin. Moi-même, je n'ai déjà plus envie qu'on me croie. J'ai juste envie de raconter, comme si j'imaginais à chaque page la suite, et la suite de la suite, et ainsi de suite, jusqu'au bout. Un roman, nom de Dieu. Avec ses bonnes âmes et ses affreux. Ses bonheurs et ses misères. Il suffit de dire que c'est de la fiction. Plus besoin de se forcer à être sérieux, à croire que ce qu'on dit est important. Pas besoin de faire le malin. Juste raconter la suite. La suite, la vie m'avait appris à l'attendre. Il se passait tellement de trucs d'une année à l'autre, parfois d'une heure à

333

l'autre. En attendant le mot ꜰɪɴ, il pouvait s'en passer, des trucs, bons et mauvais, des trucs qui semblaient bons mais qui se compliquaient, et des emmerdements qui me faisaient avancer, comment s'y retrouver, fallait attendre la suite.

Quint et moi, on avait décidé de se les faire, ces exécuteurs qui arrivaient de Newark. Newark ! Quels fous ils avaient été de quitter le paradis perdu des vauriens... Un monde meilleur où tout est permis. Rien que des longues rues grises, des petits blocs en enfilade, des trous inexplicables. Une vraie mâchoire de petit vieux. Fallait se lever de bonne heure pour trouver une âme à tout ça même quand on y était né. Et pourtant tout y était plus vrai qu'ailleurs. Les amitiés à la vie à la mort. Le goût de la pasta. Les pièges cachés dans les mots. Et l'ardeur des femmes ! Même le rouge du sang était plus rouge. Celui qui n'a pas connu Newark vivra comme un fauve né dans un zoo.

Dieu a créé la tentation ? Le Diable a créé l'enfer ? L'homme a créé Newark. Et quand on vous chasse de là, le reste du monde ressemble à un trou.

334

Quels fous ils avaient été de partir de là-bas pour venir me rectifier. Je devrais dire : me faire la peau. Dans le vrai sens du terme. Don Mimino, leur Saint Patron, qui croupissait à Rykers, leur avait demandé de me dépecer pour faire avec ma couenne un vanity-case pratique en voyage. Mais comme le vieux n'était pas près de revoyager, il avait changé d'avis finalement, et comme il s'était mis à lire, et des vieilleries, il avait pensé à des reliures de livres anciens (il paraît que du fond de sa taule Don Mimino s'était attaqué à Shakespeare, tout lire, tout comprendre, et tout recommencer, jusqu'à en venir à bout, jusqu'à vider ses vers de leur jus, il a l'éternité pour ça). Alors quoi de plus palpitant que la lecture de *Hamlet* en sentant sous ses doigts la peau tannée de celui qui s'est acharné à vous perdre ? Don n'avait pas lésiné sur les moyens, les familles des Five Boroughs avaient envoyé leurs meilleurs, que des types triés sur le volet, des épées, chacun dans sa spécialité, et moi, je me sentais flatté d'avoir réuni tous ces talents.

— Combien sont-ils, à votre avis ? m'a demandé Quint.

— Quelque chose entre les sept mercenaires et les douze salopards.

Lui et moi, bras dessus bras dessous dans les rues de Cholong, fallait le voir pour le croire (à ce propos, je voudrais faire une parenthèse, j'ai toujours trouvé imprononçable le nom de Cholong, surtout pour un Américain comme moi, je vais donc rebaptiser la ville So Long). Tom cachait son arsenal sous un long imperméable mal serré à la ceinture à cause d'un fusil-mitrailleur plaqué sur son abdomen. Si vous aviez vu sa tête de conspirateur ! Son souci de paraître discret quand il portait en bandoulière un fusil à longue portée de six kilos cinq dans sa housse, un sniper rifle, le genre de truc dont la forme passe difficilement pour autre chose qu'un sniper rifle de six kilos cinq.

— Il devient urgent de mettre au point un plan, Fred.

— Un plan ? Je ne vois pas d'autre plan que : tirez à vue, et tirez bien.

— Je me demande si je ne fais pas une énorme connerie en restant à vos côtés. Passez par le quartier de la Chapelle, moi je prends par le square, on se retrouve dans une demi-heure derrière la mairie.

— Permettez-moi de vous donner un conseil qu'on ne vous apprend pas à Quantico. Si vous en tuez un, re-tuez-le une seconde fois. Au début, ça fait bizarre de tirer sur un cadavre, mais on ne se doute pas à quel point ça peut se révéler utile.

Il s'est éloigné et j'ai poussé un soupir de soulagement. Pour la pre-mière fois depuis longtemps il me laissait seul. Hors de son contrôle. Et armé comme un pistolero ! Oublié, Fred Blake, je redevenais Gianni, le seul vrai moi. Giovanni Manzoni ! Je l'aurais crié dans la rue si j'avais pu. L'attente avait été pénible. Mais jamais résignée. Chaque minute de ces six années, je m'étais vu tout recom-mencer comme avant. Ça m'avait aidé à tenir, l'espoir qu'un jour je retrou-verais ma vraie vie. Et ce jour était enfin arrivé.

Parce que la vie des gens, des vrais gens de tous les jours, c'est un truc au-dessus de mes forces. Un mystère, pour moi, la vie quotidienne des gens quotidiens, comment ça fonctionne dans leur tête et dans leur cœur. Comment peuvent-ils faire confiance à ce monde auquel ils sont obligés d'obéir ? Comment font les honnêtes gens ? Comment peuvent-ils vivre en se sentant si vulnérables ? Qu'est-ce que ça fait d'être une victime ? Victime de son voisin, du monde en marche ou de la raison d'État ? Comment accepter une telle idée, s'en accommoder le restant de ses jours ? Comment font les honnêtes gens quand on leur fait comprendre qu'ils se battent contre des moulins ? Qu'ils n'ont aucune chance de soulever des montagnes ?

Tu n'es protégé par rien, petit homme. Tu le crois, mais tu te trompes. Personne ne t'a jamais dit que tu n'étais qu'un fétu de paille à la merci de pourris dans mon genre ? Et nous sommes si nombreux à vouloir te nuire, même des gens très bien, du bon côté de la barrière, mais pour qui tu ne représentes rien, sinon un manque à gagner. J'ai de la peine pour toi, sincèrement. Avant, je ne me doutais pas de ton calvaire. Je ne soupçonnais pas la quantité de misères qu'on te fait subir. Et pourtant, Dieu sait si tu y mets de la bonne

volonté, je t'ai vu faire. Tu gardes
ta foi en l'humain, tu essaies d'arranger les choses, de faire selon tes
moyens. Et tes efforts vont être ruinés par tous ceux qui s'en foutent
bien, de ta foi en l'humanité. Et si
par malheur tu te mets à pleurer, qui
voudra t'écouter ? Qui va se faire de
la bile pour toi et ta petite famille ?
Tu vas t'entendre dire que tout le
monde a ses soucis, et de bien pires
que les tiens. Alors tu rentres la
tête dans les épaules et tu avances,
honnête homme, parce que tu es un
petit soldat, et qu'il faut tenir.
Jusqu'à la prochaine fois.

Moi aussi, j'ai essayé. Pas pu.
Jamais eu ce courage-là.

La tête pleine de toutes ces questions, c'est en tournant un coin de
rue que je me suis retrouvé nez à nez
avec un de ces sbires prêts à me descendre. Et celui-là, je l'avais bien
connu. Adolescents, on était inséparables. On en avait mis, des têtes au
carré, Nick et moi. Parfois on ne se
quittait pas quarante-huit heures
d'affilée. On se sauvait mutuellement
la vie quand on s'égarait sur le territoire d'une bande rivale. À la
longue, ça avait créé des liens.

En me voyant, Nick n'avait pas eu le temps d'empoigner son arme, moi non plus : la surprise. Alors, on s'est souri, on s'est salués, et t'as bonne mine, et qu'est-ce que tu deviens, et comment ça va depuis le temps, et chacun attendait une toute petite seconde pour saisir son pétard, et cette seconde-là n'arrivait pas. Les boxeurs appellent ça la " vista " (c'est la vista qui les autorise à prendre un risque ou pas) et là, face à face, ni lui ni moi on ne se risquait à baisser la garde. Mais le plus drôle, pendant notre petit bavardage, ça a été ce moment de sincérité. On s'est souvenus d'un secret qui nous liait.

On avait vingt ans, on en voulait. Féroces comme des dobermans, et ambitieux, ah ça, on était prêts à faire tourner la terre à l'envers. Mais en attendant, on faisait les courses pour le caïd du clan Polsinelli, toutes les basses besognes. Cette fois-là, on nous avait chargés de retrouver la trace d'un bookmaker qui avait taillé la route avec vingt-cinq pour cent des gains qui revenaient au capo (depuis trois ans, ça en faisait, de la graine). Le truc dingue, c'est

que ce petit bonhomme-là était allé
se planquer chez ses parents ! Nick
et moi, on n'y croyait pas ! Même le
plus crétin de tous n'aurait pas eu
une idée aussi débile. C'était un
petit pavillon dans un bled du comté
de Mercer, à juste deux heures de
route du dépôt de taxis qui servait
de QG au clan Polsinelli. Le plus
incroyable, c'est que quand Nick et
moi on avait déboulé pour le rectifier, c'était ses parents retraités
qui nous avaient accueillis et qui
nous avaient proposé de patienter en
attendant que le petit rentre d'une
course en ville. Pris de court, Nick
et moi, on s'était laissé servir du
café et des biscuits, et les petits
vieux étaient très heureux de recevoir les amis de leur fils, de raconter plein de trucs sur son enfance,
et tout ça. Alors forcément, quand
l'autre a déboulé, plus personne n'a
su quoi faire. Le fils a tout de
suite compris pourquoi ces deux types
l'attendaient, assis dans ce canapé.
Et Nick avait bien manœuvré, je dois
le reconnaître, il avait embrassé le
gars comme du bon pain, moi j'en
avais fait autant, il s'était laissé
faire, et les parents étaient

contents d'assister à ces retrouvailles entre amis. Nick avait proposé d'aller boire un verre en ville,
et le gars était monté dans la voiture sans faire d'histoires. Il avait
dit au revoir à ses parents, en retenant ses larmes, et la mère avait
même trouvé ça bizarre que son fils la
prenne dans ses bras juste avant
d'aller prendre un café au coin de la
rue. Dans la voiture le gars n'avait
même pas cherché à nous supplier ou à
dire qu'il allait rembourser, il
savait bien que c'était trop tard.
Assis sur le siège passager, pas
fier, j'avais regardé vers Nick qui
n'en menait pas large non plus.
C'était les petits vieux qu'avaient
tout foutu par terre avec leurs biscuits rassis. Fallait voir le regard
de la mère, contente que son fils ait
des amis bien habillés, et polis.
Comment on allait faire maintenant ?

— Descends. On t'a pas vu.

— ... ?

— Descends avant qu'on change
d'avis, trou du cul.

Je lui ai fait un descriptif précis
de ce qu'on lui ferait subir s'il
s'avisait de faire parler de lui ou
même de se repointer dans ses anciens

quartiers. Sur le chemin du retour, Nick et moi, on était restés silencieux, liés désormais par un secret jusqu'au jour de notre mort.

Et c'était précisément ce jour-là que l'un de nous deux vivait dans cette rue de So Long, bien des années plus tard. On savait tous les deux que l'un de nous allait y passer. Ça nous avait fait du bien de reparler de cette histoire qu'on était les seuls, hormis le miraculé, à connaître. On s'est demandé ce qu'il avait bien pu devenir, celui-là, et on s'est mis à rire, et c'est là que j'ai vu une toute petite faille de moins d'une seconde, cette seconde qu'on attendait tous les deux, juste de quoi empoigner mon arme et fumer la tête de Nick.

En voyant son corps à terre, je me suis posé des questions sur l'amitié. Le sens de l'amitié chez les affranchis est-il si différent de celui des gens comme les autres ? Si elle doit se terminer un jour, toute réelle amitié peut-elle se terminer autrement que dans le sang ?

Pendant ce temps-là, Tom se planquait au dernier étage d'un immeuble. Bon, je retire " se planquait ", il

ne se planquait pas. Il vivait un
vieux rêve : regarder le monde à travers la lunette de son fusil.

Si, tout gosse, on lui avait
demandé ce qu'il voulait faire plus
tard, il aurait répondu " sniper "
sans réfléchir.

Le tir embusqué, pour lui, c'était
bien autre chose que le meurtre sale
et crapuleux. Le crime avec des
odeurs et des bruits. Ça c'était bon
pour des animaux comme nous, il pensait. Lui, Tom Quintiliani, était
bien au-dessus de ça, et c'est le cas
de le dire : il avait cherché le
point le plus haut du centre-ville (à
part cette espèce de tourelle au-dessus de l'église dans laquelle il
avait essayé d'entrer, il me l'a
avoué plus tard, aucun respect...).
Sur sa terrasse, il lui suffisait de
pivoter sur lui-même pour retrouver
dans sa ligne de mire les différents
quartiers de So Long. Tous si proches
à travers la lunette. À portée de
main. Des écrans de surveillance ne
lui auraient pas restitué des images
aussi nettes.

Le tir embusqué, c'était de la
métaphysique, d'après lui. Silence.
Temps. Distance. Concentration. Gam-

berge. Le tir embusqué, c'était un regard. Le sniper, c'était la mort en personne qui frappe au moment le plus inattendu. De si loin. Invisible. Comme Dieu en personne. Sensation d'être partout à la fois. Il avait raison sur un point : suffisait d'attendre pour être récompensé. Au-delà de ses espérances.

Sous la grande halle située à la pointe nord, Julio Guzman et Paul Gizzi avaient interrompu leur patrouille pour boire à la fontaine publique.

Exactement à l'opposé, à deux kilomètres au sud, Franck Rosello dépliait une carte de la ville sur le banc d'un square en face de la mairie. Pour un sniper d'occasion comme Tom, c'était un honneur d'avoir dans son réticule une légende vivante pour tous les sharp shooters du monde.

Mais la plus proche de toutes ses cibles, c'était Greg Sanfelice, installé dans une nacelle de la grande roue qui veillait sur ses otages comme une mère poule.

Tom s'était demandé lequel choisir. Un vrai sniper ne se serait jamais posé la question.

Après avoir bu à la fontaine, Paul

Gizzi s'était poussé pour laisser la place à Julio Guzman. Qui gisait déjà au sol. Il avait glissé en silence comme une feuille morte. Tom avait visé le cœur.

Une seconde plus tard, Franck Rosello s'affaissait sur son banc. Sans avoir vu la mort en face, comme les victimes de ses propres tirs. À chaque fois qu'il pressait la détente, il se disait que lui aussi aurait aimé finir comme ça. Frappé sans l'avoir vu venir. Sans peur et sans regret. Un vœu que Tom venait d'exaucer.

Le bras de Franck venait à peine de toucher la pelouse que la tête de Greg explosait dans les airs. Tir rapproché sur cible mouvante. Tom venait de gagner sa place au panthéon des tireurs d'élite.

Après un moment de fierté, une sorte d'angoisse l'a pris aux tripes. Une trouille qu'il a eu du mal à me décrire plus tard (ses mains qui tremblent à tel point qu'on ne sait plus comment les arrêter sauf en s'asseyant dessus, je ne plaisante pas). Il n'en était pas à son premier macchabée, Tom, c'était pas ça. Mais avoir fait tomber trois hommes en

même temps dans trois lieux différents, c'était " surnaturel ", c'est
le mot qu'il avait employé. Il en
voulait, de la métaphysique, ce con,
il en a eu. N'empêche, en redescen-
dant de son perchoir, il s'était juré
de ne plus jamais toucher à un fusil
à lunette de toute sa vie.

On s'est rejoints au point de rendez-vous. Il m'a proposé de nous
débarrasser de Paul Gizzi, resté seul
dans le quartier de la grande halle.
La manœuvre simple : un qui sert
d'appât, l'autre qui prend le gars en
tenaille, ça n'a pas traîné (sauf pour
savoir lequel de nous deux ferait la
chèvre, Quint et sa mauvaise foi...).
Je n'avais jamais rencontré Paul
Gizzi avant. Quand je lui ai tiré une
balle dans le cervelet, j'ai regretté
de ne pas avoir le temps de faire
connaissance, de ne pas pouvoir lui
rendre hommage pour sa fameuse " passe
de Gizzi ".

Une bonne dizaine d'années de ça.
Une fin d'après-midi d'hiver. Gizzi
avait plongé le quartier des affaires
de San Francisco dans un black-out de
quatre heures. Panique générale,
quatre heures pour opérer, résultat :
il avait vidé trois banques d'au

moins soixante pour cent de leurs
fonds en liquide. Tous les membres de
son équipe avaient accepté de ne partager le butin qu'un an plus tard.
Pas un seul ne s'était vanté du coup.
Aucun ne s'est jamais fait prendre.
Il est là, le secret : fermer sa
gueule. J'aurais bien aimé lui poser
mille questions sur la logistique de
toute l'opération, lui faire avouer
ses secrets.

C'est ça, mon plus gros défaut. Je
préfère l'envers du décor au spectacle lui-même. Je supporte mal de ne
pas connaître les trucs et les
ficelles. Un soir, à Las Vegas, avec
d'autres affranchis, on avait assisté
au plus grand show de magie sur
terre. Le type sur scène apparaissait
et disparaissait, volait dans les
airs, et tout le monde était émer-
veillé par le génie de l'illusion-
niste. Mort de curiosité, j'étais,
comme les autres. Mais moi, je
n'avais pas pu résister. Pendant la
suite du spectacle, j'avais réussi à
me glisser dans les loges et à faire
taire tous les gardes du corps qui
avaient voulu jouer les gardes du
corps. J'étais entré dans la loge du
magicien pour lui faire avouer com-

ment il devenait invisible devant cent personnes. Le type avait d'abord cru à une plaisanterie, puis il avait invoqué une sorte de code d'honneur des magiciens qui ne dévoilaient jamais leurs trucs, et c'est seulement quand je lui avais proposé de lui faire des tours de passe-passe bien à moi (comment faire disparaître un corps de magicien dans le désert du Nevada, comment lui faire sauter toutes ses dents d'une seule main, comment l'enfermer dans une malle avec un crotale, etc.) que le plus grand magicien du monde avait tout balancé. Et aujourd'hui, à deux pas de la fontaine de la grande halle de So Long, je n'avais pas eu le temps de dire à Paul : " J'aime beaucoup ce que vous faites ! ", de lui dire à quel point son travail avait été une référence pour nous tous, de lui avouer toute mon admiration, parce que l'heure tournait et qu'il fallait se débarrasser de ces gars-là sans avoir à évoquer chaque fois le bon vieux temps. Personne ne saurait comment Paul avait réussi son " Gizzi's move ", sa botte de Nevers à lui. Il emporterait son secret dans la tombe.

Parce que dans le crime, comme partout ailleurs, les champions forcent le respect. Les gens aiment les exploits, c'est bien la dernière chose qui les fasse rêver. Qu'importe la discipline pourvu qu'on ait l'excellence. Chacun de ces voyous qui voulaient ma mort aurait mérité un bouquin entier qui racontait sa vie et analysait son œuvre. Ils poussaient toujours plus loin la performance, reculaient les limites du surpassement. Moi, par exemple, j'avais toujours dans mon portefeuille une photo de John Dillinger, la seule vraie figure des années trente, même Baby Face Nelson et les membres du gang Barrow, malgré tout le respect que je leur dois, ne lui arrivaient pas à la cheville. C'était le règne des artistes et des poètes, des idéalistes. Dillinger avait le respect de la vie humaine et supportait mal de laisser derrière lui des victimes innocentes. À cette époque-là, un loup ne tuait guère qu'un loup, ça ne concernait pas les moutons, qui, au pire, étaient juste bons à être tondus.

Parce que, à dire la vérité, en matière de crime, je ne déteste rien tant que l'amateurisme. Le crime appartient aux criminels. Les tueurs patentés sont les seuls que je respecte. Les autres, les assassins occasionnels, les délinquants attardés, les vengeurs de causes perdues, les massacreurs azimutés, les terroristes illuminés, les surineurs va de la gueule, les gangsters au petit pied, tous ceux qui ne sont ni formés ni habilités à tailler dans le vif, tous ceux-là ne méritent que mon mépris. Laissez tirer les tireurs, nom de Dieu, et faites-vous une petite vie sur mesure, vous verrez comme, à la longue, vous y gagnerez. Arrêtez de faire chier votre prochain, vous ne savez pas faire, et si d'aventure vous prend l'envie de jouer les caïds, vous le paierez toute votre vie. Le crime, le vrai, c'est une vocation. Lui consacrer une vie entière coûte le prix fort. Un prix que peu d'hommes sont prêts à payer.

Tom Quint, le prédateur du côté de la loi, ne dit rien d'autre : laissez-nous travailler en paix, vous autres jeunes cons tentés par la carrière. Laissez les grands jouer dans leur cour et rentrez chez vous. Vos familles vont vous pleurer, et vous ferez sous vous quand la justice des hommes sonnera. Et celle de Dieu ne vous fera pas plus de cadeaux, il déteste les bricoleurs.

Lui et moi, on s'était décidés à remonter vers la place de la Libération pour frapper à la tête, Matt Gallone, désorganiser le reste de la troupe. Manque de chance, à peine le temps de trouver une idée, c'est nous, Tom et moi, qui nous sommes fait serrer comme des bleus. Pas moyen de se retourner, de négocier, rien. Quand vous entendez une rafale de fusil-mitrailleur et qu'un type vous ordonne de vous mettre à genoux, eh bien vous vous mettez à genoux, surtout quand on ne sait pas exactement d'où il sort, ni qui c'est, un flic ou un tueur, on se met à genoux et on met les mains sur la tête sans qu'on vous le demande. On avait l'air fin, tous les deux, côte à côte, sur le trottoir, sur le point d'être exécutés sans même avoir eu le temps de voir celui qui allait s'en charger (il me semblait avoir reconnu la voix de Jerry Wine, mais je n'ai pas eu le cran de lui demander). Sans avoir le temps de rien, de dire un bon mot, d'émettre un dernier souhait, de faire une prière, d'insulter son assassin, d'avoir une pensée pour un proche, rien du tout. Tom et moi on a jeté nos armes à terre en attendant une mort propre et rapide.

La suite ? Une rafale qui ne nous était pas destinée. Tout surpris d'être encore en vie, on a entendu des hurlements, et on s'est retournés pour voir Jerry Wine et Guy Barber, les jambes criblées, se tordre de douleur à terre. Celui qui venait de tirer était un petit bonhomme de quatorze ans que je n'ai pas reconnu tout de suite.

Comme tous les mômes, il avait grandi sans que je m'en rende compte. Quand il était haut comme ça et qu'il savait à peine parler, dans son regard il y avait tellement d'admiration pour moi, son vaurien de père. Une admiration qui n'avait rien à voir avec toutes celles que je connaissais déjà. Celle des tueurs. Celle des courtisans. Et même celle des inconnus dans la rue. Des admirations mêlées d'autres choses, de trouille avant tout, mais aussi de convoitise et de jalousie, car tous avaient une bonne raison de m'admirer ou de me craindre. Tous sauf cette

353

petite créature qui s'accrochait à ma jambe et la serrait fort comme si j'étais un géant. Dans cette admiration-là, je sentais de l'amour pur. Je repense aujourd'hui à l'ingéniosité de Warren quand il se mettait en tête de me faire plaisir. Pendant les parties de Monopoly, il me glissait des billets sous la table quand j'étais endetté. Sa sœur aînée ne comprenait pas pourquoi il faisait ça, " C'est qu'un jeu ", elle disait, mais le petit n'en démordait pas, il fallait que son père gagne, un point c'est tout. Et plus j'étais moi-même, avec tous les défauts que me reprochait sa mère, et plus il m'aimait d'être exactement moi-même. Pour lui, j'étais une perfection de père, et tout, autour de moi, était exceptionnel. Et puis un jour, sans que je comprenne pourquoi, cette confiance dans son regard avait disparu.

Je lui ai demandé où il avait trouvé le fusil-mitrailleur, il m'a répondu : " Près du cadavre de Julio Guzman, devant la fontaine. " En voyant que Quint allait régler leur compte à Jerry Wine et Guy Barber, j'ai pris le gosse par l'épaule pour lui éviter d'assister à une exécution sommaire. À peine tourné le coin de la rue, on s'est tombés dans les bras l'un de l'autre.

C'était bon de se parler à nouveau, de se laisser aller à des effusions.

Je me suis dit : à quoi bon contrarier sa vocation si son destin est de retourner là-bas et de reconquérir le royaume ? D'ériger à nouveau le totem de notre clan. Personne n'avait plus à s'y opposer.

Là où j'avais failli, mon fils allait peut-être réussir.

Mon rôle de père : lui éviter les obstacles à venir. Le faire profiter de mon expérience.

J'avais un train de retard. Non, Warren n'était pas un héritier. Pas l'héritier de cette barbarie, il avait utilisé le mot plusieurs fois. Il s'en était rendu compte une heure plus tôt, à la gare de So Long. Je n'ai pas réussi à savoir si ça le rendait triste ou s'il se sentait délivré. En tout cas, il parlait sans colère.

Ce qu'il venait de vivre l'avait fait vieillir d'un coup. Il avait pris dix ans en quelques secondes. Je ne sais pas si c'est ça, devenir adulte, mais il m'a posé la pire question que je pouvais imaginer : il m'a demandé si un jour le monde réussirait à se débarrasser de types comme moi. Si son monde à lui, celui dans lequel il allait devenir adulte, et peut-être père lui-même, si ce monde-là avait une seule chance d'exister.

Tous ceux qui ont été pères ont connu ça. Le jour où votre gosse remet en question tout ce que vous êtes. Vous vous dites que c'est une crise d'adolescence et qu'avec l'âge il comprendra. La différence, c'est que moi, je savais que Warren ne reviendrait plus.

Il avait posé une question, s'agissait de répondre, c'était peut-être la dernière fois qu'il m'écouterait. J'ai été tenté de mentir. De le rassurer comme un père. Mais par respect pour l'homme qu'il devenait, j'ai préféré dire ce que j'avais sur le cœur : " Non, mon fils, le monde ne se débarrassera jamais de types comme moi. Parce qu'à chaque nouvelle loi il y aura toujours un malin pour vouloir la violer. Et tant qu'il y aura une norme, il y aura ceux qui rêveront de la marge. Et tant qu'il y aura des vices, on trouvera des

hommes pour en pousser d'autres à les
satisfaire. Mais dans des milliers
d'années, qui sait ? "

Tom était gêné de troubler ce tête-
à-tête. Il m'a fait comprendre qu'on
avait encore du pain sur la planche.
Warren et moi on a échangé une poignée de main. Le genre viril. Il m'a
dit que plus jamais il ne toucherait
à une arme, mais qu'il ne regrettait
pas de l'avoir fait, une fois pour
toutes, et pas uniquement pour me
sauver, mais en quelque sorte pour me
rendre à la vie, et donc s'acquitter
de cette dette que les fils ont
envers ceux qui les ont mis au monde.
C'était comme un solde de tout
compte. Il pouvait désormais vivre sa
vie d'homme sans rien traîner derrière lui qui l'aurait empêché
d'avancer.

Et la suite ?

Que dire de la suite ?

C'était comme si la suite avait
redonné tout son sens au mot " barbarie " tel qu'il venait d'être prononcé. Tom et moi on avait décidé de
se séparer à nouveau. Et en essayant
de remonter vers la place de la
Libération, je m'étais retrouvé seul
dans un bar vide, aux prises avec

Hector Sosa, que j'ai dû affronter à mains nues, et croyez-moi que si j'avais pu m'en débarrasser avec deux pruneaux, je n'aurais pas demandé mieux. Une bagarre, c'était ce qui pouvait m'arriver de pire parce que Hector n'aimait rien tant qu'écraser des nez contre ses phalanges. Tout y est passé, dans ce foutu rade, les bouteilles fracassées sur le crâne, les chaises et même les tables. Seule une guerre des gangs aurait pu provoquer des dégâts pareils, mais non. On n'était que deux. Tous les coups bas étaient permis. Moi aussi j'aimais l'affrontement direct, sans armes, rien qu'avec mes poings. J'avais trop longtemps retenu ma furia (celle que je réservais à l'époque aux mauvais payeurs, ceux qu'il fallait dérouiller mais laisser en vie si on espérait un jour se rembourser). À dire la vérité, au début je me suis précipité dans cette bagarre avec la rage, mais une rage qui faisait du bien, qui défoulait, c'était de la relaxation, du yoga, du zen, de la thalasso. De quoi vous libérer de tout un tas de rancœurs et de choses pas réglées. On n'avait rien trouvé de mieux pour un gars comme moi. Et

malgré ça, très vite j'en ai eu marre.
J'en prenais plein la gueule et ça
avait assez duré, cette bagarre de
saloon. L'autre, en face, était
increvable. Son passé de garde du
corps de boxeurs avait dû lui durcir
la couenne, à cet enfoiré. Pas moyen
de le mettre KO une bonne fois pour
toutes.

Mais au bout du compte, il y en a
toujours un qui reste debout et
l'autre non, c'est comme ça. Est-ce
que l'un a plus à perdre que l'autre ?
C'est la seule explication que j'ai.
Hector, entre deux traînées de sang
qui lui couvraient les yeux, m'a
regardé. Éberlué. Lui qui avait à son
tableau de chasse des poids moyens et
lourds, il ne comprenait pas comment
ce Manzoni tenait toujours debout. Ça
dépassait ce qu'il était capable
d'encaisser. Il s'est affaissé au sol
après avoir reçu une chaise de plein
fouet. Et il a sombré dans une
inconscience qui semblait devoir
durer à jamais.

De son côté, Tom Quint s'était
débarrassé de Joey Wine, le frère de
Jerry, sans trop s'emmerder. J'aurais
bien fait l'échange. Le problème de
Joey, c'était son vice, et son vice,

c'était les banques. Il ne savait pas
résister à une banque. Et un vice
auquel on ne sait pas résister, malgré les alarmes, les sermons, et les
thérapies plus ou moins forcées, ça
finit par vous être fatal. Quand
Gizzi mettait parfois plusieurs mois
à préparer un hold-up, Joey, lui,
attaquait des banques comme on sou-
lage une envie de pisser. Quand Paul
tombait amoureux d'une banque et lui
faisait la cour, Joey lui collait
directement la main aux fesses. Il
avait beau se prendre des gifles, ça
ne changeait rien, il recommençait de
plus belle. Je me souviens encore du
jour où Joey avait été libéré d'une
peine de quatre ans ferme pour bra-
quage d'une succursale de la Chase.
En quittant la prison de San Quentin,
il avait roulé deux bonnes heures en
pensant à sa femme et ses deux filles
qu'il n'avait pas embrassées depuis
longtemps. Et puis à ses copains,
avec qui il allait faire la bringue
le soir même. Jusqu'à ce qu'il passe
dans un bled un peu désert. Au milieu
de la rue principale, une petite
banque " lui tendait les bras ",
comme il disait.

   Allez savoir si c'était l'angoisse

du manque, après tant d'années d'abs-
tinence, mais Joey était resté une
heure dans sa voiture, à dévorer des
yeux sa chérie de banque, avec une
petite voix qui lui disait d'un côté :
" Passe ton chemin, malheureux, tu
sais bien comment ça va finir, pense à
tes filles, t'as vraiment envie de
retourner au trou direct ? " et une
autre voix qui disait : " Regarde
comme elle est belle ! Si tu rates
cette occasion tu t'en voudras toute
ta vie. " Finalement, la tentation
avait été plus forte. Moins de deux
jours plus tard, il avait regagné sa
cellule pour une peine de récidiviste
qu'il était. On ne pouvait pas soigner les grands malades comme Joey.
Un jour ça devait mal finir.

En passant devant la plus grosse
banque de So Long, qui faisait un
angle avec la place de la Libération,
Tom avait entrevu un truc bizarre par
la vitrine : c'était bien notre Joey
qui, derrière le guichet, s'acharnait
comme un forcené sur une porte de
communication. Voir ce type perdre
tout contact avec la réalité à cause
d'un mal incurable, ça lui faisait
presque de la peine, à Tom. Il avait
même marqué un temps d'arrêt avant de

le flinguer, en se demandant si les malfrats ne préféraient pas le vol au butin. Les sensations fortes à l'argent.

Cent fois, on avait eu cette conversation. Tom voulait me faire admettre que c'était pour les poussées d'adrénaline que j'étais devenu un affranchi. Comme un joueur de casino qui gagne et perd avec la même intensité. Et moi, je disais que notre seul moteur, c'était l'argent. "Mais comment aimer à ce point l'argent ?" il demandait, et j'essayais de lui expliquer que nous, les brutes épaisses de la Cosa Nostra, on avait une passion pour l'argent, comment expliquer une passion ? L'idée que notre fric s'entassait quelque part, que ça tombait tous les jours, et que bientôt il faudrait un deuxième endroit pour entasser tous ces billets, c'était ça, une passion. Bon, d'accord, des fois ça servait à acheter des trucs et à faire plaisir à nos familles, mais ça n'était pas le but du jeu. D'ailleurs, personne ne savait aussi mal le dépenser que nous. Je le reconnais : on n'aimait rien que des trucs voyants. Ça brillait ? C'était doré ? Il fallait se l'offrir. Ça coûtait cher ? C'était hors de prix ? Il fallait se l'offrir. Le meilleur, c'était toujours le plus cher.

Le plus drôle, c'est qu'on aimait tout autant dépenser que profiter des choses gratuites. C'était une autre passion, tout aussi forte que l'argent : accepter les cadeaux, les trucs tombés du camion, les paiements en nature, même si on n'en avait pas besoin. Si on rackettait un type qui prospérait grâce à sa chaîne de pizzerias, on repartait avec quelques milliers de dollars en liquide et deux ou trois pizzas pour la route. Pareil chez les marchands de fourrures ou de baignoires. Quitte à s'encombrer de conneries qu'on finissait par jeter. Tom ne comprenait pas : " Ça vaut vraiment le coup de croupir en taule pour ça ? De recevoir une balle entre les deux yeux ? De tuer des gens ? De créer des drames quotidiens autour de vous ? De condamner vos familles ? " Ça le dépassait, le flic. Et je n'essayais plus d'expliquer, parce que, à la vérité, il m'arrivait de ne pas comprendre non plus.

Joey avait fini par recevoir ses

363

trois balles dans le buffet. Au moment où la porte qui le séparait d'on ne sait quoi de mystérieux cédait. Tom est venu me rejoindre sur la place de la Libération. Je l'attendais assis sur le manège de chevaux de bois qui tournait toujours.

*

Le soir même, So Long était devenu le centre du monde. Je revivais le cauchemar de mon procès : une armada de journalistes venus de partout et qui donnaient la parole à tous, aux politiques, aux " observateurs ", aux intellectuels, aux VIP, aux chanteurs à la mode, jusqu'à l'homme de la rue qu'on allait chercher en ville et qui ne demandait pas mieux que donner son avis. Tout ce monde-là avait son truc à dire sur mon histoire, sur mon témoignage, mon repentir. Beaucoup demandaient des comptes. J'avais l'impression de comparaître devant l'humanité entière.

J'étais assez proche de la vérité ! Ça déboulait de partout. Camions de régie télé, hélicos, jets. Des CNN en pagaille. Des centaines de reporters. Des milliers de curieux encadrés par

toutes les forces de police de quatre
départements et des détachements spé-
ciaux venus de Paris. Tout ça pour
essayer de comprendre ce qui s'était
passé ce jour-là dans ce petit bled
de Normandie totalement inconnu.

Les networks américains avaient
communiqué leurs archives sur mon
procès, ça passait en boucle sur les
chaînes européennes. On commençait à
retracer la trajectoire de la famille
du repenti. En gros, vers 21 heures,
tout le monde savait tout sur tout —
du moins le croyait-il. Le truc qui
m'inquiétait le plus, c'était que dans
la brochette de macchabées qu'on
ramassait dans les rues un seul manquait à l'appel. Le plus redoutable.

Matt Gallone s'était volatilisé.
Rien d'étonnant, avec Matt. Jamais là
où on l'attendait. On organisait une
battue pour laquelle des dizaines
d'hommes s'étaient portés volon-
taires. On diffusait son signalement.
On montait des barrages routiers. Si
Matt s'était jamais rêvé en ennemi
public numéro un, ce grand jour était
enfin arrivé. Quint avait l'air si
sûr de lui : direction plein sud. Il
disait que si Matt parvenait à
rejoindre la Sicile, il serait pris

en charge le temps qu'il faudrait par LCN, peut-être des années, avant de rentrer aux États-Unis. Il avait raison mais je redoutais une autre hypothèse : Matt n'avait pas quitté So Long. Personne ne le connaissait aussi bien que moi sur ce continent. Tant qu'il lui resterait un souffle, il irait jusqu'au bout de la mission confiée par son grand-père. Il préférait mille morts plutôt qu'une seule minute de honte après cette journée qui marquait le déclin du clan Gallone. Et je vous jure que j'aurais préféré avoir tort.

En attendant de savoir ce qu'ils allaient faire de moi, ils m'ont mis en quarantaine. Le téléphone rouge chauffait entre Washington et Paris, et les autorités les plus inimaginables réclamaient la garde du prisonnier Manzoni à coups de raison d'État et de secret défense. Le gouvernement américain, les services secrets et le FBI. Mais aussi tous les corps de la police française jusqu'au petit capitaine de gendarmerie de So Long qui avait servi d'otage sur la grande roue (une humiliation dont il ne se remettrait peut-être jamais, il disait). Un casse-tête juridique, politique et diplomatique. De toute façon, je n'essayais plus de comprendre. Pendant des années on me cache, on fait tout pour que je devienne l'anonymat sur terre, et puis le lendemain on voit ma tête partout et tout le monde me veut. Une chance que je sois un type hargneux. Si j'avais eu un bon fond, je serais devenu fou.

Un seul point les mettait tous d'accord : le monde entier me réclamait, il fallait donner satisfaction au monde entier. C'était le seul moyen d'éviter une catastrophe politico-médiatique. Et de calmer le public. Il fallait voir Giovanni Manzoni, l'entendre. Qu'on me considère comme une légende vivante ou un salaud, j'étais contraint de faire une apparition. Et tout rentrerait dans l'ordre, ils disaient. Ensuite, ce serait à la justice de faire son job.

Tom Quint tenait plus que tous les autres à prouver que j'avais survécu aux représailles de LCN. Il était le grand gagnant de toute cette affaire : il s'était débarrassé en une demi-journée d'une élite qui sévissait dans tous les secteurs du crime organisé. Il avait rendu célèbre le plan Witsec dans le monde entier, prouvé son efficacité, et préservé la vie d'un repenti avec une férocité de pitbull. Des dizaines de mafieux téléphonaient déjà de tous les États d'Amérique pour demander à témoigner. Le couronnement de sa carrière, à Tom. Mais il fallait, pour le bon déroulement des opérations, que j'accepte de me montrer devant les caméras.

Et moi, j'avais envie de tous les envoyer paître. On venait de m'autoriser à retrouver ma famille dans un sous-sol de la mairie, aucune envie qu'on me jette en pâture à un milliard de spectateurs. Je ne supportais plus l'idée de déclencher de la colère et du dégoût chez tous ces gens que je ne connaissais pas. Le plus tordu, c'est que j'inspirais un tas d'autres sentiments : de la curiosité, passe encore, mais de la sympathie ? De la compassion ! Et, bien sûr, tout un dégradé allant de l'indignation à la haine pure. Mais jamais, jamais de l'indifférence. Et ça me manquait, maintenant, l'indifférence. Je savais déjà comment mon petit sketch télévisé se déroulerait :

des centaines de millions d'individus allaient me bombarder d'ondes négatives et de mauvaises vibrations (j'y crois, à ces trucs-là). Toute cette haine d'un coup, j'avais peur d'en garder des séquelles.

— Vous n'avez pas le choix, m'a dit Tom, sinon on nous lynche tous les deux. Qu'on en finisse, la journée a été longue. Ensuite, je vous paie un verre.

Je lui ai demandé si on pouvait pas éviter ça, trouver un moyen. Il a éclaté de rire et m'a escorté jusqu'aux caméras. Si vous voulez vous faire une idée précise du tableau, ça ressemblait à une petite tribune avec des micros, une centaine de journalistes, et le monde entier qui regarde.

— Faut y aller, Fred.

— Vous êtes sûr ?

Autrement dit : vous êtes sûr de vouloir montrer cette canaille racornie de Giovanni Manzoni ? Épuisé par l'existence en général et la bataille que je venais de livrer en particulier ? J'allais réveiller des réflexes haineux partout sur terre. L'humanité allait me maudire à voix haute et dans toutes les langues, cracher par

369

terre, proférer des menaces, me montrer du doigt aux enfants. D'est en ouest, du nord au sud, dans les ports et dans les terres, dans les déserts et dans les mégapoles, chez les riches et chez les pauvres. Le monde n'avait pas besoin de ça. Il avait même besoin du contraire, le monde.

C'est là que l'idée m'est venue.

Belle, ma merveille, mon diamant.

Je serai peut-être un écrivain quand je saurai décrire avec des mots le regard de ma fille. Mais qui en serait capable ?

Elle a tout de suite dit oui quand je lui ai demandé d'aller se montrer à ma place. Pas compris pourquoi mais on avait tous à y gagner. Son visage s'est éclairé avant même d'entrer dans le halo des spots. Cette lumière intérieure, les gens l'ont vue. La paix qu'elle avait dans le cœur, les gens l'ont sentie. Chaque mot qui sortait de sa bouche sonnait comme la vérité elle-même. Quand elle souriait, chaque individu pensait que c'était pour lui seul. Belle, c'est un miracle. Une madone comme elle, c'est fait pour apparaître.

Elle a donné de bonnes nouvelles de sa famille et surtout de son papa.

Comme si elle rassurait les cinq
continents sur mon sort. Pendant une
minute, Belle a été la fille la plus
célèbre, la plus regardée du monde.
Elle a même quitté la tribune encore
plus rayonnante qu'avant. Elle leur a
fait un petit geste de la main qui
promettait de revenir.

*

Et puis la nuit est tombée sur So
Long et tout est rentré dans l'ordre.
Après cette journée de dingues, les
habitants ont regagné leur lit, les
camions de matériel ont commencé à
remballer, même les flics se sont
faits discrets en attendant les
ordres. Au 9 de la rue des Favorites,
dans le pavillon des fédéraux, Tom
avait installé ma petite famille sur
des lits de camp. Ses lieutenants,
armés chacun d'un fusil à pompe,
veillaient dans le salon, et Tom et
moi, accoudés à la fenêtre, on se
descendait le bourbon dont on avait
rêvé toute la journée.

Malavita cherchait le sommeil, près
de la chaudière, au sous-sol.
Emmaillotée dans des mètres de gaze.
Elle aussi était pressée d'en finir

371

avec cette putain de journée. Vu
l'état dans lequel on l'a retrouvée.
Comment faire subir ça à un chien ? En
la voyant comme ça, j'ai eu envie de
m'occuper d'elle, de veiller sur sa
convalescence, de la promener en
forêt, de jouer avec dans le jardin,
de lui apprendre des tours, de la
laisser libre d'aller et venir, de
lui redonner le goût de la vie. J'ai
eu l'impression qu'elle était d'accord.

Mais avant, elle avait une affaire à
régler, le plus vite possible. Et
c'est ce qui s'est passé, cette nuit-
là, pendant que tout le monde avait
sombré dans le sommeil. La vendetta
est un plat qui se mange froid, on
dit. Mais pas pour elle. Ça lui est
même tombé tout cuit dans le bec.

Elle a ouvert l'œil en entendant un
grincement par le soupirail. Elle a
senti une présence. Elle a vu une
silhouette dans le noir. Le visiteur
ne se doutait pas que la chienne se
tenait là, dans l'ombre. Vivante. À
l'odeur ou à l'instinct, elle l'a
reconnu. Comment elle aurait pu
oublier ? On n'oublie pas. On ne par-
donne jamais. C'est faux, tout ce
qu'on raconte là-dessus.

Dans la pénombre, Matt a repéré les escaliers qui devaient le conduire jusqu'à moi. Il était prêt à mourir pour m'étriper. Et venger l'honneur de sa famille et de tous les affranchis du monde. La loi du silence allait finir par avoir le dernier mot.

Il a dû se figer en entendant le grognement. Un putain de chien ? Eh oui, ce putain de chien qu'il avait roué de coups l'après-midi même. Un chien dont il ne connaissait pas même le nom.

Malavita.

Un des nombreux noms que les Siciliens ont donné à la mafia. La malavita, la mauvaise vie. J'ai toujours trouvé que c'était bien plus mélodieux que " mafia ", " onorevole società ", " la pieuvre ", ou la " cosa nostra ". La malavita.

Si on m'avait interdit de faire allusion à ma société secrète, sous quelque appellation que ce soit, j'avais encore le droit d'appeler ma chienne comme je voulais et de claironner son nom partout. Nostalgie.

D'après l'état du corps le lendemain, on a su que Malavita avait sauté à la gorge de Matt et la lui

373

avait arrachée d'un coup de mâchoires. Je suis prêt à parier qu'après ça elle était retournée se blottir contre la chaudière pour s'endormir. Réconciliée avec l'existence.

Épilogue

Dans la petite ville de Baldenwihr, en Alsace, une famille d'Américains, les Brown, s'installait dans une maison à l'abandon.

À peine arrivé, Bill, le père, repéra une petite cahute au fond du jardin et décida d'y installer son bureau.

DU MÊME AUTEUR

COLLECTION FOLIO

Dernières parutions

Composition Graphic Hainaut
Achevé d'imprimer
par l'imprimerie Novoprint
à Barcelone, le 12 septembre 2012
Dépôt légal: septembre 2012
Premier dépôt légal dans la collection: janvier 2006

ISBN 978-2-07-031939-8./Imprimé en Espagne.